THE RETRIBUTION

心理追凶

罪有应得

VAL MCDERMID 〔英〕薇儿·麦克德米德 著　　程水英 译

上海文艺出版社

图书在版编目(CIP)数据

罪有应得/(英)薇儿·麦克德米德著;程水英译.
—上海:上海文艺出版社,2016
ISBN 978-7-5321-6151-5

Ⅰ.①罪… Ⅱ.①薇… ②程… Ⅲ.①长篇小说-英
国-当代 Ⅳ.①I247.5

中国版本图书馆 CIP 数据核字(2016)第 183489 号

Val McDermid
The Retribution

著作权合同登记号 图字:09-2016-442

责任编辑: 项斯微
特约策划: 仲召明
封面设计: 汪佳诗
版式设计: 高静芳

罪有应得
〔英〕薇儿·麦克德米德 著
程水英 译
上海文艺出版社出版、发行
地址:上海绍兴路 74 号
电子信箱:cslcm@public1.sta.net.cn
网址:www.slcm.com
新华书店经销 山东德州新华印务有限责任公司印刷
开本 890×1240 1/32 印张 12.5 字数 267,000
2016 年 10 月第 1 版 2016 年 10 月第 1 次印刷
ISBN 978-7-5321-6151-5/I·4906 定价:49.00 元

复仇女神涅墨西斯是瘸子；但她身材巨大，像男神。有时，她不用出剑，只用粗大的左手臂就能抓住受害者。那强大的手是看不见的，但是受害者会在可怕的一抓之下踉跄。

——乔治·艾略特，《教区生活场景》

1

脱逃术就像魔术。秘诀在于误导。有时逃脱需要利用周密的计划制造错觉；有时需要高超的技艺，需要力量、勇气和身心的灵活性；还有时需要将两者结合。但无论使用哪种方法，误导总是发挥至关重要的作用。讲到误导，他自比大师，没人胜过他。

最高级别的误导是让旁人不知道发生了什么事。要做到这一点，你得让你转移注意力的行为与正常行为无异。

在有些情况下，要想逃脱很难。比如在一个一切都像上了发条的办公室，你要在那里掩藏痕迹会很费力，因为任何不寻常的事物都会突显，能让人印象深刻。但是监狱里有很多不可预测的变数——反复无常的个人，复杂的权力结构，能在瞬间激化的琐碎纠纷，还有会像长熟的青春痘一样爆发出来的不满。几乎任何东西都有可能随时消失，谁能说得清这是一个谋划好的事件抑或只是一百个小问题中失控的一个？这些变数使一些人感到不安。但他不会。对他来说，每一个可用的事件都给他提供了新的机会，一个值得仔细研究的选项，最后他会将环境和人物完美结合。

他考虑过弄点假象。花钱让两三个家伙在牢房中打架生事。但这样做漏洞太多。一方面，知道他计划的人越多，他被出卖的可能性也越大。另一方面，大多数人之所以被关在这里，正是因为他们之前的藏匿计划一败涂地。所以他们可能不是最好的人选，不能指望他们有上佳表现。他们入狱前也许有过上佳表现，但人不可能永远不犯蠢。所以这个计划不可行。

然而，监狱的优点在于从来就不缺杠杆。被困在里面的人总是害怕会失去外面的东西。他们有情人、妻子、孩子和父母，他们对暴力或诱惑的抵抗力很低。

所以他观望着，等待着，收集、估算数据，寻找最佳时机。他不单依靠自己。围墙以外的支持系统提供的情报也帮了他。他没过多久就找到一个完美的机会。

现在，他准备好了。他今晚会采取行动。明天晚上，他会睡在一张宽大、舒适的床上，靠着羽毛枕头。完美的晚上，完美的结局。一块鲜嫩的牛排加蒜汁蘑菇，煎土豆饼，配上一瓶完美的红葡萄酒。他离开了十二年，这瓶酒一定已经变得更香。一盘香脆的巴思奥利弗饼干和长克劳森产的斯蒂尔顿奶酪，没有监狱里奶酪的臭味。然后久久地泡个热水澡，来一杯白兰地和一支古巴雪茄。他会品味每一层次感受。

一阵刺耳的争吵声进入他的想象，有人在楼层平台处争论足球比赛。一个警官对争论的人咆哮，叫他们小声点，声音弱了一些。遥远处，收音机发出的低沉的声音在辱骂的间隙传来，他想到，比牛排、酒和雪茄更妙的是远离其他人的噪音。

人们痛诉监狱里的情况如何糟糕时从未提到过这件事。他们谈到不适，缺乏自由，狱友的恐惧，个人享受的丧失。但即使是最富有想象力的人都从来没提到过噪音的可怕。

明天，这个噩梦就会结束。他可以自己选择安静还是大声说话。但只会有他的声音。

嗯，主要是他的。还会有其他声音。那些他期待的声音。他需要想象出那些声音，刺激自己前行。他想象那些声音的时间，超过他计划逃跑路线所花的时间。惨叫，抽泣，嗫嚅着恳求怜悯的声音终将到来。复仇的配乐。

杰克·万斯，这个害死十七位少女和一个警察的凶手，英国某电视台曾经票选的最性感男人，已经迫不及待。

2

大个子男人把两品脱满溢的铜色啤酒放在桌上。"洞里的尿。"他说道，庞大的身躯落在一个凳子上，凳子完全被他的大腿盖住了。

托尼·希尔博士挑起眉毛。"酒劲大？还是伍斯特的俏皮话？"

阿尔文·安布罗斯警长举起酒杯致意。"都不是。这家啤酒厂在一个叫做怀尔·皮德尔[①]的村子里，所以有人认为啤酒应该叫这个名字。"

托尼长长地吸一口，然后若有所思地看着啤酒。"还不错，"他说，"正宗。"

两人沉默片刻，以示对啤酒的敬意，然后安布罗斯说："你的

① 英文 piddle 另有"小便"之意。

卡罗尔·乔丹彻底惹恼了我的上司。”

即使过了这么多年，有人提到卡罗尔·乔丹的名字，托尼仍要努力保持无动于衷。不过他认为自己应该这样。一方面，他从来不相信听天由命。但更重要的是，他总是发现无法确定卡罗尔对他意味着什么，而且他无意给别人得出错误结论的机会。“她不是我的卡罗尔·乔丹，”他温和地说，“我觉得她不是任何人的卡罗尔·乔丹。”

“你说她如果获得那份工作，会租你的房子。”安布罗斯说，话里透出责备。

托尼希望自己从未透露过这件事。他在一次午夜谈话中不小心讲出来，那次谈话加固了他跟安布罗斯的友谊，虽然他们没什么共同点。托尼信任安布罗斯，但这并不意味着他愿意接受别人进入自己错综复杂、充满矛盾和纠纷的情感生活。“卡罗尔已经租了我的地下室。这没什么大不了。那个房子很大。”他说，语气平淡，但是手紧握着玻璃杯。

安布罗斯的眼睛紧盯着角落，面无表情。托尼认为警察的本能令安布罗斯正在思考要不要追问下去。“她是一个非常有吸引力的女人。”安布罗斯最后说道。

“是的。”托尼承认，朝安布罗斯举杯。

“帕特森督察为什么非常反感她?”安布罗斯耸耸结实的肩膀，身上的夹克绷紧。他在安全的地方，棕色的眼睛会放松警觉。“不过这也正常。帕特森一直在西麦西亚和伍斯特任职。他认为任职总督察的机会来了，脚已经伸到桌子下面。然后你的——然后乔丹总督察告诉大家她很乐意从布拉德菲尔德调动过来。”他的笑容扭曲得像是鸡尾酒杯边缘的柠檬皮。“西麦西亚怎么能对她说不呢？”

托尼摇摇头。“你说得对。”

“她的业绩太壮观了，在伦敦警察厅工作过，与欧洲刑警组织合作过，带领自己的犯罪调查组与国内第四大势力反恐部门杠上，让那群傻瓜碰了一鼻子灰……有她这样经历的警察大都想稳坐办公室，不想留在最危险的职位上。帕特森听到这个小道消息后，知道自己彻底没戏了。”

“不一定，”托尼说，“有些老板会视卡罗尔为威胁。这个女人知道得太多了。他们可能会把她看作是鸡舍里的狐狸。”

安布罗斯咯咯地笑起来，笑声低沉，像是地下发出的隆隆声。“这里的人不会。他们认为自己最了不起。他们看着旁边西米德兰兹郡那些讨厌的混蛋时，像孔雀一样趾高气扬。他们会把乔丹总督察的到来当做是获奖的鸽子回到属于她的阁楼。”

“非常有诗意。”托尼抿了口啤酒，品尝杯子边上苦涩的啤酒花。“但你的帕特森督察并不是这么看的吧？”

安布罗斯喝掉大半啤酒，想着如何回应。托尼已经习惯了等待。这是一种技术，在工作和玩乐中都起作用。他一直不明白为什么他要对付的人会被称为“病人”①，他才是需要发挥所有耐心的人。一位合格的临床心理学家在寻找答案时，绝不能太急躁。

“他很难适应，”安布罗斯终于说，“知道自己被忽略了，不被提升，是因为不够优秀，这件事很残酷。他必须想出一个办法，觉

① 英文 patient 意为“病人”或“有耐心”。

得自己没那么糟糕。”

“他想出了什么办法?”

安布罗斯低下头。在酒吧昏暗的灯光下，黑皮肤把他变成了一个阴影。“他胡诌卡罗尔调来这边的动机。比方说，她并不想在西麦西亚折腾。她只是跟着你来的。你继承了大房子，她决定跟着你把布拉德菲尔德抛在身后……”

托尼不能为卡罗尔·乔丹辩护，但什么都不说也不是好办法。沉默等于默认帕特森辛辣的分析是对的。但他只能让安布罗斯不要谈这种在警局餐厅和警务室听到的八卦。“也许吧。但我不是她离开布拉德菲尔德的原因。这是办公室政治，与我无关。她的新老板认为她的团队无甚价值。她有三个月的时间来证明新老板是错的。”托尼摇了摇头，脸上露出怜悯的微笑。“很难说她还能够做些什么。她已经逮住一个连环杀手，澄清两个谋杀悬案，还破获一个拐卖孩子进行性交易的案子。”

“我会说破案率真高。”安布罗斯说。

“不足以令詹姆斯·布莱克对她刮目相看。三个月快到了，他宣布将在本月末解散卡罗尔的小组，把他们分到普通的刑事调查局去。她已经决定不接受这样的部署。所以，她肯定要离开布拉德菲尔德，只是不知道自己该去哪。然后西麦西亚这里出现工作机会，她连房东都不需要换。”

安布罗斯露出被逗乐的表情，喝干杯里的酒。“你原来打算换个租客吗?”

“我还在应付这一个。这次我请客。”安布罗斯返回吧台时，托尼抗议说。他瞥见年轻的酒吧女招待将目光投向他们这边，温和的脸上流露出淡淡的不悦。他知道他俩看上去是奇怪的一对。一个是身材魁梧的光头黑人男子，脸像重量级拳击手，领带松开，黑色西装紧紧包裹着厚实的肌肉，大多数人会以为他是一个严肃的保镖。而托尼看上去正是一个需要保护的人——中等身高，身材偏瘦，因为他的主要运动是在任天堂五代上玩雷曼疯狂兔子；皮夹克，连帽衫，黑色牛仔裤。这些年来，人们只对他的眼睛印象深刻，蓝色的眼睛闪闪发光，与苍白的皮肤形成令人震惊的对比。安布罗斯的眼睛也令人难忘，但只在他表达善意时。托尼认为大多数人没注意安布罗斯的眼睛。真实的安布罗斯被表面形象遮掩。托尼觉得酒吧女招待也没注意到安布罗斯的眼睛。

安布罗斯又拿了一品脱啤酒回来。“你今晚多喝点儿?”

托尼摇摇头:“我要赶回布拉德菲尔德。”

安布罗斯看看表:“现在吗?已经过十点了。”

“我知道。但是晚上的这个时候没什么车辆。我不用两小时就可以到家。我在沼泽精神病院还有病人。我初诊完就把这最后几个病人移交给同事，希望同事不要对这几个病人见外。晚上开车比较轻松。深夜电台，宽阔的马路。”

安布罗斯轻笑:“你说的话就像乡村音乐的歌词。”

“我有时候会觉得我的整个生活就是一首乡村音乐，”托尼抱怨道，“但不是积极欢快的那种。”他说话时，手机突然响了。他狂乱地拍着口袋，最后在牛仔裤前面的口袋里摸索到手机。他不认识屏幕上的号码，但大概能推断出是什么人打的。沼泽精神病院的职员如果跟他的某个疯病人有麻烦，会用自己的手机打电话给他。“喂？”他小心地问道。

“是希尔博士吗？托尼·希尔博士？”是个女人的声音，托尼对这个声音有些印象，但不确定是谁。

“请问哪位？”

“我是佩妮·伯吉斯，希尔博士。《前哨晚报》的。我们以前谈过。”

佩妮·伯吉斯。他回忆起一个穿风衣的女人，竖起衣领挡雨，脸上露出坚毅的表情，长长的黑发乱糟糟。他还回忆起自己在佩妮署名报道的新闻故事里的身份一直在变，有时是无所不知的圣人，有时是愚蠢的替罪羊。“你的报道和采访不一样。”他说。

“我只是在完成自己的工作，希尔博士。”她的声音比以往温和许多。“又有一个女人在布拉德菲尔德被谋杀。”她接着说。佩妮和他一样擅长闲聊，托尼想，不想猜度她的言外之意。佩妮没等托尼回应，又说：“性工作者。和上个月的那两个一样。”

“我听到这个消息很遗憾。”托尼说，小心翼翼，如同行走在雷区。

“我给你打电话是因为……我的线人告诉我这个和先前两个有着相同的签名。我想知道你对此怎么看？”

“我不知道你在说什么。我目前跟布拉德菲尔德的刑事调查部门没有业务往来。”

佩妮·伯吉斯发出低沉的声音，好像在轻笑，但又好像没在笑。“我相信你的线报跟我的一样准确，”她说，“我不相信乔丹总督察不知情，她如果知道，你就知道。”

“你对我存在非常奇怪的误解，”托尼坚定地说，“我不知道你在说什么。”

“我在说一个连环杀手，希尔博士。谁要想了解连环杀手，找你就对了。”

托尼突然挂断电话，把手机猛地塞回口袋。他抬起眼，看到安布罗斯审视的目光。

“报社写手，”他说，吞了一口啤酒，“也不能说她是写手。她比写手强。卡罗尔的手下已经不止一次让她颜面尽失，但她把这当做是这个职业的题中之义。”

“好吧……”安布罗斯说。

托尼点点头。“对。你可以尊重她，但不要给她任何素材。”

“她想打听什么？”

“她的确在打探消息。过去几周里，布拉德菲尔德有两个街头妓女被杀。现在又有第三个妓女被杀。我觉得没有理由把这个案子和前两个案子联系起来——完全不同的手法。”他耸耸肩。“嗯，我随便说说，我不知道任何官方消息。不是卡罗尔的案子，即使是，她也不会告诉我。”

“但你说的这个写手不这么认为？”

“她说签名一样。但案子与我无关。警方即使想找信息，也不会找我。”

“蠢蛋。你是那里最棒的。”

托尼喝光杯里的啤酒。“这点很可能是真的。但对于詹姆斯·布莱克而言，依靠自己解决问题更省钱，而且这意味着他能掌控全局，”托尼苦笑一声，“我能理解他的想法。我如果是他，可能也不会雇我。增加麻烦，不值得。”他推开桌子，站了起来。“我要在欢快的音乐中开车上高速。”

“你一点也不希望自己出现在这三个案子的犯罪现场吗？”安布罗斯喝干第二品脱的啤酒，站起身，特意往后退，不让自己的身形笼罩着朋友。

托尼思忖着。“我不否认做这种事情的人让我好奇。病人心理越失常，我越想弄明白是什么导致他们这么做的，我怎么做才能帮助他们改善自己，”他叹了口气，“但我不喜欢看到最终的结果。阿尔文，我今晚要回家睡觉。相信我，我真的不想待在其他地方。”

3

越危险的地方越安全。人们只看得到他们期望看到的东西。许久以前，他入狱浪费生命之前，就懂得这些真理。他聪慧而坚定，没有仅仅因为受到现实的制约就停止学习。

有些人身陷牢笼后就开始沉寂。他们被不那么混乱的生活吸引，因为生活的可预知而感到安慰。监狱生活还有一面鲜为人知，强迫症患者很多。监狱里满是安心于重复行为的男人和女人，他们在外面从没有这样的习惯。从一开始，杰克・万斯就抗拒这种习惯的诱惑。

并不是说他起初就有很多规矩要遵从。普通囚犯最爱的是他妈的名人囚犯。杰克・万斯被关进来时，和他在同一侧牢房的人整晚咆哮，让他不能入睡，他们嘈杂地吼着他过往的伟绩，夜深后也不安静下来。他们会用口哨吹出关于万斯的电视节目的主题曲，旋律不停重复，就像一圈又一圈的跑道。有一晚，他们厌烦了《万斯之行》，便用足球歌曲的曲子编排他的妻子和他妻子的女朋友。万斯讨厌这样开始监狱生涯，但并没有心烦意乱。早上，他走到楼层平台时，依旧和前一天晚上一样沉稳和冷静。

他必须镇静。他从一开始，就决定要出去。他知道这要花费数年时间，他强迫自己接受这一点。他可以通过法律途径，但他不相信法律会有用。所以他需要尽快想出新的办法。

镇静是开始监狱之旅的第一步。他必须证明他值得尊重，不会踏上别人的领地。他们都知道他杀害少女，也许会觉得他和强奸犯差不多。没有一件事是容易的，肯定会出些小差错。但在外面，有些人相信他是无辜的。他非常愿意充分利用这些人。保持大男子内心甜美的一面如同给外面的轮子上油。万斯仍拥有大量能起作用的润滑油。

在监狱系统内部循规蹈矩是计划成功的另一个关键因素。他不管做什么，都必须看上去符合规定。他想让监狱看守看到他行为良好。忍受烂遭遇，做个好男人，杰克。但和所有事一样，这件事终究会结束。

几年前他经常看前妻主持的一个电视节目。她采访过一个监狱长，那座监狱发生了一次可怕的暴乱，囚犯们有效地控制了监狱三天。万斯回忆起他的话时，仍然可以想起他厌世的语气和他的样子："你无论把他们关在什么地方，他们总会找到出路。"万斯一直觉得是节目组教他这么说的。现在，他觉得那是监狱长的真心话。

当然，在监狱里，要想找到出路，你的选择是有限的。你的资源只有你自己。万斯在这点上领先于大多数狱友。让他成为英国电视台最受欢迎男主持人的东西与监狱完美适应。他风度翩翩、英俊、迷人。他最早是世界级运动员，那场事故之后，他开始电视生涯。他可谓是男人中的男人。他被授予乔治十字勋章，因为他冒着生命危险在被雾笼罩的高速多车相撞事故中救出了几个小孩。这个奖是他应得的，因为他试图把一个被困的卡车司机拖出被压烂的驾驶室，但失败了，还失去了胳膊。他认为，这个国家中没有一个囚犯像他这样，曾被授予平民英雄的最高荣誉。这些都是有利因素。

他计划的核心中有一个简单的要素——跟有能力改变他世界的人做朋友。管理囚犯的最高长官；想捞外快的监狱看守；还有决定你如何服刑的心理学家。他会特别留意能把一切联系起来的关键人物。

他为逃离一点一滴地建立基础。比如电动剃须刀。他故意扭伤手腕，以此为借口，提出一个独臂男人不可能用其他方式刮胡子。他利用人权法案，申请最先进的假肢。他被发现是一个连环少女杀手之前挣的钱不是犯罪收益，有关部门不能碰。所以他能用钱买到最好的假肢，能够进行单独的手指运动。合成的皮肤很好，不知情的人会以为是真的。不特意找，你看不到瑕疵。能发现细节的眼睛十分稀少。

他一度认为自己所做的一切都白费了。但有过这样的想法也好。让大多数人意外的是，上诉法院最终推翻了对他的判决。他觉得那段时间自己身上洒满光辉，认为他可以走到外面的世界。但那些混蛋警察又把另一件谋杀案扣在他身上，就在他快要自由时。那个指控就像胶水一般黏上他，正如他一直担心的那样。于是他又回到监狱，回到原点。

保持耐心，坚持计划是艰难的。岁月流逝，几乎不留痕迹。但以前那些事他都撑过来了。那场严重的事故剥夺了他的奥运奖牌梦和他心爱的女人，但他凭借常人难以企及的意志力，最终从中复原。多年为到达顶峰而进行的体育训练，让他明白坚持的价值。今晚，他将得到所有补偿。再过几个小时，事实将证明一切都是值得的。现在，他只需要做最后的准备。

然后，他将给一些人永生难忘的教训。

4

要清楚看到受害人挺难，因为那些穿着白衣服的法医们在犯罪现场忙活。在侦缉警司彼得·里基看来，这不是坏事。并不是说他容易呕吐。这些年来他见过太多的血，对于可能让人反胃的东西已经有极强的免疫力。他能承受直接暴力。但他面对死得异常的人时，会尽可能避免去看死者，不然那些残破且被玷污的尸体将会铭刻在他的记忆中。侦缉警司里基不喜欢想到恶心的事情。

糟糕的是他得听他的警探在电话里复述这样的事。里基本来在享受一个完美惬意的夜晚，在巨大的等离子屏幕前，一只手拿一罐斯特拉啤酒，另一只手夹着雪茄，观看欧洲杯比赛。不管对手如何卖力，曼联队目前领先一球，然后他的手机响了。

"我是斯宾塞督察，"打电话的人称，"抱歉打扰您，长官，但我们这里发生了一件糟糕的事，我觉得您可能想知道。"

里基自从接手布拉德菲尔德北部地区的刑事调查局，就明白地告知部下，他并不想被某个案子弄得措手不及，不希望媒体把案子弄成是吸引观众的大事件。真扫兴，还有十五分钟，这场关键的比赛就结束了。“不能等到早上吗？”里基刚问完，就已知道了答案。

“我觉得您会想来这里，”斯宾塞说道，“这是又一起妓女被杀案，手腕上有同样的文身，据医生所说。”

“你是说我们正在寻找的那个连环杀手又出现了？”里基没有隐藏他的怀疑。自从汉尼拔·莱克特出现以来，每个热血的警探都想加入追踪连环杀人凶手的风潮。

“难说，先生。我没见过前两个，但是医生说看起来一样。只是……”

“有话快说，斯宾塞。”里基沮丧地把啤酒罐放在椅子边的桌上，掐灭雪茄。

“罪犯的手法……嗯，相当猛烈，相比其他两个案子。”

里基叹了口气，倒退出房间，一半的思绪都在那个呆滞的中锋身上，跑慢了，错过一个精准的传球。“他妈的，这是什么意思，斯宾塞？‘相当猛烈’？”

“她被钉在十字架上。倒挂着。喉咙被切开。医生说凶手是照这个顺序折磨她的。”斯宾塞语速很快。里基不确定斯宾塞是自己被吓到了，还是想让上司震惊。不管如何，这话对里基奏效了。他感到酸水反涌上喉咙，酒精和烟转化成胆汁。

所以他还没离开家就知道他不想看到这具尸体。现在，里基站在那里，背对恐怖的场面，听斯宾塞根据已有的信息碎片讲出一些实质性的东西。斯宾塞快要讲完时，里基打断道："你说医生确定三人是同一个人所杀？"

"目前我们已知三人。我是说，可能会有更多。"

"没错。一场血腥的噩梦。不知道这对财政预算有什么影响。"里基挺直肩膀。"没有不尊重的意思，斯宾塞督察，但我想这个案子需要专家。"

他看到斯宾塞理解的目光。有一个方法能让警察避开无休止的无偿加班，避开捣乱的媒体，防止激情流失。斯宾塞不是懒骨头，但每个人都知道调查这类案子会对身心造成极大损害。没这必要，因为有其他人对这类烂事感兴趣。规定也说，某些类型的案子应该被分流给其他部门处理。斯宾塞点点头。"你说得对，长官。我知道我能力有限。"

里基点点头，离开犯罪现场的明亮灯光和轻柔的沙沙声。他知道要给谁打电话。

5

卡罗尔·乔丹总督察抓着书桌左侧底部抽屉的把手。这是她决定离开布拉德菲尔德的代价。到本月底，她经验老到的专业团队就会解散，她将离去。到那时，每一个抽屉，每一个文件柜，她办公室里的每个橱柜都会被拆掉。她想把属于个人的东西带走——照片，卡片，同事留的便条，从杂志和报纸撕下来的曾让卡罗尔和同事们开心的漫画。有些专业材料需要归档某处，由布拉德菲尔德警察厅管理。还有现在已经看不懂其意思、与当时所查案件有关的便条。还有大量要粉碎的材料——没有任何人想要看那些纸头。所以她团队的其他人都下班后，她留了下来，开始整理。

但是她猛拉开抽屉时感到心情沉重。抽屉里塞满像地质层一样的案宗。可怕、神秘、令人震惊、令人心碎的案子。她可能永远不会再碰到类似的案子。她没想到要随意处理这些材料。卡罗尔转动椅子，伸手去开中间那个文件柜的抽屉，里面装着她更加熟悉的东西。她从迷你酒吧、快捷酒店和出差途中收集来的微型伏特加，她拿了一瓶。她把杯子里的咖啡残渣倒进垃圾桶，用纸巾擦了擦杯子，把伏特加倒进去。不够多。她又抓起一瓶，倒进杯里。看起来还是不像一杯饮品。她一口气喝掉，几乎没任何感觉。她又倒了两小瓶进杯子，把杯子放在桌子上。

“喝一口。”卡罗尔大声说。她没有酗酒的恶习。不管托尼·希尔怎么想，她能控制自己。她身上发生过几次重大事件，但那些已经过去了。享受一两口酒，不构成问题。她的工作和人际关系都未受影响。“不管那些。”她咕哝着，从抽屉里拖出一捆文件。

她埋在成堆的文件中整理了许久，电话铃声响起时，她感觉就像被解救了。手机屏幕上显示着警方的手机号，但她不认得这是谁的号码。“总督察乔丹。”她说道，伸手去拿杯子，吃惊地发现杯子已经空了。

“北区侦缉警司里基。”一个粗哑的声音说。

卡罗尔不认识里基，但是一个级别这么高的警官工作到这么晚，一定是发生了大案子。“需要帮助吗，长官？”

“我们有件案子，我觉得你的团队会愿意做这个案子，”里基说道，“我想最好在案发现场被破坏之前，尽快邀请你们加入。”

“我们喜欢这样的办事方式，”卡罗尔说，“但是你知道，我的队伍快解散了。”

“我听说解散通知快要发布了，”里基说道，“但是你们目前都还在上班，对吗？我认为你们肯定想全身心投入这最后一个特殊案件。”

卡罗尔不会说这样的话，她明白里基的意思。他们都明白，普通家庭案件和大多数刑事案与扭曲的心灵制造的谋杀之间的差异。几乎没有什么谋杀案可谓正常，所以她认为用“特殊”描述一个谋杀案并不奇怪。“把地点用短信发给我，我会尽快赶到那儿。”她说道，把还没审阅的文件放回原处，一脚踢上抽屉。

她瞥见空杯子。严格来说，她已经超量了。但她自认为完全有能力开车——她在工作中曾无数次在拘留室听过抗议的醉鬼说过这句话。但她不愿单独出现在案发现场。他们如果要接手一个案件，就会当场展开行动，她独自一人无法充分利用时间和本领。她在脑子里过人员名单。她的两个警长，克里斯·戴文最近为了一个重大审讯已经熬夜太多天；凯文·马修斯正在外庆祝结婚纪念日。里基的声音听上去不是非常着急，所以她不应该破坏凯文的夜晚。那就只剩下警员了。斯黛西·陈对机器总是比对人有更大的兴趣；萨姆·埃文斯关注自身的事业多于关心受害者；只剩下宝拉·麦金太尔。卡罗尔拨打宝拉的电话时，意识到自己早就选定了宝拉。

有些事从未改变，宝拉心想，身上汹涌着肾上腺素，开着车前往凶杀现场。她每次前往案发现场，都能感觉血液中的震颤。

“抱歉把你拖出来。”卡罗尔说。

她并不真的感到抱歉，宝拉想。但是卡罗尔一直都很善于确保组员不会感到自己是被理所当然地利用了。宝拉的视线没有离开道路。她大大超过限速，但她能掌握目前这个速度。没有人想当匆忙赶赴案发现场而撞倒无辜公民的警察，并被人记住。“没关系，长官，”她说道，“埃莉诺随时应诊，我们只是在家度过一个安静的夜晚。玩拼字游戏，吃外卖。”埃莉诺和卡罗尔一样，能让每个人都感到舒心。

“我还是要道歉……”

宝拉咧嘴笑了。“不管我怎样安慰你。我们有什么信息吗？”

“里基是用明线打来的，所以我们没有谈论细节。我只知道，他认为这是我们乐意接的案子。”

“我们很快就会知道了。”宝拉说，意识到卡罗尔语气中的酸楚和遗憾。

“不管我在不在，这样的案子都会发生。”

宝拉很惊讶。“我不是在责怪你，长官。我知道这是谁的错，”她快速地瞥了卡罗尔一眼，“我想知道……”

“我一定会为你说好话的。”

“事实上，我还有其他要求。”宝拉深呼吸了一口气。她几天来一直试图找一个合适的时机和卡罗尔说这件事，但是总有一些事妨碍她。她如果现在不利用卡罗尔帮她，谁知道机会什么时候再出现呢？“我如果要申请，西麦西亚有职位给我吗？”

卡罗尔不知道怎么回答。“我不知道。我从没想过有人会……”她在座椅里转个身，以便更好地观察宝拉。“两个地方不一样，你知道。那里没有布拉德菲尔德这么多凶杀案。只能在刑事调查做做日常工作。”

宝拉突然笑了。“我可以忍受。我认为自己已经在第一线的一堆烂事里尽了太久的职责。”

“我不反对你说的话。你如果真想去，我会尽全力帮你实现，”卡罗尔说，“但是我觉得你在这里过得很好。和埃莉诺怎么样？”

“我和埃莉诺没有问题。好吧，和你想的不一样。事实是，她想在医学事业上更进一步。她听说伯明翰有个好工作。但任何一个正常人都不会愿意在布拉德菲尔德到伯明翰之间通勤。所以……”宝拉在交叉路口放慢车速，在快速驶过之前仔细扫视两个方向的路况。“她如果要离开，我就需要考虑我的选择。你如果要去西麦西亚，我想我不妨利用自己的人际关系。”她瞥了卡罗尔一眼，咧嘴笑了。

“我会尽力，”卡罗尔说道，“其实我宁愿谁都不带去。”她补充道，出于真心。

“我和也参与碎碎念[①]系列凶杀案的那个警长相处得很好，”宝拉用强调的语气说，“阿尔文·安布罗斯。我非常乐意再次和他共事。”

卡罗尔叹了口气。“我明白你的意思了，宝拉。没有必要强调。但是我不能打保票。你知道现在的情况，现在削减经费的政策已经波及一线警官。”

“我知道。对不起，长官。”她看着导航仪，皱了皱眉，然后左转，进入一个小型工业区，屋顶坡度平缓的组装仓库排列在弯曲的道路两旁。她们转过最后一个弯，宝拉知道她开对地方了。一群警察和各式车辆围着最后一间仓库，蓝光没闪，以免引起注意。但是

---

① 作者在本系列前一本书《骸骨疑云》中编造的一个社交网站名称。

仓库外肯定已经竖起犯罪现场专用的绑着飘扬彩带的标杆。宝拉停下车，关掉引擎，挺直肩膀。“接下来该我们上了。”

在这种时候，卡罗尔总是觉得自己还不够优秀。她做这个工作时间越长，就越是难以忍受总是事发后才到达。她希望托尼与她在一起，不仅仅因为他解读犯罪现场的方式不同于她。托尼理解她渴望防止这样粉碎人们生活的事件发生，不想让这些事件给人们带来抹不去的伤口。正义是卡罗尔梦寐以求的东西，但她这些天觉得自己很少见到正义。

她很高兴里基没有多说什么。有些话不需要说出来，而太多警察试图用喋喋不休掩饰恐惧。但这样做反而让恐惧更加明显。

这个女人一丝不挂。卡罗尔看到皮肤表面有几个割伤，怀疑凶手可能用刀割破了她的衣服。她要求犯罪现场调查小组摄影师重点拍下这些刀口，他们如果发现衣服，可以进行比较。

这个女人的身体被牢固的六英寸钉子固定在十字架上，钉子穿过她的手腕和脚踝。卡罗尔不敢去想当时的各种声音：锤子敲打钉子的声音，骨头的嘎吱声，回荡在金属墙壁间的痛哭声。然后十字架靠墙翻倒，她烫染的金发拂过水泥地，前额上面乌黑的发根露了出来。

但她不是因为被钉十字架才死的。卡罗尔想，也许可以把野蛮地割喉当做是一种怜悯，但她希望这样的怜悯永远不存在。喉咙上的伤口很深，大动脉被割断。血液喷射出惊人的距离，除了一小块地方，地上到处可见喷出的血迹。“他站在那儿，”卡罗尔自言自语，“他身上肯定溅了血。”

“该死的，他一定很强壮，”宝拉说，“移动钉了尸体的木头十字架是个难事，我想我做不了。”

最靠近尸体的那个穿白衣的身影转向她们。他戴着口罩说话，声音有点低沉，但卡罗尔能听清。她听出这个带加拿大口音的人是内务部的病理学家格里沙·沙塔洛夫。“这个木架子只有两米宽六米长，而她什么都没穿。我得说死者是典型的瘾君子，只是没迹象表明她注射药品。我打赌你可以把她放下来，并且毫不费劲地挪动，麦金太尔警探。”

“她死多久了，格里沙？”卡罗尔问。

“你的问题我从来都无法回答，”格里沙说，调侃的语气中略带疲惫，“大约二十四小时。”

“这个房子已经空了大概四个月，”里基说，“保安不知道后门被强行打开了。”他语带轻蔑。

“那我们是怎么发现她的？”卡罗尔问。

“老一套。遛狗的人意外发现的。狗直奔后门。它一定是闻到了血的气味。”里基皱皱鼻子。“没什么可疑。据狗的主人说，狗冲进门口，门开了，狗消失在里面，不出来。于是他走进去，拿着手电筒。看到了，给我们打电话。”里基苦笑。“他还算聪明，抓住狗，没让它完全破坏犯罪现场。”

“沙塔洛夫医生推断她是昨晚被杀的。为什么狗昨天没发现？”

里基回头望望，看到他的督察在记录要点。他一直很沉默，站着不动，但知道自己该做什么。“狗的主人说他们昨晚没走那条路。我们肯定会查证这一点。”

“永远都不要相信发现尸体的人。”里基说。

好像我们不知道似的。卡罗尔盯着尸体，专注地查看所有细节，思索事件的经过，推测这个年轻女子是怎么被引到这儿的。“身份确认了吗？”她问。

“目前还没有，”斯宾塞说，“机场附近有些街头妓女，大多数是东欧人。她可能在那儿工作。”

“或者凶手是从城里把她带来的。从坦普尔场。”宝拉说。

“前两个是本地人。”里基说。

“好吧，我们希望格里沙把她恢复成人样，确定身份，”卡罗尔说，“长官，你刚才说‘前两个’。你确定这是系列案件吗？”

里基转向尸体。“指给她看看，医生。”

格里沙指着女人手腕内侧看起来像是文身的东西。上面沾着血，但卡罗尔仍能辨认出字母。“我的”。可憎、病态和无耻的留言。在卡罗尔的脑子里面，一个魔鬼小声说：“好好查这个案子。你如果去西麦西亚，永远不会再见到这么吸引人的犯罪现场。”

6

万斯多年来循规蹈矩，克服重重困难，在奥克沃思国家监狱的治疗区牢房赢得一定地位。这个监狱在伍斯特郡的偏远乡村。他待的这片牢房没有规定的熄灯时间，跟监狱的其他部分似乎是分离的，囚犯可以自己关灯。那间小小的浴室给了他一点隐私，他有时会忘了自己是在监狱里。万斯关上灯，让电视开着，借着点光亮做事。他把报纸摊开，放在桌子上，然后用剃须刀片费力地割掉头发。他把头发剪到很短后，又拿电动剃须刀来回剃发，直到脑壳变得光滑，头皮发白，但他在坐牢，所以脸色和头皮差不多。接下来，他剃掉留了几周的大胡子，只留下山羊胡和八字胡。在过去的几年中，他经常改变须发样式——从满脸大胡子到刮净，从络腮胡到萨帕塔式两端下垂的胡子，没有人在意他为什么喜欢改变模样，实际上这一点至关重要。

他要改变模样，还有一件关键的事要做。他伸手到桌子上方的书架上，拿下一本大书，限量版俄罗斯现代艺术家石版画集。万斯或其他普通囚犯对艺术都没兴趣，但这本书的厚重纸料很有用，你可以撕开纸张，隐藏薄薄的塑料文身贴。

这些文身贴是用万斯费老大工夫拿禁用的智能手机拍下来的照片复制出来的。它们准确细微地复制了覆盖在杰森·科林斯的胳膊和脖子上的精致而花哨的人体艺术，那人这会睡在万斯的床上。万斯今晚并不会在自己的囚室。他设的障眼法将完美地发挥作用。

他只需要一张达蒙·托德的妻子在某个夜总会依偎着卡什·科斯特洛弟弟的照片。万斯那天晚上在就餐时间随意地把照片扔在乒乓球桌上。正如他所料，有人把它捡起来并马上明白其意义。接着就是各种奚落和嘲讽，毫无疑问，托德发火了，对科斯特洛动粗。他们不能再待在治疗区牢房，所有的良好行为被一次无法控制的暴怒抹掉了。万斯毫不在乎。他从来不会被间接损害烦扰。

真正重要的是，喧闹转移了本翼狱警的注意力，时间足以让万斯和科林斯走到对方的囚室。等到事情解决，监狱看守安顿好违规囚犯后，两人都熄了灯，假装睡着了。没人会怀疑他们换了牢房。

万斯站起来，往盆里装凉水。他撕开第一张书页，把两片纸从塑料上扯掉。他把塑料薄膜浸在盆里，然后，文身贴开始剥离，他把它精心贴到假肢上。这是一个缓慢的过程，但更棘手的是把文身贴到他的另一只手臂上。是的，新假肢非同凡响。但它和真手臂还是相差甚远，无法做非常精细的动作。而一切都取决于做对细节。

他完成时，满头是汗，细密的汗水顺着背和两颊流淌。他已经尽全力做到最好。把他与科林斯放在一处，别人可能很容易分辨真假，但除非事情完全不按他的计划发展，否则不会发生这样的事。万斯拿起眼镜戴上，这是他在外面的助手依照科林斯的眼镜仿制的。世界倾斜而模糊，但他还能应付。镜片远不如科林斯眼镜的度数深，但不是平光玻璃镜片。细节，一切在于细节。

他闭上眼睛，努力发出科林斯那种中部地区方言的鼻音。这是万斯最难模拟的部分。他没有模仿的天赋。他总认为他靠自己就够了。但是这一次，他不得不模仿别人的声音，失去自我。他打算尽量不说话，但也会尽量避免用自己那种温厚的普通音调说话。他回忆起《大逃亡》中戈登·杰克逊扮演的那个人在别人跟他说英语时下意识地回答而露馅。万斯必须避免像那个人那样。他不能放松，一刻都不能。直到完全获得自由。

他用了好些年才走到这一步。首先，要被治疗区完全接纳。然后找一个跟他身高和体型大致相同的人，万斯要能实现他的一个迫切需求。杰森·科林斯这个小小的令人毛骨悚然的纵火犯进入治疗区的第一天就被他瞄上了。科林斯是个职业杀手，收钱放火烧人家的公司。万斯不需要心理学家告诉他也知道，科林斯放火的动机其实更阴暗，更严重。他进入治疗区就是证据。

万斯与科林斯结为朋友，发现科林斯懊恼失去了家庭生活，希望的种子埋下了。万斯的钱能为科林斯的三个孩子和妻子做点什么。很长一段时间，万斯觉得自己没有进展。关键的绊脚石是，科林斯协助万斯将被加刑。然后科林斯被判了另一种刑：白血病。病人被初疹确认后，还有百分之四十的机会再活五年。这意味着他很可能再也没有机会为孩子和妻子提供未来。科林斯即使获得最长的减刑，也只是回家等死。“你如果快死了，他们会让你回家，”万斯说，“想想洛克比空难后发生的事情。”这似乎是对一个两全其美之策的不当诠释。科林斯可以帮助万斯逃，而自己又不会有什么损失——他病得够重时，他们还是会放他出去。他反正会与家人度过生命的最后时刻。但他如果选择帮万斯，他的妻子和孩子就不用担心没钱花。

万斯用尽所有的说服功力和所有的耐心，引诱科林斯接受他的思维方式。“你们会慢慢地对友好不习惯。”他的心理学家曾经说过。这句话给了万斯很大的启发，他最后做到了。科林斯的大儿子要上沃里克郡最好的私立学校，而杰克·万斯要走出监狱。

万斯收拾停当，把潮湿的纸撕成碎片，连同几团裹着头发的薄厕纸一起冲洗掉。他把塑料薄膜卷成小球，塞进桌子和墙之间。他把能想到的事都做完，然后躺在狭窄的床上。他身上的汗水冷却，他不住颤抖，盖上羽绒被。

一切都将正常。明天，看守会来带走杰森·科林斯——他获得了第一次的假释。假释是治疗区每一位囚犯的梦想——他们会在这一天走出监狱大门，一整天待在工厂或办公室。真是可怜，万斯想。这样的治疗缩小了一个人的视野，平凡的苦差事变成了你的渴望。他用尽全部伪装技巧，隐藏自己对这种体制的蔑视。但他做到了，因为他知道这是他回归墙外生活的关键。

因为不是治疗区的每个犯人都被允许外出。放万斯和其他一些人出去风险太大了。他不管如何想尽办法想让那个愚蠢的心理学贱人相信，他不是那样的人，没犯过深深令人不安的被定为谋杀的罪行。他没杀那些少女，严格地来说他是无辜的，因为他从未因谋杀她们被判有罪。不过，没有哪个内政大臣想做释放杰克·万斯的人。法官给他定的最低刑期意味着什么没关系。万斯知道他永远也不会有正式重返社会的时候。他不得不承认，他如果是负责人，也不会让自己出去。不过，他确切地知道他的能力。有关当局并不知道他有多大的能力。

万斯在黑暗中笑了。不久大家就知道他的能力。

7

穿制服的警察开着警车，依照卡罗尔指示的方向缓缓转弯。“左边第三间房子。”她说，声音像是疲倦的叹气。她把宝拉留在犯罪现场，确保事情按照重案组的方式来进行。她可以很放心地把事情交给宝拉。她想知道她在伍斯特是否有同样的运气。

“长官?”司机是一个二十几岁的交警，小心翼翼。

卡罗尔打起精神。“怎么？什么事?”

“左边第三个房子外面有一个男人坐在一辆停着的车里。他的头好像靠在方向盘上，”他说，“你要我查询车牌号吗?”

他们与那辆车并排时，卡罗尔朝窗外看去，惊讶但也不是非常惊讶地看到托尼。那个警员说的不准确，托尼是手臂靠在方向盘上。“不用麻烦电脑，”她说了“我知道他是谁。”

“你需要我问他话吗?”

卡罗尔笑起来。“谢谢，不过没这必要。他完全无害。”这么说不完全正确，但她希望交警能明白她的意思。

“你说了算。”他说，开到托尼车前，停了下来。“晚安，长官。”

“晚安。不用等我，我没事。”卡罗尔下了车，往回走向托尼的车。她站在车边直到警车开走了，然后打开乘客门，坐进去。托尼听到车门锁上的声音，猛地转过头来，喘着粗气，好像被吓到了。

“他妈的，什么事，”他说，声音惊恐，不知所措。他的头猛地从一边晃到另一边，试图弄清状况，“卡罗尔？怎么……”

她拍了拍他的手臂。“你在布拉德菲尔德房子的外面。你睡着了。我下班回家看到你。我想你该不会打算整个晚上都窝在车上吧。”

他用手擦着脸，好像用水抹脸，然后转向卡罗尔，眼睛睁大，神情惊诧。“我在听播客。棒极了，布罗德莫精神病院的格温·阿谢德医生谈论我们应该如何应付灾难一样应付病人。我到家了，她还在说，我想听到结尾。我不敢相信我睡着了，她说得很有道理，我很久没听到人这么说了。”他打个哈欠，动动身子。“现在几点？”

“三点刚过。”

“上帝。我午夜刚过回来的。”他颤抖着。“我真冷。”

“不奇怪，”卡罗尔打开门，“我不知道你想怎么样，但我要进屋去了。”

托尼急忙从他那侧出来，在门口赶上她。“你为什么会在三点后一个人回家？你想要喝点什么吗？我现在完全清醒了。”

他真像个小孩，她想，不知从哪儿冒出来这么多热情和好奇心。“我要进去拿个睡帽。”她说，跟着托尼到前门，而不是通向她独立地下室公寓的侧门。

房子里面好几个小时没人在，有股寒冷而凝滞的空气。“把我办公室的火点着，那里升温速度比客厅快，”托尼说，走向厨房，“葡萄酒还是伏特加？”

他很了解卡罗尔，不用提到别的东西。“伏特加。”她说，蹲下来费力点燃气。她记不清她建议过托尼多少次去找人检修火炉，这样他们就不用像参加摔跤比赛似地费力点着它。现在这点并不重要。再过几周，这所房子连同她寄住的地下室会被卖掉，但托尼这会没空管房子。不过到那时，这些问题不会令人苦恼。因为她会住在那里，不会容忍这种令人恼火的烂事。

火最终点着了，托尼带着一瓶伏特加，一瓶苹果白兰地，和一对平底杯回来，杯子看上去好像是他在1980年代免费收集来装汽油的。“我把好的玻璃杯都打包了。”他说。

“你也先要一杯伏特加吗？”卡罗尔去拿酒瓶，因为寒冷而瑟缩。瓶子显然是放在冰箱里，她倒酒时，瓶里的酒缓慢滑下。

“你为什么会三点后回家？你看上去不像是去参加了聚会。”

“北区的里基警司希望我为荣誉出去一趟。”她冷冷地说。

“预算又要不够花了，然后呢？”托尼举起酒杯，挖苦似地致意，“你得想想，这完全是从另一个锅里端出来的东西，不是同一组织的不同部门。我很惊讶，许多案子都有‘重案组’涉足，自从本郡警察局局长实行紧缩政策以来。”

“有传言说，是从我将离开以来，”卡罗尔叹了口气，“然而，这个案子……不管要花多少钱，我们还得拼命。”

“棘手？”

卡罗尔吞下一口伏特加，给玻璃杯加满。“最坏的那种。你见惯的那种。有人把妓女钉在十字架。倒置。割断她的喉咙。”她深吸一口气，缓缓地呼出来。“北区认为他以前作过案。但很明显，不是这样。他如果以前犯过事，我们一定听说过。但最近还有两个性工作者死亡。死法不同。一个被掐死的，一个是淹死的。”

托尼坐在椅子上，身体前倾，两肘支在膝盖上，尽可能不让眼睛闭起来。“我早先接到了佩妮·伯吉斯打来的电话。我认为她打电话来可能是跟这件事有关。”

“真的吗？她说什么了？”

“我不知道，我没在听。她似乎觉得我应该介入。有几件连环事件发生。”

“她可能是对的。这三个受害者的手腕内侧都有看着像文身的字样。‘我的’。”

“他们没有把这个案子和前两个案子联系起来吗？”托尼难以置信。

“公平地说，他们到昨天才有机会把几件案子联系起来。淹死的那个，尸体的保存状态不是很好。格里沙没有保留尸体很长时间，他们费了一点时间才弄清楚要寻找什么。”卡罗尔耸耸肩，用手指抚摸蓬松的金发。“从第一个尸体上很难找到任何重要线索——她的手臂和躯干部位还有其他文身，没有理由认为‘我的’比‘婊子’或‘贝克汉姆’不同。”

“最近这个手腕上也有‘我的’，有意思。”

“她的身上有很多血和肿块，因为他用钉子钉穿她的手腕，把她钉在木头十字架上——”卡罗尔一阵战栗，“这个案子比较难办。所以里基打电话给我，把它交给我们。重案组会努力跟进。”

“但这个案子会让你的预算超支，让你看起来奢侈，而里基看起来节约。这几个女人，受害者——她们是北区当地人吗？或者她们在诸如坦普尔场的地方工作，然后在市中心外被杀？”

“两个当地的。三流，站街，不是室内工作者。”

“年纪呢？”

“年轻。吸毒者，不奇怪。因为她们的工作，我们不能确定她们是否被性侵过。”她举起一只手。“我知道，我知道。这几起事件可能涉及性。”

“性侵痕迹不一定明显。”托尼嗅了嗅杯子，做了个鬼脸。“酒在产地时气味总是更好，不是吗？在布列塔尼，这东西闻起来棒极了。现在就像打火机液。”他抿了一口。“尝起来比闻起来好。那么，你会考虑用侧写师吗？”

“肯定要考虑。但布莱克不想付你钱，我也不想与国家科学院里的伪劣产品合作。”她转了转眼珠。“你记得他们派给我们处理碎碎念网站案的那个白痴吗？他的脑袋就像砖墙。我答应整个小组再也不会走这条路。我没有人，也比局长派给我那样一个人强。”

“你会喜欢我吗？”托尼说。他挑起的眉毛表明这或许是个双关语，但是卡罗尔不买账。

“这是明智的选择，如果我们想要早点得到结果的话。”她伸手去拿瓶子，加满杯。“但我没有办法获准花这笔钱。”

“如果这不用花钱呢？”

卡罗尔皱起眉。“我跟你说过，我拒绝利用我们的私人关系——”

“不管什么事……”

“不管什么事。你是专业人员。我们要用警务人员以外的专业技术人员时，就应该付费。”

“劳动者应该获得报酬。”他说，露出扭曲的微笑，软化他语调中的阴沉。“我们以前也碰到过两人都不改变立场的时候。你说西红柿，我说土豆。”他挥舞着一只手，好像在拍虫子。“我认为有个办法可以让我得到报酬，而你也能用上我的专业技能。”

卡罗尔皱起眉。“什么办法？”

托尼拍拍鼻翼。“我需要跟内政部的人谈谈。”

“托尼，你可能没有注意到，我们有了一个新政府。没有钱。做要紧事都没钱，更别说雇心理侧写师这样奢侈的事。”卡罗尔沮丧地叹口气。

“我知道你觉得我住在另一个星球上，卡罗尔，我真的知道。”他的脸拉长，他像一个悲伤的小丑，脸上因为工作劳累而印刻下的线条更加明显。“但我要去找的内政部里的人不受政治争论影响。我认为他欠我的。”托尼停顿了一会儿，目光转向房间的左上角。“是的，他欠我的。”他在座位上转身，直视卡罗尔。“多年前，我们在这个城市开始做事。里基是对的。你应该为荣誉而战。而我应该在你身边，就和以前每次一样。”

8

黎明来临，杰克·万斯还没有睡。他感到兴奋，一点也不累。他听着牢房里生动的各种小声响，高兴地想到这将是他最后一次被迫开始有这么多人相伴的一天。他每隔几分钟就检查科林斯的手表，等待时机，开始新的一天。此外，他还得揣测另一个人的心理。科林斯是急切的，但不是太急切。万斯一直有很好的时机感。这是使他成为那么成功的运动员的一个要素。但是今天，他要取得的是时机，而不是一个奖牌。

他认为完美时刻来临时，就下了床，走向卫生间。他用电动剃须刀又剃了一遍头和下巴，然后穿着科林斯宽松破烂的牛仔裤和马球衬衫。文身看起来完美无缺，万斯想，人们看到他们期望看到的东西。一个男人有科林斯的文身，穿着他的衣服，那他肯定是科林斯。

时间一分分过去。最后，一个拳头猛敲他的门，一个声音喊道："科林斯？准备妥当，该走了。"

门开的时候，那警官已经分心了，更关注走廊上的人对前一天晚上足球赛的进一步争论，而没注意走出囚室的这个人。万斯认识这个警官——贾维斯，值长白班的警员，急躁，易怒，但对万斯的罪行没丝毫兴趣。眼下情形还好。这个看守随意望一眼他的肩，然后就领着他往大厅去。万斯往后站了站，等第一道门被遥控打开，享受坚实沉闷的金属锁舌滑动的声音。然后他跟着警察进了缓冲区，试图正常呼吸，此时一扇门关闭，另一扇开了。

然后他们出了牢房，穿过监狱的主要行政区，走向出口。万斯为了让自己分心，思索为什么有人会愚蠢地选择一个墙壁发黄而金属被漆成战舰灰的工作环境。你来这里度日而不陷入深度抑郁，必须没有任何视觉品味。

又一个暗门，然后到了最后一个障碍。几个看上去百无聊赖的警官坐在厚厚的像银行柜台的玻璃窗后，玻璃上有一道可以插入文件的空隙。贾维斯朝最近的那个警察点了点头。那是一个瘦小的年轻人，剃着平头，皮肤糟糕。"科林斯的社工来了吗？"贾维斯说。

不可能来了，万斯想，事情如果已经按计划进行就不可能。没有多少女人会在夜里被试图砸碎她房子的人惊醒后还出来工作。特别是那个窃贼/强奸犯警告她，要划破她车子的四个轮胎，还要割掉她的电话线。她是幸运的。如果是他自己做而不是找人做，他会划破她的狗的喉咙，把狗钉在前门上。有些事情你不能外包。但是，他现在希望替他做事的人把事情做好了。可怜的杰森真的不幸。他只能在没有认识他的人的支持下开始假释日。

“没，”站在桌边的那个男人说，“她今天不来了。”

“什么？”贾维斯抱怨说，“你什么意思，她今天不来了？”

“个人事务。”

“那我该怎么处理他？”他猛地把头转向万斯。

“外面有一辆出租车。”

“他坐出租车出去？没人陪同？”贾维斯摇摇头，向在场的人做了个不可思议的怪相。

“有什么稀奇？不管怎样，他假释的这一整天也都没人陪同他。这件事只不过是提早了一点而已。”

“情况介绍呢？不是应该由社工给他做些情况介绍吗？”

平头挤了个痘痘，仔细看看自己的手指甲，又耸耸肩。“不是我们的问题，是吗？我们报告了副监狱长，他说可以这样。他说科林斯不需为此担心。”他看着万斯。“你觉得可以这样吗，科林斯？你要是觉得不行，我们就取消假释。”

万斯耸耸肩，回应：“我现在既然来了，不妨去吧。”他对自己的语气感到很高兴。他认为自己就是讲话得体时的科林斯。更重要的是，他的声音不像自己。他把双手插进口袋里，因为他看过科林斯这么做一千次，轻耸着肩膀。

“我希望你们记录一点，我对此不高兴，不管副监狱长怎么说。”贾维斯咕哝着，领万斯穿过高高的通往外面世界的闸门。一辆看似破旧的斯柯达三厢轿车停在路边，柴油引擎隆隆作响。万斯闻到肮脏的废气，早晨新鲜空气中令人厌烦的声响。这是他已经很长时间都没有经历过的复杂体验。

贾维斯拉开车门，靠进去。“你带他去伊夫舍姆加工厂，知道吗？不要去别的地方。我不在乎他说他有该死的心脏病，需要去医院，或者如果他不赶快去厕所，大便会拉到身上。不要绕道。不要收两百英镑。伊夫舍姆加工厂。”

司机看起来有点困惑。“你冷静些，伙计，”他说，“不然会中风的。我知道自己是干吗的。”他伸长头，看向贾维斯后面。“进来吧，伙计。”

“坐在前排，让司机可以看到你。”贾维斯往后退，让万斯坐进乘客座。他用假肢去拉安全带，希望贾维斯觉得他是因为太久没坐过车而笨拙。“我不希望你造成任何麻烦，科林斯，”贾维斯说，把门砰地关上。车子散发出混合着咖啡与合成空气清新剂的气味。

司机是一个三十五六岁、不修边幅的亚洲人，启动汽车时咯咯笑。“他心情不好”。

“他不是心情不好，他一直都这样。”万斯说。他的心狂跳。他能感觉到腰背上的汗水。他不敢相信。他已经成功地出了大门。时间每过去一分钟，他就离奥克沃思国家监狱更远，离自由梦想更近。好吧，仍有许多障碍拦在他和那顿牛排晚餐之间，但最大的障碍已在他身后。他提醒自己，吉人天相。多年的监禁只是中断了他的自由，而不是终止。骰子再次滚出有利于他的数字。

他坚信自己有运气，他仔细看看环境就知道了。这辆车是自动挡的，这将使他的生活容易得多。他被捕以来没有开过车；重新学开车是件麻烦事，但幸好不用换挡。万斯放松了点，微笑着呼吸田间春草和紧紧绕在一起的树篱散发出的清爽气味。迟钝的肥羊吃着草，大多过了欢跳的阶段。他们穿过果园，一排排粗短的树木开满花朵，乍看起来像是粘着泥水。这条路只能容纳两辆车通过。这是外国人想象的英国乡村。

“你这样出来，肯定对你有好处。”司机说。

“你不知道，”万斯说，“我希望这仅仅是开始。我希望自己完全复原。我想要改变”。改变，意味着永远不重蹈覆辙，不再犯下能使自己坐牢的错误。他仍然是杀手，但他要学会如何成为一个更好的杀手。

现在，他正在研究地形，把他们走的路线同脑子里的地图匹配。七英里半安静的乡村道路，然后才到通往伯明翰的大路。

万斯已查明，他可以在三个地方实施下一阶段的计划。他究竟选择何处，取决于交通状况。他在这个阶段没有武器保护自己，不能被任何人发现。到目前为止，只有一辆大篷货车经过他们，往相反的方向而去。他们爬陡坡时，视野内一辆车都没有。他在座位上移动一下，让自己瞥见后视镜，假装看风景。“该死的，这儿真可爱，”他说，“我在里面都忘了这里。”然后他猛地坐起来，真的吓了一跳。“那是什么？”他问道。

司机笑了。“你进去多久了？那是风电场。巨大的风车抓住风发电。这里风大，所以有很多风车。”

“上帝，”万斯说，“风车真他妈的大。”他很幸运，谈话使司机不那么留心。这一刻是完美的。他们来到一个丁字路口，万斯可能实施袭击的第一个地方。汽车渐渐停下来，司机指着地平线上更多的风车，查看对向车辆。

万斯突然将假肢的前臂挥向司机的头。司机痛得大叫，举起手来保护自己。但是万斯是无情的，他的假肢是比人类四肢的骨骼和肌肉坚硬得多的固体武器。他取下假肢来，又打在司机的头上，然后猛击司机的脸，微笑着看鲜血从他的鼻子喷涌而出。万斯用另一只手解开安全带，获得了更多的力量。他向前移动，又重重地打司机的头，他使了太大的力气，身子弹到窗户上。那人尖叫，想要抓住万斯。

“妈的。”万斯吼道。他用手臂从后面打司机的头，使司机的脸撞向方向盘。在第三下可怖的嘎吱声后，司机终于瘫了。万斯松开司机的安全带。他趁着肾上腺素还在增强，跳下车，走到驾驶座那边。他打开车门时，司机倒在路上。万斯蹲下来，抓过司机的一边肩膀，放到他的身上。他深吸一口气，强迫自己站起来。花那么多时间在健身房是值得的。但他只练力量和耐力，而不是夸张的肌肉；他从来不认为练肌肉有什么意义。

万斯蹒跚着走到马路边上的灌木树篱旁。他喘着粗气，感觉心在胸腔里剧烈跳动。他把司机扔在金属大门的顶栏上，然后翻到另一边。他咧嘴一笑，看到旁边的羊脸上惊恐的表情。司机跌到地上，胳膊和腿轻微摆动。

他在门边靠了一会儿，屏住呼吸。他刚才太过紧张，使了太多力气，他要恢复平静。然后他回到车里，坐到司机的座位。他灭掉向右转的指示灯，发动汽车，然后向左拐，往伊夫舍姆加工厂相反的方向开。他估计自己需要四十分钟到达高速公路服务区，进入计划的下一阶段。

他忍不住想，要过多长时间，才会有人注意到杰森·科林斯还在治疗区牢房，而杰克·万斯不在。还要多久，才有人知道英国史上最臭名昭著、富有的连环杀手在逃。他必须抓紧时间。

这一次，他的笑容保持了好几分钟。

9

宝拉忍住哈欠，胡乱理了一通材料。“你准备好了叫我。”她说，走向挂满一整面墙上的白板。大办公室里一片杂乱。卡罗尔想知道宝拉究竟睡觉了没有。根据“重案组”的规定，宝拉必须留在犯罪现场确保所有事情有序进行。然后她还得和警探们回到北区总部，为早班的人员拟定行动计划。现在。她要在晨会上向同事简述情况。这个小组的人就像了解爱人一样了解彼此。

卡罗尔精心挑选组员，并与他们一同成长。詹姆斯·布莱克担任局长后如果没有把大幅削减成本当作个人使命——他也许比首相更早想到这个点子——卡罗尔可能会守着这个群体，直到退休。但是，她现在只能到一个未知的环境。这一次，她没能引导事情发展，只是跟随形势。她以前没想到自己的未来是这样。

“过五分钟开晨会。”她喊道，给他们时间结束正在做的事情。

斯黛西·陈，计算机专家，隐身在六台电脑屏幕后，含糊地哼了一声。萨姆·埃文斯在电话上聊得正欢，朝她竖了竖大拇指。她的两个警长，凯文·马修斯和克里斯·戴文，坐在一起，从咖啡杯上抬起头，点点头。

“你拿到所有材料了吗？”卡罗尔问。

“我想是的。”宝拉去拿咖啡。“北区把前两个死者的所有材料都给我了，但我还没有时间详细浏览。”

“不用那么着急。”卡罗尔说，走向咖啡机，给自己泡了一杯加浓拿铁。这是她会怀念的另一件东西，他们凑钱买了台意大利咖啡机，满足每个人对咖啡因的渴望。只有斯黛西坚持喝格雷伯爵茶。卡罗尔怀疑，伍斯特没有这么好的咖啡机。

讲到怀念，她大概还会怀念托尼。托尼做出了大胆的承诺，但似乎没有履行承诺。她试图赶走失望，毕竟大势已定。他们只能在没有他帮助的情况下全力解决这个案子。

卡罗尔来到白板前面，小组其他成员已经聚集在那里。她忍不住欣赏斯黛西·陈精美的套装。那显然是昂贵的定制品。她知道小组里的这个怪人有自己软件公司。卡罗尔从来没有仔细询问过，认为他们有权在这么艰苦的工作之外有自己的生活。从斯黛西的衣着来看，她的收入远远超过其他人。也许有一天，萨姆·埃文斯会注意到几乎无法察觉的迹象，知道斯黛西喜欢他。肤浅的萨姆注意到这一点，再想到她的财富，就没有人能阻止他了。但是，卡罗尔在这样的事发生时已经离开许久。她不会因为错过这个故事而难过。

宝拉清了清嗓子，伸直肩膀。她穿着绝非定制的有折痕的牛仔裤和凌乱的褐色毛衣，这是她前一天晚上去接卡罗尔时穿的衣服。“我们昨晚被北区分局叫去。一具未知女性的尸体在百汇工业区一个空仓库被发现。”她把两张照片固定在白板上，一张是犯罪现场被钉十字架的尸体，另一张是那个女人的脸。“如你们所见，她被钉在木十字架上，十字架靠在墙上。她被上下颠倒。可怕，但仅此可能不足以让他们请我们介入。”

她又在白板上黏了三张照片。两张能辨认出是人手腕上相同的文身，另一个可能是写有字母的任何东西。三张图片上的字母都是“MINE”（我的）。宝拉转身面对同事。“他们让我们处理这个案件的原因是，这明显是同一类型案件的第三起。三个案件的同共点就是手腕上的文身。还有，她们都被发现在北区死亡，北区一向没有多少性工作者。”

“为什么呢？”克里斯·戴文是最不熟悉布拉德菲尔德社会、地理细微差别的小组成员，她是从伦敦警察厅调过来的。

“站街女郎大部分集中在市中心的坦普尔场附近。大部分的房内交易也在那里，”凯文说，“城外主路沿线有两三个地方也有，但北区总的来说很干净。”

“我在北区认识一个叫弗兰纳里·赖利的警长，”宝拉说，“他告诉我，最近新医院的建筑工地旁边出现了一个站街女郎聚集点。六七个女人在工人落脚的地方工作。他认为她们主要是东欧人，可能是被贩卖来的。但是我们的前两个受害者都是当地妇女，所以跟那个地方也许没有关系。”又一张照片，这次是疲惫的脸，凹陷的眼睛，突出的颧骨，紧抿的嘴唇。

在警方拍的大头照中，没有人是好看的，但是这个女人看起来特别生气。“第一个受害者凯莉·米切尔。二十三岁。瘾君子。五次因拉客被捕，一次因私藏少量毒品被捕。她主要在坦普尔场的边缘活动，但在斯肯比的高层公寓做生意——那北区中部的窑子，克里斯。她三周前被勒死，丢在环城公路立交桥下。”宝拉对斯黛西点了点头。“斯黛西正在网络上建立档案。”

斯黛西脸上闪过一丝微笑。“晨会结束后，档案就能弄好。”她说。

“凯莉的人生普通，令人沮丧。辍学，没有工作经历，喜好聚会。很快为了毒品沦为妓女，然后又当站街女，赚钱吸可卡因。她二十岁时生了一个孩子，直接将孩子送进孤儿院，六个月后孩子被收养。”宝拉摇了摇头，叹了口气。“凯莉处在性产业的最底层。她到了无法回头的地步。没有固定住所，没有皮条客找她。只有想寻求最糟糕刺激的男人找她。”

“我们听过这种故事多少次了？”萨姆听起来和他看起来一样无聊。

“太多次。相信我，萨姆，我们如果永远也不需要再听一遍，我会比其他任何人都更开心。”卡罗尔说，语气中明显有责备。“我们知道她最后的活动吗，宝拉？”

“不多。她失踪了也不会有人找她，因为她没什么朋友。她是出了名的不照顾自己。她什么都接受，不在乎顾客是否使用避孕套。其他女孩已经懒得管她。或者说是她放弃了她们。谋杀发生当晚，有人看见她九点钟左右出现在坎皮恩街，那是坦普尔场边缘。

我们认为两三个常在那儿站街的女人警告她离开她们的领地。就是这些。没别的，直到她的尸体出现在天桥下”。

“法医鉴定怎么说?”凯文问。

“体内有四种精液残留。没有一种能从数据库中查到。我们确定什么人时这条线索才有价值。除此之外，文身是我们唯一的线索。死后被文上的，所以没有炎症。”

“这是否意味着我们要寻找一个文身艺术家?有这方面专业技能的人?”克里斯问。

“我们需要问问专家意见。”卡罗尔说。

“我们需要弄清楚得到一个文身机的难度有多大。跟供应商谈谈，看看能否拿到一份最近的购货清单。”

萨姆起身，从近处研究文身照片。“在我看来，文的技巧不是那么纯熟。不过，这可能是故意的。”

“这么下结论太早，”卡罗尔说，“宝拉，谁发现她的?”

“几个少年。赖利警长估计，他们当时正在寻找一个安静的地方喝苹果酒。有一辆被拆空了的旧货车在那儿，那里是当地孩子的俱乐部。她被塞在车子前排，在曾经放着引擎的地方。凶手没打算遮住她。北区同事已经在当地挨户问过了，但最近的房子在五十米开外，而且那房子背对犯罪现场。一点不乐观。”

“我们再查一次，”卡罗尔说，“她不是被从外太空发射下来的。宝拉，再跟赖利警长谈谈。”

“会去的。”宝拉又往板子上钉了一张照片。“这是苏珊娜·布莱克，简称苏兹。二十七岁。六次因拉客被定罪。档次没有凯莉那么低。苏兹与另一名性工作者，一名叫尼基·里德的男妓，合租了斯肯比高楼群中的一套公寓。据尼基所说，她过去一般在弗莱尔招揽嫖客——”

“弗莱尔在哪儿?”卡罗尔打断说。

“那是机场后面的一个酒吧，靠近货物区。老式的公路旅馆之类的地方。可以追溯到战争期间的布拉克利场飞机场，”凯文说，“这不是你会带妻子和孩子共度周日午餐的地方，离低级酒吧只有几步远。”

“尼基说她有几个常客，”宝拉继续说，“主要是机场的货物处理员。她和凯莉有个同样的习惯，不过她选择的毒品是海洛因。她已经服用多年，功效很好。她也和凯莉一样，没有皮条客。尼基说她与毒品供应商有长期合作关系——任何人试图抢她的生意，毒品供应商会修理他们。她是毒品供应商的优质客户。”宝拉的嘴角扭动一下。“她也介绍其顾客从这个男人的渠道购买毒品。”

“尼基最后看到她是什么时候?”卡罗尔又打断宝拉。

“两个星期前。他们一起离开公寓。尼基去坦普尔场，她前往弗莱尔。第二天，尼基起床的时候，她不在。没有迹象表明她已经回来了。他这么过了几天，以为她和玩伴或常客出去了，尽管她平常很少这样。”宝拉摇了摇头，略有困惑。“根据尼基的描述，他们俩就像家人。”

“谁知道呢?”萨姆的语气中透出轻蔑。

“所以第三天，尼基试图报告苏兹失踪。离他最近的警察局正好是北区总部。说他们对这件失踪案完全不感兴趣还不够准确。尼基受到接待时几乎崩溃，自己差点被逮捕。警方没有采取行动。四天前，在布雷德运河的一场钓鱼比赛中，尸体出现。根据病理学家描述，她是淹死的，但不是在布雷德运河淹死的。”

宝拉点击手上指示器的一个按钮，一个视频窗口突然出现在白板上。病理学家格里沙·沙塔洛夫，穿着消毒服，在冲他们笑。他温暖柔软、带着加拿大口音的声音被廉价的扬声器削得尖细。“我们碰到看似明显的溺水事件时，要做的第一件事是判断是否真的是溺水。特别是如果受害者是吸毒者。因为有时服药过量会导致肺部充满液体，看起来像溺水。但我可以肯定地告诉你，苏珊娜·布莱克是海洛因服用者，但死前并未用药过量。

我们现在必须弄清楚她是不是在被发现的地方淹死的。我以前有没有对你们说过硅藻这东西？没关系，我如果说过，现在再告诉你们一次。硅藻是微小的生物，有点像浮游生物。硅藻含有硅酸盐，存在于开放水域：淡水、盐水，湖泊和河流。每处水域有不同的硅藻。它们就像指纹，而且可以测算其成长时间。”他笑得更开怀。“你们着迷了，对吗？好吧，我快点说。你被淹死，硅藻进入你的身体。肺、肾脏、骨髓，这一类的。我们把这些组织溶解于酸，然后就能查明你是在哪里淹死的。

好吧，我们做了分析，在苏珊娜·布莱克的身体里没有硅藻。这意味着一件事，只有一件事。她不是死在运河。她死于自来水。或者过滤水。我们对她的肺部进行了几项测试，发现了香皂的痕迹，这在我看来，可以将范围缩小到浴缸或深水槽。我希望这个小讲座对你们有帮助。”

卡罗尔摇了摇头。“能言善道的混蛋。总有一天，我要让控方把他的拍的小视频放给陪审团看。然而，这是非常有用的信息。我们不用在运河边寻找线索了，我们要找是谁带她在哪儿洗澡的。”

“凶手可能把她带回家了。”凯文说。

“凶手似乎很谨慎，”卡罗尔说，“我不知道他是否冒过险，我们得弄清楚她是在哪勾上嫖客的。好了，你继续吧，宝拉。”

“她被发现时穿得严严实实，”宝拉说，“她不是负重落水的，但身体被运河里常有的废弃物缠住，所以她一直在水里。他们开始没看见那个文身，因为皮肤软化得太厉害。”

卡罗尔听到“软化”这个词时脸抽搐了一下。格里沙也用过这个词，但卡罗尔感觉它不是个应该被用于人体的形容词。“关于这点，没有任何疑问吗？”

宝拉摇摇头。“沙塔洛夫医生眼光敏锐。这是死后刺上去的文身，跟凯莉和简·多伊的那个一样。”

“她如果是在浴缸溺毙的，就有人可能看过她和杀她的人。他得带她去有浴缸的地方。屋子，酒店什么的。”克里斯说。

“说得对。我们需要把她的照片登在本地报纸上，看看能冒出什么信息。凯文，跟那个叫尼基的室友谈谈。看他是否有死者的照片。”卡罗尔皱了皱眉，思忖着。“我们现在要尽可能不让外界知道这件事。佩妮·伯吉斯已经到处嗅探，但是希尔博士让她碰了钉子。她可能会跟你们中任何一个谈，问同样的事情。”她直视着凯文，但他正卖弄似地在笔记本上乱写。“我们会让里基警司应付媒体，让重案组暂时不出面，让媒体认为这是他负责的案子。杀手如果认为他没有引起我们的注意，可能会再有所动作。”

“或者再次行凶，”宝拉说，肩膀耷拉，“眼下我们没有一点能称之为线索的东西。”

“我们可不可以让托尼看看这个？”大家听到凯文的询问，都呆住了。萨姆不再坐立不安，克里斯停止记笔记，斯黛西停止点击智能手机，宝拉的表情定格为疑惑。

卡罗尔咬紧嘴唇，摇摇头。“你跟我一样清楚，我们没有那项预算。”她的声音异常严厉。

凯文脸红，雀斑淡了。“我只是觉得……他们无论如何都会解散我们，为什么不这样干呢？你知道吗？你就要离开我们了。你有什么损失？”

卡罗尔没来得及反驳，办公室的门猛然打开。在门口站着的，是头发乱糟糟、衬衣下摆露出一角、夹克领子歪斜的托尼·希尔。他忙乱地环顾四周，然后目光锁定卡罗尔。他吸了一大口气，然后说：“卡罗尔，我们需要谈谈。”

卡罗尔瞪着眼，眼里没有深情的迁就。“我正在开关于谋杀案的晨会，托尼。”她说，语气冷冷的。

“这件事可以等等，”他说，继续走进房间，门在他身后叹息般地关上，“但我要说的事情不能等。”

10

一个小时之前，托尼·希尔坐在他最喜欢的扶手椅上，手里拿着游戏机控制器，拇指在按钮上跳动，消磨时间，等待皮尔斯·兰伯特按常理该到内政部办公的时候。震颤的电话铃声唤醒托尼的注意力，他操纵的车驶离道路，猛地刹车，轮胎发出刺耳的声音。他怒视着旁边桌上的座机。这么些年最好的一次机会，他就要打出最好的成绩了，现在失败了。他丢掉控制器，抓起电话，注意到这会儿给皮尔斯打电话已经晚了。不管是谁打来的电话，他得立刻接听。

“哪位？”他没好气地说。

“是你吗，托尼？”声音听起来像保守党内阁大臣——矜贵但故意掩藏锋芒。托尼倘若不是这么理性的人，听到会感到害怕。托尼只是把电话从脸上拿开几英寸，皱了皱眉，然后将电话放回到耳朵边。

“皮尔斯？真的是你吗？”

“说准了，托尼。你通常不是这么快就听出来的。”

“那是因为你通常不在我的脑子里，皮尔斯。”

“那我今天在吗？我如果不了解你的思维方式，会把这看作是一种恭维。我今天为什么在你脑子里呢？”

托尼接到皮尔斯·兰伯特的来电，心神不安。以他的经验，高级官员亲自打电话，不是什么好兆头。“你先说吧，”他说，“是你打电话给我的。”

“我恐怕有些相当伤脑筋的消息。”兰伯特说。

呜哦。兰伯特这样的人用“伤脑筋”这样的词语，大多数人会直接将其理解为“噩梦”、“灾难”或“地狱”。“那么，是什么消息？”

“跟杰克·万斯有关。”

托尼有好几年没有听到过这个名字，但它仍具有让他很不舒服的威力。杰克·万斯是一个心理变态、没有一丝良知的迷人男子。托尼本想以他为样本，研究人类行为的黑暗面。但万斯的破坏性令托尼不堪忍受。如果不告诉你他做出的可怕伤害，很少人会认为他是那样的人。同情和移情是托尼一直试图应用到职业生涯的原则。但在众多的凶犯中，要说谁的行为一度威胁到他对这些信条的信念，那就是杰克·万斯。托尼想到万斯，只想听到他的讣告。“出了什么事？”他说，声音粗暴，带着焦虑。

“他似乎从监狱逃脱了。”皮尔斯的声音听上去有些歉意。托尼能想象得到他痛苦的微笑，忧虑的眼神，摸领带结寻求安慰。在那一瞬间，托尼想抓住那条领带，狠狠地拉。

“逃了？妈的，怎么会发生这样的事？”怒火压倒他，几秒钟内迅速蹿上来。

“他冒充一个已经获得临时假释的囚犯。那人原本应当一天都在当地一家工厂。应该陪他的社工没在岗。万斯似乎袭击了带他到工厂做工的出租车司机，然后开着出租车逃了。”

“上帝啊，”托尼喊道，“以上帝的名义，他为什么能接近获得假释的那类囚犯呢？怎么会这样呢？”

兰伯特清了清嗓子。“他在奥克沃思的治疗区牢房几个月了。一个模范犯人，各方面都这么说。有些年了。”

托尼张开嘴又闭上，如此几次，想找合适的词语，但未能找到。

“没有迹象表明万斯早就计划好了。”兰伯特继续说道，声音轻缓、平静。

托尼终于说话：“皮尔斯，你能解释一下该死的万斯在治疗区牢房做什么吗？他被判终身监禁，真是岂有此理。为什么他会在为囚犯改造计划中占有一个名额？那个计划只适用于被判有期徒刑的人。适于用将来会出狱的人。回答我，该死！谁把他放在那个不安全的地方的？他在那里可以提出很多要求并且得到满足？他这样的人可以趁机好好利用那个地方。”

兰伯特重重地叹口气。“我们会调查。他的心理学家提出送他去治疗区牢房。他被定为丙类犯人好几年了，你知道吧？”

“丙类?”托尼爆怒，“在他做了那些事情之后？上帝知道有多少少女被肢解和谋杀，而他被从甲类降为丙类?”

“严格地来说，他只是因为一桩谋杀案而被判无期徒刑——”

“还杀了一个警察，”托尼继续，忽视兰伯特的反应，“一个试图确保不再有女孩死亡的警察。”

“尽管如此，我们只能以我们能证实的罪行惩罚他。上诉法院觉得谋杀警探鲍曼的罪名是不成立的。就像我说的，万斯是一个模范囚犯。之前那个监狱长长期关注他，但当局没有理由拒绝降低他的威险类别。”托尼从兰伯特的声音中听出一丝无奈。这种感觉挺好，他并不是唯一一个听到这个消息而愤怒的人。“他的律师用《人权法案》威胁我们，我们都知道结果是什么。所以万斯被降为丙类而且转到奥克沃斯。”

“这个心理学家——是个女的?”

“是的，碰巧吧。”兰伯特听起来吓了一跳。“但是完全称职。”

“而且完全容易被杰克·万斯的魅力感染，”托尼难过地说，“如果是我作主，我会坚持不让女性官员直接接触万斯。他聪明，迷人，而且有本事让男人和女人，尤其是女人，觉得她们是世界上唯一可信的人。他会假意忏悔，声明赎罪的需要，但把他转到允许他提出要求的普通监狱区太危险。他即使永远无法回到社会，也是社会对他的最大善意。”托尼厌恶地发出尖厉的声音。“我知道他是怎么想的，皮尔斯。”

“我相信你知道，托尼。不幸的是，罪犯进监狱系统之后，机制不允许那些参与调他的警察再与这个罪犯联系，也不能介入发生在犯人身上的任何事。”

托尼从他的椅子上跳起来，开始在房间里踱步。“他模仿另一个囚犯，从监狱里逃脱了？他是怎么做到的？我的意思是，万斯只有一条胳膊。他有一条胳膊是他妈假的。他还在黄金时段的电视节目上露过面。数百万人能从人群中认出他来。值班的狱警怎么会没认出该死的杰克·万斯？”

“这你就不知情了，对吧？你不记得了吗，万斯引用了《人权法案》反驳内政部——”

“是的，他说他被歧视，因为他没有安装最新的假肢。法院支持他的立场。但那仍然是假肢，皮尔斯。不是你我都有的手臂。”

“你不了解最先进的假肢，是吧，托尼？我们不是在谈论国民保健服务承担的假肢。现在万斯有几乎与你和我相同的手臂。根据我获得的简报，他动了手术，改变神经系统，他可以发送消息给手臂和手里的电子线路。他可以相互独立地移动手指和拇指。他为假肢做了定制的美容术，那虽然是假肢，但上面有雀斑、静脉、肌腱，什么都有。整套东西花费数千英镑。”

“我们付的钱？”

“不是，他去了私立医院。”

“真令人难以置信，”托尼说，“他是一个被判了刑的杀人犯，还有私人医疗护理吗？”

“他是一个合法的千万富翁。他能负担得起，法院说他有权利获得最优的治疗方案。我知道这听起来疯狂，但法律允许他这样做。”

“你说得对。这听起来就是疯狂。”托尼抵着墙，手用力打在墙上。“受害者的家属已经起诉他了，对吗？他怎么还有大把现金？”

“因为他在这方面很聪明。”兰伯特的声音里终于透出一丝愤怒。“万斯刚一被捕，就把钱转到海外。都是国外的信托机构，我们没有办法弄清谁是受托人或受益人。民事法院对于万斯的裁定对海外的信托机构不具有强制力。他需要资金做手术时，钱是能用的。这是违法的，但我们无法合法地阻止他。”

“不可思议。”托尼摇了摇头。“但即使假臂并不显眼，他应该没办法骗过所有人啊。”

兰伯特叹息一声。“上帝才知道是怎么回事。我现在只知道，那个囚犯剃光头，戴眼镜，手臂和脖子上有独特的文身。万斯复制了全部特征。显然有人给了他文身贴。最有可能意识到他是冒牌货的是那个社工，她今天没上班。”

托尼嘲讽地笑了。“别告诉我。让我猜一猜。某些完全不可预知的事情发生了。她的男朋友被绑架或她家被炸毁什么的。”

“我不知道，托尼。我所知道的是，她没有去，自认为聪明的狱警把万斯带上一辆出租车，叫出租车司机带万斯去工厂。我得知，这样做并不违规。别忘了，这些被送去工作的犯人将来是要被释放的。他们为了自己，不会把事情弄糟。”

“这是我很长一段时间以来听到的最可怕的新闻，你知道吗？有人会死，皮尔斯。”托尼的肩膀下意识地颤抖。“出租车司机怎么样？他还活着吗？”

“他头部有伤，但他们告诉我他没有生命危险。”兰伯特好像一点也不关心这件事。“我最关心的是，我们要尽快抓回万斯。所以我需要你。”

“我？我从万斯接受第一次审判之后就没跟他说过话。我不知道他这些年在哪儿。你有一个监狱心理学家，她显然很了解他，所以把他放在治疗区——告诉她我说的这些话。”他怒气冲冲。

“我们会的，当然。但我对你的能力有莫大的尊重，托尼。多年前，你终结万斯时，我只是观望，但是我记得你的工作影响了内政部对侧写一行的态度。我想寄给你有关万斯的卷宗，想让你为我们提供尽可能详细的评估，他可能会做什么，可能会去什么地方。”兰伯特已经恢复镇静。托尼能听出他在掩饰自己的坚持。

“侧写报告充其量只是猜测。”托尼面对官场的大野兽，很清楚自己如果提供任何一丝希望，以后这丝希望也许会为打他自己的棍子。

“你的猜测比大部分同行深思熟虑的意见要可信得多。”

其他方法都失败了吧，托尼暗想，不理会奉承。“我有件事要说，即使没有那些档案……”

“什么事？”

“我不知道米琪·摩根如今在哪，但你必须找到她，告诉她万斯在逃。在万斯的世界观里，米琪仍然是他的妻子。这从一开始就不是真正的婚姻，她也宣告婚姻无效，但没关系。他就是觉得，米琪让他失望了。他不喜欢受挫。”托尼停止踱步，额头靠着门。“我们上一次付出代价了才发现这点。他是个杀人犯，皮尔斯。任何曾经阻挠过他的人都有严重危险。”

片刻的沉默。兰伯特又开口时，声音里有种托尼从来没有听过的温柔。“你也不是身在其中吗，托尼？你和乔丹总督察？你们是拉他下狱的人。你和你的娃娃侧写师团队。你如果认为他会追杀使他被监禁的人，你们肯定首当其冲，对吗？”

托尼从未觉得自己那么伟大，所以确实没想过兰伯特的担忧。多年的临床实践教会他隐藏弱点，他把弱点藏得如此深，几乎看不见了。他十分了解卡罗尔·乔丹的弱点，一向认为卡罗尔最大的敌人是她自己。他几乎忘了卡罗尔还有其他威胁，可能比她身上的弱点更能摧毁她的威胁。“我没想过这点。”他立刻说，摇着头，不愿相信自己也许会成为目标。因为他一旦承认，他做过的一切会因为他害怕万斯接下来可能会毁掉谁而被污染和扭曲。

“我认为你们应该注意这种可能性，”兰伯特说，“我让他们上传卷宗，然后发给你访问密码。我们一旦从北约克郡警察那儿听到什么，我会立刻联系你。”

“我还没答应——”

“但你会答应的，托尼。你知道你会的。我们很快就会再联系的。”他挂了。霎那间，托尼想打电话给卡罗尔。但是当面转述这样的信息更合适。他抓起车钥匙和夹克，朝门口走去。他在布拉德菲尔德警局总部前，记起他原本打算主动找皮尔斯，谈另外一件事。他认为自己真的相信每个人的生命具有同样的意义，但他不得不承认，事到临头，拯救卡罗尔·乔丹的生命比其他任何事情都重要。

他不能完全接受这样的结果，但这样的结果不可避免。

11

托尼径直走进房间，眼睛盯着卡罗尔。“对不起，”他说，“但我现在有话要跟你说。私人的事情。”

卡罗尔看到他这么严肃，由生气变为困惑。她认识托尼这么多年，从来没听他喊过“狼来了”。不管他想说什么，虽然不是有意想打断他们。“去我的办公室。”她说，把头转向敞开的门。托尼没有停下脚步。卡罗尔叹了口气，摊开手向组员们表示无奈。她的组员习惯了托尼的怪癖，但仍然被激怒了。他就这样走进来，好像这地方是他的地盘——不管发生什么事。“照我说的去做：凯文，跟苏兹·布莱克的室友谈谈。带上宝拉吧。萨姆，跟沙塔洛夫医生要照片。克里斯，和斯黛西一起把白板上的内容与卷宗同步。别忘了文身机。”她的目光越过克里斯的肩膀，看到托尼已经在踱步。“我马上回来。”她疲惫地说道。

卡罗尔关上办公室的门，但没有去关百叶窗。她希望这次谈话不需要那么私密。“最好是好事，托尼，”她说，重重地跌进椅子里，“白板上有三起谋杀案。我没有时间做任何无关生死的事情。”

托尼停止踱步，手按在书桌上，面对着她。“我认为这件事事关生死，”他说，“杰克·万斯今天清晨从监狱逃脱了。”

卡罗尔的脸因为震惊而变得刷白。“什么？”这是下意识的反应。托尼不打算再说一遍。卡罗尔盯着他很长一段时间，然后说：“他们怎么能让这种事发生？”

托尼发出轻蔑的哼声。“因为万斯比其他丙类犯人聪明。”

“丙类？怎么可能是丙类？他是被判了刑的杀人犯。”

“而且据内政部说，他是模范囚犯。这么多年，他待在里面一直没有犯事。更确切地说，他巧妙地隐藏了自己的意图。”他的声音里有愤怒，他并未试图压制愤怒。他如果对卡罗尔都不能表现出情绪，那么他也没有其他地方可以放松了。“他不仅被降为丙类囚犯，还一直待在治疗区牢房。你能相信吗？自由联系外界，酒店客房一样的囚室，集体治疗，能像控制真手臂一样控制假肢。”他把桌子一推，猛地坐上椅子。“我真想在你的桌上埋头痛哭。”

“这么说有人帮他？他是翻墙的吗？”

“他显然获得了很多帮助。他扮成另一个犯人，那人获得假释一天。这种假释原本是为了让他们学会如何适应外面的世界。”他的双手拍了下大腿。“那个原本要被假释的犯人一定参与了。你记得万斯表现出脆弱时是什么样子。他锁定目标，连哄带骗，让人觉得自己不管处在什么困境，他都是天赐良方。他会提供那个家伙需要的东西。”他再次跳起来，来回踱步。卡罗尔不记得上一次见他如此激动是什么时候。接着她想起来了。在柏林的一个公寓。当时处于危险中。她觉得两次焦躁可能出于相同的原因。

“你担心我，”她说，“你认为他可能跟踪我。”

托尼停下来。“我当然很担心你。我记得你告诉我的事。记得你逮捕他的那个晚上他对你说的话。”

卡罗尔感到后颈一阵发冷。万斯当时低沉愤怒的话语使她战栗；之后数月，她在黑暗和错乱的梦中仍会记起这些话。她不管听到什么都能够准确记住的这个天赋，有时就像是一个诅咒。“你会为今天晚上后悔的。”万斯说。危险像一阵空气，从他身上散发出来，卡罗尔感觉到邪恶和害怕。她突然口干，用力吞了口唾沫。“他肯定不会在附近闲荡，准备报复我吧?”卡罗尔说，试图首先说服自己。“万斯会去他选定的避风港。一个他感觉能掌握自己生活的地方。不会是这个国家，更不会是我的附近。”

“我不这么想，”托尼说，“别忘了他对夏兹·鲍曼做了什么。”

卡罗尔想起了那个年轻的警察，受训与托尼共事的侧写师。闪亮的蓝眼睛，出色的侧写师，正义冲动的仆人。夏兹发现一群人可能是连环杀手的受害者，这让她的老板高兴。她还发现了体育英雄和电视明星杰克·万斯有很大的嫌疑。她没有同事的支持，带着怀疑独自去找万斯。万斯以最残忍和不人道的手法杀了她。“她是威胁，对他的安全和自由。”卡罗尔说，知道这句话太没有力量。

托尼摇了摇头，表情因为愤怒而扭曲。“没有人听夏兹的。包括我，那是我永远的耻辱。她的资料没有说服一位高级警官调查万斯，更别说逮捕他。万斯是丛林中的大型野兽，而夏兹是一只蚊子。万斯杀了夏兹，因为她惹恼了他。讽刺的是，就是这件事让他最终进了监狱。他如果不理会夏兹，我们只会当夏兹是一个被怪念头缠住的蠢女人。她被杀后，我们都震惊了。”

卡罗尔点了点头，表示同意，肩膀耷下来。“万斯不蠢。他当时也许不理解，但现在必须明白。他显然为这次逃脱准备多年了。他为什么会冒着再次被捕的风险？只为了报仇？”她看了看窗外繁忙的大办公室。她迫切想要喝一杯，但她不希望小组成员看到她上班时喝酒。她真希望自己刚才关上了百叶窗，但现在已经太晚了。“他越狱肯定不是为了报复吧？他肯定计划好了逃跑路线。他肯定要去国外吧？一个和我们没有引渡条约的地方？”她试图说服自己，不让恐惧迫近。

“他看待世界的方式与我们不同，卡罗尔。万斯是精神病患者。多年来，绑架、强奸、折磨并杀害年轻女孩就是他活着的意义。而我们使这一切远离了他。自那以后，他大概一直觉得时间在蚕食他。相信我，报复我们是他的第一要务。我知道万斯。我曾经坐在他的对面，看到他的方方面面。他会报复——你是目标。”托尼突然坐下来，双手抓住椅子的扶手。

卡罗尔皱起眉头。“不仅是我，托尼。我只是将他逮捕。你是分析他的罪行和行为的人。他如果有报复清单，你也在头几位。不仅是你。那些并肩为同事报仇的娃娃侧写师们呢？他们也在报复范围内。利昂、西蒙和凯。”卡罗尔意识到什么，挥手指向窗户外。“还有克里斯。我总是忘记那是我第一次见到克里斯，我们当时在完全不同的部门调查万斯。克里斯也在他的名单上。夏兹被杀，没有人比克里斯更热切地想要抓获万斯。她是目标。他们都是目标。他们需要得到警告。”突如其来的愤怒飙升到卡罗尔的胸口。“为什么我没有正式得到这个消息呢？为什么我是从你这里听到这个的呢？”

托尼耸耸肩。“我不知道。可能是因为我还没有交出风险评估。但你可能是对的。我不相信万斯会觉得他们在他被捕中发挥了重要作用，可以成为报复的目标。但是他们确实需要被告知。”

“还有他的前妻，”卡罗尔说，“上帝啊。告诉我他们已经通知了米琪·摩根。”

“我已经叫他们警告她，”托尼说，“万斯会认为她背叛了他。她不仅不支持他，还羞辱他。他是这么理解的。不是跟他离婚，而是宣布取消婚姻。我们知道万斯为什么想要婚姻，一般囚犯会认为，无性的婚姻只意味着一件事，”他苦笑地看了卡罗尔一眼，“你是一个无能的废物，不能勃起。”

卡罗尔看到他眼睛里的痛苦，感觉刀锋在肉里扭转般的刺痛。多年来，横在他们之间的不只是他的无能，但它肯定也没有正面作用。“你不是无能的废物，”她故作轻快地说，“不要对自己感到难过。你刚才说米琪什么——她只是让他受到了嘲笑。”

“他会把这当成是恶意，”托尼说，“但我不认为她会是他找的第一个人。她是事后这么做的。使他远离自己生活的人才是恶人。”

“也就是我们。”卡罗尔说。焦虑慢慢变得忧惧。她现在真的需要喝点酒。

“我认为我们在他采取行动之前还有机会，”托尼说，“万斯从来不是冒险的人。他会先休息，确保在监狱定下的计划能有效施行。所以我们还有时间躲藏起来。”

卡罗尔看起来困惑。向恐惧屈服令人厌恶。“躲藏起来？你疯了吗？我们需要出动，去找到他。”

“不行，”托尼说，“你最不应该做这件事。你要去他看不到的地方。威尔士的半山腰，或拥挤的伦敦街头。但肯定不是与搜索队一起，他会努力摆脱他们。卡罗尔，我希望我们所有人都活下去。最好的方法是使自己免受伤害，直到他们抓住万斯，把他送回到他该去的地方。”

卡罗尔怒视着他。“他们如果没抓到他怎么办？我们能销声匿迹多久？我们暂停生活，直到安全时才出现？这需要多久？”

“他们会抓住他的。他不是超人。他入狱太久，对迅速发展的监控社会没感觉。”

卡罗尔哼了一声。“你这么觉得吗？当时把他关进监狱的确凿证据来自于我们现在拥有的监控设备的早期版本。我想他会非常清楚外面什么样。他在治疗区牢房，有电视、收音机。甚至能偶尔使用互联网。托尼，万斯知道他将要面对什么，他会在他的计划中考虑这点的。”

“那我们更应该藏起来。”托尼固执地说。他的手猛地拍在椅子的扶手上。“该死，卡罗尔，我不想再有任何人死在那病态混蛋手上。”他完全卸下防御，让她想起他对夏兹·鲍曼的死多么悲伤。多年来，自责压倒了他，这不仅是因为法庭判万斯不承担异常残暴行为的后果。

“你不会的，”她说，声音柔软而温暖，“这次不会像上次一样。我们警察不躲避杰克·万斯这样的动物。我们出去找他。”托尼张开嘴想说话，卡罗尔举起一只手阻止他。“我不是带着愚蠢的雄心壮志这么说的。我这么说，是因为我相信。我如果被恐惧控制，现在不妨辞职。我现在正在换地方工作，我如果害怕唯一应该关注的事就是提前退休。”

托尼叹了口气，知道自己被击败了。“我不能说服你。”他说。

“是的，你不能。而且其他人除非在过去的十几年里改变了许多，不然你也不能说服他们。我们得出去找他。”

托尼的脸扭曲，露出痛苦的表情。“请不要这样做，卡罗尔。求你了。警告其他人，尽一切办法。做你的日常工作。让他没兴趣杀的人追捕他。”

“那你呢？你也打算这么躲起来吗？”

托尼发现自己不能正视她的眼睛，尽管他不觉得自己有什么可耻的。“我将远离前线，去很远的地方，做一次风险评估。分析万斯想要做什么。他想去什么地方。我想与你隐藏在威尔士的半山腰，这样我就可以请教你是怎么想的，但这不会发生，是吗？”他再一次意识到自己的声音里弥漫着愤怒。这一次，他压制住愤怒，迫使自己的声音听起来亲切。“所以我可能会让别人处理我今天在医院的事务，开车回伍斯特，我安静地工作。”

卡罗尔不希望他这样做。她希望托尼在她能关注到的地方。“我希望你待在这里，”她说，“我们如果不躲藏，但应该彼此离得近些，避免给万斯攻击我们的机会。”

托尼看起来有点动摇。“你忙于调查连环杀手，我不应该和你一起工作。你心爱的局长如果看见我在这里晃悠，会长动脉瘤。”

“他活该。我猜你还没开始想目前的谋杀案吧？”

托尼避开她的目光。“我还没时间来想。我无暇顾及这件事。我得对万斯越狱事件做个评估。这样好了：我在你的办公室做这件事，百叶窗拉上。等我把报告交给内政部，再解决这个。好吗？”

卡罗尔惊讶地笑起来。“你无可救药，你知道吗？”

“但是你得答应我一件事……”

“什么事？”

“他如果靠近我们中任何一个，我们躲起来。”

“我不会躲到威尔士的半山腰。”卡罗尔的嘴抿成直线。

“是的，我知道。我在伍斯特运河上有条窄船。我们可以像猫头鹰和猫一样出航，不去想万斯。”

卡罗尔皱起眉头。这不是她这些年来认识的托尼·希尔。是的，他最近声明他自己发生了深刻的变化。他找到了父亲，理解了父亲为什么会离开他，继承了父亲的遗产。但卡罗尔在今天之前并未觉得他有什么变化，除了他决定要离开布拉德菲尔德，搬进在伍斯特的爱德华时代的豪宅。好吧，这也意味着他要辞掉精神病院的工作，但卡罗尔确信他几个星期不工作就会浑身难受。托尼热爱探索心智受损患者。他会去另一家医院上班，探索另一群精神错乱的人。卡罗尔对此深信怀疑。

然而，没做计划就坐船离开，随便去一个地方不是他的性格，这是真正的改变。她都不记得托尼上一次休年假是在什么时候，更别说出去度假。也许他也太恐惧。“我们船到桥头自然直。”她喃喃自语，起身，走向门口。“我必须立即把这个坏消息告诉克里斯。然后我们找到其他人，告诉他们。”

托尼站起身。

“不，你就待在这里。”卡罗尔说，从他身边走过去，关上百叶窗。

“我要回家拿手提电脑。”他抗议说。

“你不必如此。你可以用我的电脑。”

“你的电脑里没有文件模板。”

卡罗尔露齿而笑。“就用你以前发给我的文件作为模板吧。你会轻松地在电脑里发现名称为‘侧写’的文件。对不起，托尼，这件事如果真的像你想得那么严重，你要像照顾我一样照顾你自己。”

就这样吧，卡罗尔边想边走进大办公室。托尼无话可说。

12

万斯在出租车司机的手套箱找到一顶波士顿红袜队的棒球帽。警方对他的描述应该不包括这顶帽子。他可以有短暂的喘息时间。高速公路上的新服务区让他惊喜。他入狱时，高速公路服务区令人压抑，你身在其中，感觉就像被困在1960年代。现在的服务区有吸引人的开放式餐馆，有玛莎百货食品商店，有供应二十种热饮的咖啡店，还有汽车旅馆。谁在乎乡村被毁呢？这是巨大的进步。

万斯开到停车场一个安静的区域，他能从汽车旅馆看到这里。他检查摄像头，确定他的车牌不会被拍到。他相信自己此刻是安全的。

他出于好奇，打开后备箱。角落里塞着一些衣服。他伸手去拿，抖出一件折起来的防雨外套。棒极了。肩膀有点紧，但能盖住他文身的胳膊，这是他外表中目前最吸引人的地方。他遮住文身后，进出汽车旅馆更方便。

他把钥匙留在车里，希望有人把车偷走。他快步走上通往汽车旅馆的平路，把脸压低在竖起来的外套领子中。他能感觉到身体的紧张。不是恐惧；他没有理由害怕。这是混合着忧虑和期待的紧张感，他想，能保证他安全。不仅是现在，还有他实施他计划的时候。

他转过最后一条停车道，仔细看着车。他走到一半时看到了那辆深蓝色的奔驰旅行车，正是他要找的车。仪表盘上挂着一张纸，纸上面写着一个数字。最后三位数字是三一四。

万斯离开，直奔汽车旅馆。他推开门，自信地穿过大堂，走向电梯。坐在沙发上聊天的人和在功能桌旁喝咖啡的人没有一个瞥他一眼。接待员忙着接待另一个刚到的客人，只随便往他的方向看了一眼。一切完全和他预期的一样。特里出色地完成了安排工作。万斯按了电梯按钮，门一开就踏进去。他到了三楼，往左转进一个走廊，走廊里满是人工香料刺鼻的化学气味。他沿着走廊，一直走到门上标着三一四的房间。他敲了三下，然后往后站了站，准备随时逃跑。

但是没有必要担心。门静静地打开，特里·盖茨精瘦的身材和猴子似的脸露出来。他是虔诚的信徒，自从万斯被捕那天起，完成了万斯的每一项指令。正是特里的伪证使得万斯的第一项谋杀罪存在疑点。特里深信万斯杀人的事完全不存在，从未动摇过对万斯的信念，相信万斯是无罪的。他这会儿看起来有点不笃定。然后他们的目光相遇，他的脸皱起来，露齿一笑。他伸开双臂，向后退。“进来吧，老兄。”他说。他没说几个字，但泰恩赛德口音明显。

万斯迅速越过门槛，关上门。他长长地呼出一口气，也对特里咧嘴笑。“真高兴见到你，特里。”他说，放松地恢复甜美的语调。

特里忍不住大笑。“太好了，杰克。太好了。这些年的岁月真是令人沮丧，只能在他们的地方看到你。”他挥舞手臂，指着房间。“这样多好啊!”

是的，比万斯预期得好很多，这里是他回到豪华舒适生活的起点。这个房间挺干净，没有腐烂的烟味以及酒味。装饰简单——白色的墙和床具，床后是黑木镶板，兼做办公桌的饭桌。窗帘是烟草棕色。唯一鲜艳的颜色来自地毯和床单。“你干得好，特里。”他说，脱掉帽子，在夹克里耸耸肩。

“事情怎么样？我给你泡点什么喝的？你有什么需要吗？我把你所有的文书和身份证都放在公文包。我还从玛莎百货买了些不错的沙拉和三明治。”特里急促地说了好多话。

“一切顺利，”万斯说，伸个大大的懒腰，“没一点阻碍。”他拍了拍特里的肩膀。“谢谢。但先做重要的事。我现在需要冲个澡。”他厌恶地看着手臂。“我想弄掉这些难看的东西。为什么有人想在身上这样做？我搞不懂。”他走向浴室。

“不过幸亏杰森，”特里说，“有这样的文身。没有人细看你的脸，是吗？”

“确实。你有剃刀吗，特里？我想刮掉这把山羊胡。”

“都在那里，杰克。你要求的一切常用洗漱用品。”特里脸上再次闪过微笑，急于取悦万斯。

万斯关上浴室门，把淋浴头开着。特里就像一只宠物狗。万斯无论要求什么，他都会立刻照办。万斯不管提出多少要求，特里似乎仍然感觉自己是欠债的人。这一切都源于一件简单的事情。万斯还是国民英雄那会，在特里的孪生妹妹菲莉丝弥留之际守在她床边几个小时。当时她被癌症折磨得不成人样。特里认为万斯是出于同情。他从来没想到，万斯坐在垂死的人床边，是因为他喜欢看着他们的生命渐渐消亡。他喜欢看人类脱离生命，直到只剩躯壳。特里从来都视之为深深的善意。菲莉丝一直爱《万斯之行》；万斯就像她生命消失之时的一盏灯。

万斯脱下假肢，走到淋浴头下，尽情享受无尽的水流，温度完全在他的控制之下。这是幸福。他在全身上下抹了一种昂贵的沐浴露，闻起来有酸橙和肉桂的气味。他把脖子上的文身擦洗掉，然后剃掉山羊胡，留下胡髭。他在水下站了很长一段时间，细细品尝成为自己命运主宰的感觉。最终，文身贴开始滑动，像达利的版画从他的手臂滑下来。万斯在胸口和肚子上摩擦手臂，使文身贴溶解成稠糊，然后消失在下水道。他冲掉杰森身体艺术的所有痕迹。

他离开淋浴头，用厚厚的毛巾裹住身子。毛巾贴着皮肤，难以置信的柔软。接下来，他往假肢的人造皮肤上抹沐浴露，软化文身袖套，再把它溶解，冲掉，假肢上未留下丝毫痕迹。他抹干身子的时候，思绪回到特里身上。他曾为万斯做伪证。可他在过去的一年里为万斯犯了更多罪，包括伪造证件和洗钱。他设计了万斯的逃跑路线。从未有过迹象他可能会背叛他仍然奉为英雄的人。然而……

特里知道得太多是难免的。他这么长时间都相信万斯，是因为他说服自己万斯是无辜的。他无法相信这个支撑他妹妹度过最后几周的人是杀手。但是这一次不同。万斯有计划。地狱般的计划。计划实施后，很容易被看出来。特里会从风暴前逃开。但特里将不得不对万斯计划造成的严重破坏承担一些责任。那会是他的可怕时刻。但特里是有勇气坚持信念的人。特里站在万斯背后，坚决提供帮助这么久，如果被发现，立即会被抓捕。他百口难辩。

特里会成为知道得太多太多的人。他如果透露万斯的所作所为，坦白知道的一切，一切就将结束。万斯不允许这样的事发生。

13

阿尔文·安布罗斯警长尽量不表现出烦躁。他为了进入奥克沃斯监狱，就得忍受安全检查。身体扫描，金属探测器，交出手机，交出无线电通话器……他们如果对出来的人也这么小心，他现在就不会在这里了。

他不应该在这里。奥克沃斯是西麦西亚的辖区，离伍斯特够近，调查这次逃狱事件是伍斯特市刑事调查局的责任。但安布罗斯认为这件事应该由他的老板来处理。但自从自己想要的工作宣布给了卡罗尔·乔丹，斯图亚特·帕特森督察似乎已经罢工，把一切他可以分派给安布罗斯的工作都摔在安布罗斯的桌上。这件也是。安布罗斯希望由老板负责的想法在逃犯的身份被揭露出来后完全了空想。卡罗尔·乔丹参与抓捕万斯，这让他们新的工作分配制度更加巩固。

根据刑事调查局头头的指示，帕特森处理此事。而事实是安布罗斯在处理。没关系，监狱长可能期望比警长级别高的人领导大家追踪万斯这样危险的逃亡者。安布罗斯只能尽量依靠让人印象深刻的外表挺过去。至少他可以向卡罗尔·乔丹请教意见——在她来伍斯特之前。他以前与乔丹共事过，对她印象深刻。要打动阿尔文·安布罗斯可不容易。

最后，他通过检查，通过缓冲区，穿过一个走廊，到了一个办公室，有个异常年轻的小伙子坐在凌乱的办公桌后面。他跳起来，一只手抓起外套，伸出另一只手迎接安布罗斯。他又高又瘦，精力充沛。安布罗斯和他握手的时候，看到他的皮肤上有许多纵横交错的细纹。他并没有看起来那么年轻。“我是约翰·格里宁，”他说，用力和安布罗斯握手，“这里的副监狱长。监狱长去了伦敦，跟内政部谈话。”他睁大眼睛，眉毛上扬。安布罗斯想起《神秘博士》中的大卫·坦南特。安布罗斯突然觉得很累。格里宁指了指一个座位，但安布罗斯仍然站着。

“不奇怪，”安布罗斯说，“在这种情况下。”

“杰克·万斯越狱之后，没有人比我们更尴尬了。”

“尴尬”这个词在安布罗斯看来力度实在不够。一个连环杀手走出这人的监狱大门。安布罗斯要是这个副监狱长，会羞愧得无地自容。“是啊。嗯，要对这起严重事件进行调查，但这并不是我来这里的原因。”

格里宁看起来有点懊恼。不是生气或羞愧，安布罗斯想，而是懊恼。就像有人批评了他的领带。安布罗斯有点能理解为什么会发生越狱事件了。“我可以向你保证，我们的工作人员没有腐败。”他说。

安布罗斯哼了一声。“这样反而更糟，你不觉得吗？腐败可能会让你摆脱困境，不像无能这么让人痛苦。我需要跟杰森·科林斯谈谈。”

格里宁僵硬地点了点头。“会谈房间已经安排好了。音频和视频设备也准备好了。我们都很惊讶杰森参与了。他一直在治疗区牢房表现得那么好。”

安布罗斯难以置信地摇摇头。“一个了不起的囚犯，当然。”

格里宁对护送安布罗斯的警官点点头。“阿什莫尔警官会带你去会谈室。”

安布罗斯跟着警官回到走廊，通过另一个缓冲区，深入监狱的迷宫。“你知道万斯吗？”安布罗斯问。

“我知道他是谁。但是我从来没有直接接触过他。”

对话到此结束。他们又拐了个九十度弯，在一扇门外停下来。警官用磁卡打开门，为他把门拉开。安布罗斯站在门口良久，观察坐在桌边的那个男人，桌子用螺栓固定在地板上。光头，山羊胡子，文身。跟报告里的描述一样。科林斯抬起头，迎上安布罗斯的目光，眼里有一种呆板而轻蔑的神情。“你在看什么？”安布罗斯入行这么些年常经历这种挑战，不动声色地问。

他什么也没说。他环顾房间，仿佛在研究灰色的墙壁，日光灯和地板瓷砖，然后写房产小册子。房间里有酸臭的体味和屁臭味。安布罗斯想起抽烟的日子。他两步走到科林斯对面的空椅子边。狱警告诉安布罗斯问完后按按钮，然后离开。

“杰森，我是阿尔文·安布罗斯警长，我想跟你谈谈你参与杰克·万斯越狱的事。”

“我知道你来这里干吗，”杰森说，声音阴郁而沉重，“我只知道他昨晚叫我换囚室。”

安布罗斯大笑起来，深沉猛烈的笑声充满房间。科林斯看起来震惊而害怕。“帮个忙，”安布罗斯恢复常态，说，“废话少说，告诉我你知道什么。”

“我什么都不知道。看，这本来是个玩笑。他认为他可以冒充我，我认为他不能。我从未想过事情会变成这样。”科林斯嘲弄地笑了笑，仿佛在说：“证明我在说谎啊。”

“他为了一个玩笑，做了这么多准备工作？”安布罗斯挖苦道。

科林斯耸耸肩。“这跟我无关。是他认为他能侥幸成功。是他越狱了。”他竖起双手的大拇指。“他干得真他妈好。”

“我不相信你。”

科林斯又耸耸肩。“随你信不信。我压根不在乎。”

“你知道你在这个区的日子已经结束，对吗？你将回到甲级监狱。没有特权。没有舒服的羽绒被和私人浴室。没有接触社会的机会。别妄想出狱轻松一天。直到你变成老人。你如果有情报，我可以给你一次机会。”

科林斯冷笑着撇撇嘴。“我不需要情报。我得了癌症，胖子。我会到医院区。我将回家等死。你怎么威胁我都没用。所以你不妨马上滚开。”

他没有错，安布罗斯想，把椅子放回去，走到门前。门打开时，他转身对着科林斯笑道：“我希望癌症对待你会像万斯对待他的受害者那样仁慈。”

科林斯冷笑一声。“你还什么都不明白，警官。杰克说，他的新计划会使过往的岁月看起来像《童话天地》。”

14

克里斯·戴文感到脖子上升起一股由于愤怒产生的血流。她一直认为自己在工作上足够坚强。她感情脆弱，但工作时一向镇定。在很长一段时间里，她认为自己不可撼动。但夏兹·鲍曼死在杰克·万斯手上时，克里斯发现自己和其他人一样悲恸。但是她并没有崩溃。她不会让万斯满意的。她把痛苦化作对抗凶手的动力，加入托尼和卡罗尔组建的意图抓捕万斯的临时小组。他们抓住万斯后，她获得了职业生涯中最大的满足。

在重案组这六年中，克里斯每天上班都会想到夏兹。夏兹最初成功进入刑事调查局时，她们就在一起工作，她们是一个优秀的团队。她们本可以永远合作下去。夏兹热爱她的工作，本可以成为行业翘楚。

克里斯的悔恨中掺杂着无法摆脱的内疚。她那时不是夏兹的上司，但她仍然自责没有密切注意夏兹在做什么。她当时太过专注于自己关心的事，没有提供帮助，保证这个年轻警探的安全。这是她每天都要忍受的挫败感。讽刺的是，这件事让她成为好同事和坚强的组员。

到现在，她没有原谅万斯丝毫。克里斯听到他的名字，体内就会翻涌出一股愤怒，一股她怀疑只有通过暴力行为才能平息的愤怒。现在，克里斯听着卡罗尔·乔丹带来的消息，感到那股熟悉的愤怒再次在她体内燃烧起来。指责监狱抓捕毫无意义。重要的是要把万斯抓回他属于的地方，确保他待在那儿。“搜捕行动组织得怎么样？”她问道，按捺住愤怒。

“我还没有这方面消息，”卡罗尔说，“没有人愿意正式地告诉我发生了什么事。我只知道内政部请托尼做风险评估。托尼认为我们所有抓捕万斯的人都需要提防万斯。”

克里斯皱了皱眉。她明白事情的严重性。不过，她认同托尼的看法。“有道理。他不能容忍受挫，”她缓慢地说道，“那就是他杀害夏兹的原因，即使夏兹对他并没有威胁。真的没有。他想要所向披靡。但是夏兹敢对抗他，他不能忍受这一点。”

“没错。”

“多说无益……我能明白托尼为什么认为你和他可能最容易受到攻击。但是我们其他人呢？我不认为我们是万斯报复的目标。我们只是小人物，万斯这样的人没有必要关注小人物。在我们这样的小人物身上不会有大事发生。”

卡罗尔干笑一声。“有意思。我从不认为你是小人物，克里斯。

我很感激你说的话，但是我仍然要想到每一个细节。我需要你找到那三个和我们一起工作的人，警告他们万斯在逃，可能会对他们的安全造成威胁。”

克里斯抬头看了房间的角落里一眼，回想是哪三个人。“利昂·杰克逊，西蒙·麦克尼尔和凯……凯姓什么？”

萨姆·埃文斯正要走出房间，无意听到克里斯的最后一句话，忍不住开口。“我可不会忘记女士的名字，克里斯。”他取笑说。

“有些人只是——”她耸了耸肩，“容易被忘。比尔。”

“哈，哈。”他的声音充满讽刺，关上门。

“她的确容易被忘，”卡罗尔说道，“但是我认为她是故意这样的。她渐渐消失，希望人们会忘记她的存在，说过的一些话。”

克里斯点头。“她是个很好的讯问者。和宝拉不一样，但也许一样好。她姓什么？”

“哈勒姆。凯·哈勒姆。”

“我记住了。很有趣，不是吗？我们大概会有同样的想法，希望同合作过的同行保持联系，关注彼此的事业。但是在这个案子上，法院第一次审判后不久，查案人就分散到各处。好像不想有任何联系，可以更容易消除记忆中的所有事情。我们大家因为上诉和第二次审判见面时，彼此就像一群尴尬的陌生人。”

卡罗尔点了点头。“就像在婚礼或葬礼上偶遇曾经很亲近的人，但是时间过去太久，重逢太难堪了。你无法重新找回从前在一起的感觉，但是你们都知道从前是不同的。这让人有点痛苦和伤感。”

克里斯和卡罗尔本人都对这番话感到惊讶。她们在一起工作了很久，克里斯知道卡罗尔·乔丹很少这么清楚地说出内心话。两个女人都注重隐私，刻意避免亲近。这个团队合作亲密无间，但他们从未一起参加社交活动。他们从来没有在办公室畅开心扉。

卡罗尔清了清喉咙。“凯有三四年都给我寄了圣诞贺卡，但是我认为她可能想确保我会给她推荐信，而不是想要保持联系。我不知道她现在在哪里，不知道她是否还在当警察。”

克里斯把名字输入智能手机中。“我马上就去找他们。警察联合会也许可以帮上忙。他们至少应该能告诉我这三人是否还是警察。”

“他们会提供这样的消息吗？”卡罗尔说道。

克里斯耸了耸肩。“他们应该会帮助我们。你应该相信，他们想要保护我们。”她咧开顽皮地嘴笑了。“而且，我有自己的小方法。我的办法也许不如宝拉的巧妙，但是可以得到结果。”

克里斯突然转身，开始敲打键盘，好像在练习敲打字机。卡罗尔举手认输。

“我不再看你是怎么工作的，”她说，“你先忙着。还有，克里斯……”

克里斯从屏幕上抬起头。“什么？”

“不要太过专注于这件事，而忘了注意安全。万斯如果有一份名单，你可能也在上面。”卡罗尔站起来，向门口走去。

“那么，冒昧地问一句，伙计，你到底要一个人去哪儿？”克里斯在她身后喊道。

卡罗尔半转过身，扭曲的笑容让她眼睛周围的皮肤上泛起皱纹。“我要去北区总部。我想我在那会很安全。”

“我可不这么认为。”门在卡罗尔身后关上时，克里斯阴郁地低语。

瓦娜莎·希尔在午餐时间很少这么清闲。人必须吃饭，但也可以好好利用吃饭时间。所以她一向会在午餐时工作。她要么在外和客户一起，要么在办公室和核心员工商议策略，评估潜在市场。她经营人力资源咨询公司已经有三十年了，她成为国内几大猎头之一并不是碰巧。

但是今天她闲下来了。她本来要在午餐时见的保险经纪人在最后一刻取消了见面——胡说什么他女儿在学校的一起事故中摔断了手臂——把她留在曼彻斯特的市中心，让她在赶赴两点的约会之前无事可做。

她懒得独自坐在提前预定好的餐厅里，所以坐在一家三明治店外面，买了一杯咖啡和一份三明治卷。她记得在去餐厅的路上经过了一家有停车员的洗车场。是时候给车子做一次全面保养了。曾经有段时间，她自己做这件事，因为其他人不会像她那样仔细，但如今她宁愿付钱，但这并不代表她会向马虎妥协。他们如果做得不够好，她会坚持让他们再做一次。

瓦娜莎开进泊车间，对服务人员发出指令后在等待区坐下来，高挂在墙上的电视被固定在新闻频道。任何人都应该自食其力这个说法并没有得到很好践行，瓦娜莎想。她拆开三明治，意识到自己正被一个五十来岁的家伙观察，那男人穿着本周还未发布的套装。她走进来时已经扫了他一眼，让他不要招惹她。她擅长打量人，一眼就能看到很多东西。

她知道自己不是美女。她的鼻子太尖，脸太有棱角。但她总会修饰打扮，充分利用她拥有的东西，男人们仍然会打量她，这让她感到满意。她也并非对他们都毫无兴趣。但她在奉承和调情上花费时间和精力已经是好几年前的事了。有个公司对她来说就足够了。

瓦娜莎吃东西时，眼睛瞟着屏幕。最近，好像有不少新闻。中东动荡，非洲动荡，政府间冲突，还有自然灾害。她的一个员工有天早上在饮水机旁一直逗大家笑，模仿一个过度虔诚的邻居，不把厄运、黑暗和天启四骑士①放在眼里。瓦娜莎觉得她是对的。

新闻播报员忽然活跃起来。"刚刚收到的消息，"她说道，眉毛像快速放下又拉起的吊桥般飞舞着，"被判谋杀罪的杰克·万斯从伍斯特郡附近的奥克沃思监狱逃走。万斯被判谋杀一个十几岁的女孩，但据称他不止杀了一个女孩。他伪装成预备到监狱外体验一天工作的囚犯，成功逃狱。"

瓦娜莎哼了一声。他们是自找的。对待囚犯像对待旅馆客人一样，囚犯当然会乘虚而入。"狱方暂时拒绝作出评论，但据了解，曾经的电视节目主持人、奥运会运动员万斯劫持了一辆出租车。现在有请当地议员凯西·科蒂森。"

一个长相普通、衣领难看的女人现身在威斯敏斯特宫②外的圣斯蒂芬绿地。"许多问题有待解答，"她有浓重的英国中部黑县口音，

---

① 也叫"启示录四骑士"，典出《圣经·启示录》第六章，四骑士象征瘟疫、战争、饥荒和死亡。

② 英国议会大厦。

瓦娜莎听得费力，“杰克·万斯从前是电视明星。他只有一只手臂。他到底是怎么糊弄过监狱看守逃出来的？万斯这样的囚犯怎么会有机会接近那些会得到假释的犯人？另外，囚犯为何可以独自乘出租车？一个没有武器的独臂男人是如何劫持一辆出租车的？我会尽快向内政部长呈报这些问题。”

瓦娜莎听得非常认真。有人会因为这件事被解职。有人被解职，等于会有职位空出来。但让她失望的是，新闻继续介绍运动员万斯、电视名人万斯和杀人犯万斯的背景故事。她的注意力开始转移，突然，一个熟悉的身影出现在屏幕上。“心理侧写师托尼·希尔博士和一位警察同事协助揭露了万斯的罪行，并让他进了监狱。”

她完全忘记托尼卷进了杰克·万斯案。大多数母亲看到独子在全国性的新闻报道中以正面形象出现会很骄傲。但瓦娜莎·希尔不是大多数母亲。她的儿子还没出生时就是个麻烦，她尽量避免对他有任何接近母性的回应。她从一开始就不喜欢儿子，不管他做了什么，她都没有改变立场。她看不起儿子，蔑视他赖以谋生的职业。他不是个愚蠢的男人，瓦娜莎知道。他和母亲一样，有洞察一切的天赋。他本来可以很好地利用天赋，取得成功。

但他选择把时间花在杀手、强奸犯和人渣身上。这有什么意义？老实说，她想起杰克·万斯曾经被她的私生子挫败，几乎想要支持杰克·万斯。她厌恶地转过脸去，拿出手机查看邮件。做任何事都好过在电视上看那个垃圾。

15

尼基·里德和苏兹·布莱克合住的那套公寓看上去极度凄惨。破旧的家具明显是从二手商店最便宜的商品里拣出来的。墙上的风景照片看上去像是从杂志上剪下来，再插入廉价的宜家相框中。地毯破了，颜色随着时间的流逝而消退。但这房间比宝拉预想得干净、整齐。但整个房间里的陈设像是一群玩过家家的孩子拼凑起来的。

尼基迎着宝拉注视的目光说："我们并不是人渣，你知道。我们努力过体面的生活。曾经努力。"他指着靠墙的桌上装着橘子、苹果和香蕉的碗。"水果和食物。合理的饮食。而且我们按时付房租。"他穿着紧身牛仔裤的腿一条架在另一条上，双手十指交叉放在膝盖上。这个姿势的同性恋特征让他为尊严所做的努力付诸东流，宝拉为他感到悲哀。

“关于苏兹，我很抱歉，”宝拉说，“对她做这种事的人不可原谅。”

“你们这些家伙如果在我报告她失踪时认真听我说话……你们如果认真对待我……”尼基突然住口。

宝拉叹了口气。她语调柔和地说：“我理解你为什么这么生气，尼基。但是我们即使在你报告苏兹失踪时就认真寻找她，也已经太晚了。对不起，但事实是，你知道她失踪之前，她已经死亡一段时间了。我知道你很内疚，尼基，但是你无法改变什么。”

尼基大声吸气，眼睛明亮。宝拉无法判断这是因为可卡因还是悲痛；根据凯文的肢体语言理论判断，尼基已经做出决定了。

“她很棒——苏兹，”尼基说道，声音中有一丝颤动，“我认识她好多年了。我们在学校时就认识了。我们曾经离家出走，去电子游戏室，闲荡，抽烟，和退休老人起玩宾果游戏。”

“你俩那时在学业上都遇到了困难吗？”

他露出有点轻蔑的笑容。“学习。家庭。其他小孩。所有你能想到的事情，我和苏兹都设法投入，忙得他妈的不可开交。她是我那时认识、如今唯一还在我生活中的人。其他人全都占我便宜，然后滚蛋。但是苏兹没有。我们互相照顾。”

宝拉估计他已经可以接受更难回答的问题。“你们都在街上拉客，对吗？”

尼基点点头。“卖身。”他抬起头，看着破裂的天花板，不停眨眼，忍住泪水。大大的蓝眼睛在瘦削的窄脸上异常突出，嘴唇薄薄的，缺了牙。“我们不会做别的事。苏兹试过在街头小店做事，但给的钱少得可怜。”他微微耸肩。“我不知道其他人是怎么应付过去的。”

“大多数人没有很费钱的毒瘾。”凯文说道，语气并不刻薄。

尼基用指尖轻轻拂去一滴眼泪。“那么他妈的去告我吧。”

“苏兹吸海洛因，我说得对吗？”宝拉说道，试图回到正题上。

尼基点了点头，开始撕扯拇指指甲周围的皮肤。“她已经吸了好几年。”他飞快地瞟了宝拉一眼。“她不像那种喜欢袒胸露乳的女人。她是优雅又稳重的那种。她可以对付着过下去的。她有了海洛因，可以对付着过下去。没有海洛因？”他叹气。“听着，我知道你认为我们都是垃圾，但是我们过得不错。”他伸手拿香烟，点了一根。他点完烟想了想，递了一根给宝拉，宝拉拒绝了。

“我能看到这一点，”宝拉说道，“我能看到你们一直在努力。我来这里不是为了让你不愉快。我只是需要确定，苏兹死亡是因为生活中的一些事，还是因为在错误的时间待在了错误的地点。”

尼基直起腰来，放下交叉的腿，抓住椅座。“苏兹生活中没有人想要害她。我知道你认为我是因为她死了才夸赞她，但并不是这样。听着，她是个妓女，也是个瘾君子，但她并不是个坏人。她从来没有皮条客。她只有一个照顾她的毒贩。”

“那个毒贩叫什么？”

他摇了摇头。“我不会说出名字的。那样做太蠢，而我并不蠢。随便你怎么想。听着，苏兹是个很好的顾客。她也为毒贩介绍新顾客，所以他关照苏兹，不允许别人让她不愉快。没人侵占苏兹的地盘。每个人都知道界线。那些该死的东欧婊子出现在建筑工地，觉得可以在天气糟糕时到弗莱尔拉客。”尼基幸灾乐祸地笑。“她们的生意并不长久。那些欠操的俄罗斯贱人认为她们很厉害，但她们没有布拉德菲尔德人厉害。”

“苏兹在弗莱尔拉客多久了？”凯文问道。他知道宝拉不喜欢自己的谈话被打断，但是他讨厌感觉自己像个零备件。

尼基挠挠头，再次交叉双腿。宝拉希望她有托尼·希尔读懂人身体语言的能力。她最近参加了一个审讯课程，花了一些时间研究这个课题，但是她感觉自己并未进步多少。“我不记得了，”尼基说道，“好像有永远那么久。你明白吗？”

“她有常客吗？”宝拉问道。“或者均是散客？”

“都有。”他深深吸了口气，然后让烟从鼻孔里飘出。“她有些常客是飞同一条线路的机组人员。比如，在星期二，就一定是飞迪拜的那群人。她有一些固定飞阿拉伯的客人，那帮人从波斯湾飞进飞出。在货运码头工作的一些本地人也是她的常客。”他叹气。“我不知道名字什么的。我从没有关注过她的客人。我对她的客人没兴趣。”

“她会把客人带到什么地方去呢？酒店房间，或者这样的小出租房？”在浴缸里淹死，宝拉想。

尼基小声干笑一下。“你在开玩笑吗？她是街头妓女。她从没有在妓院或是桑拿房里做过。她是站街女郎。她在弗莱尔后面和他们搞。在他们的车里，如果他们有车的话。”他又笑了，声音哽咽。“这不是电影《风月俏佳人》，这是我们的生活。”

“那么这些客人都住在哪里？外地人一定住在酒店。她会和他们回去吗？”

尼基摇摇头。“我已经说了，苏兹是站街女郎。她不会从任何一家酒店的接待员面前经过。你为什么要问这个？”

“我们认为她不是在我们发现她的地方被杀的。”宝拉说。

“他们说她是淹死的。他们在运河里发现了她。你们为什么会认为她不是在那里被杀的？”

“他们在她的肺里发现的水不是运河里的水，”宝拉说道，“我们还不知道她是在哪里淹死的，都肯定不是在运河里。”她等待着尼基消化这条信息。“你知道可能会是哪里吗？”

“我他妈的怎么可能知道。”

“她死前一段时间有没有表现出不安？”

“她从干这行以来只是有段时间和那群东欧人产生过纠纷。但如我所说，那件事已经解决。而且那是几个月前的事。那件事如果没了，应该很久以前就爆发了。我认为她肯定不是因为这件事被杀的。谁都可能带走她。弗莱尔关门后，她就在街上拉客。好像没有人送她回来过。她只是孤身一人。我工作的坦普尔场不一样。我们是一个团队。有人注意我和谁一起出去。我也会帮别人留意这件事。”他摇了摇头。“我告诉过她应该找人一起工作。但是她说没有那么多工作可做。我没法责怪她。她是对的。真他妈的不景气。”

“什么意思？他们有时少付钱？”凯文说，宝拉听出他的声音里明显有挖苦意味。

“不是，是警察，”尼基生气地说，“在街上卖的人越来越多。我和苏兹注意到了。有很多新面孔。”

这事有趣，宝拉心想。在谋杀案调查中，任何不寻常的事都不能忽视。“那些新面孔找过你们麻烦吗？”

尼基在一个非洲陶瓷烟灰缸里摁熄香烟，然后把烟蒂塞进烟灰里。他没往茶托里放烟蒂，宝拉注意到。“坦普尔场有几群，”他最后说道，“但是布拉克利场那么偏远的地方没有。”他拿起烟盒，用它拍着椅子扶手。“他们什么时候会让我认领她的遗体？”

这个问题莫名其妙。“你是她的直系亲属吗？”宝拉说道，拖延时间。

“我是她的全部。她妈妈死了。她从九岁开始就没有见过爸爸和两个哥哥。她受到政府监护，和我一样。我们互相照顾。她需要一个像样的葬礼，而没有其他蠢货会为她做这件事。所以，我什么时候能解决这件事？”

“你需要和验尸官谈谈，”宝拉说，感觉逃避一个无法简单回答的问题挺糟糕，“但是他们不会马上把她给你。她是谋杀案受害者，我们需要保留她的尸体一段时间。”

“为什么？我知道必须要验尸。我是说，我看过电视。我明白。但是现在验尸都结束了，我当然可以带她回来喽？”

“并不是那么简单，”凯文说道，“我们如果逮捕了嫌疑人——”

“如果？难道不应该说‘当’吗？”尼基跳起来，在房间里踱步，边走边点了一根烟。“或者说她还不够重要，没资格用‘当’？”

宝拉可以感觉凯文在她旁边绷紧身子。“事情是这样的。当我们逮捕嫌疑人时，他有权利要求第二次验尸。只是以防病理学家弄错。要想确定死因，重新验尸非常重要。这是个跟尸体有关的法医学问题。”

“妈的，”尼基吐了口痰，“你们这些家伙的工作效率啊。没等你们逮到他，我们可能已经死了。”他停下来，头斜靠在椅子上。乍看上去，他就像一个画家的绝望之作。“这杂种侥幸逃走了怎么办？你们要过多久才会把她还给我？”他激动起来。今天从尼基这里不会得到更多有价值的信息了，宝拉想道。

“和验尸官谈谈，尼基，”她说，平静但不傲慢，“他可以回答你的问题。”她站起身，穿过房间，走到尼基站的地方，把手放在他的手臂上。宝拉她可以感受到他长袖衬衫下坚硬的骨骼和颤抖的肌肉。“我很遗憾你失去了她。我向你保证，我会尽全力追查凶手。”宝拉向他递过名片。“你如果想起任何有帮助的信息，打给我。”宝拉给了他一个浅浅的微笑。“你如果只是想和我谈谈她，也打给我。”

16

卡罗尔怒视着佩妮·伯吉斯,《布拉德菲尔德前哨晚报》的记者。对于这个记者来说，卡罗尔通过监控观看新闻记者会而不跟她在同一个房间内，也许是件好事。从卡罗尔最初到布拉德菲尔德，这个记者就敌视卡罗尔，尽管卡罗尔相信女性情谊和公平正义。让卡罗尔愤怒的是，一个声称支持这些最贴近内心的信念的人在行动上却将这些东西完全否定。更让她气恼的是，这个女人似乎刀枪不入。她的职业生涯经常触礁，但她仍然能在头条发表文章，仍旧出现在新闻记者会房间，穿着昂贵，好像伦敦的时装记者。她引诱凯文·马修斯出轨并泄露一连串机密后，几乎毁了凯文的事业和婚姻，但是她现在仍然坐在警方新闻记者会的前排，好像是不锈钢做的。

佩妮今天和从前一样顽固。她脑子里一旦有了主意，她就像控制着受害者的连环杀手。她只有在觉得猎物再无利用价值后才会放弃猎物。这是一种令人钦佩的品质，卡罗尔认为，但应该把这种品质运用在有意义的事情上。她曾经被佩妮逼成人民公敌，所以她知道彼得·里基正在经历什么。佩妮追问的是里基不想引人注意的一些事。他突出的颧骨上出现一片暗红，眉毛耷拉着。“正如我在记者会开始时所说，记者会的目的是确定未知的谋杀案受害者。某个地方有个家庭还没有意识到他们的女儿，姐妹，或者母亲发生了什么。这是当务之急。”他说，一字一顿，好像这些话是一根芹菜。

佩妮·伯吉斯不等邀请就开口了，因为她一定不会得到邀请。她杵在那儿，再次说起她早已说过的话。“当务之急不是抓住凶手，阻止死亡人数进一步增加吗？”

里基慌了神，环顾四周寻求帮助，但并未找到。“这不用说，”他说，“但是我们首先要确认受害者的身份。我们需要知道她是在哪里遇到凶手的。”

“她是在布拉德菲尔德的街上遇到凶手的，”佩妮打断他，“和前两个受害者，凯莉·米切尔和苏珊娜·布莱克一样。警司，你在抓到这个连环杀手之前，要不要对这个城市的街头妓女发出警告？”

“伯吉斯小姐，我已经说过，没有理由认为这些谋杀案是同一人所为。这些女人明显是在不同的地点，被不同的方式杀死的——”

“我的线人告诉我所有案件之间有关联，”佩妮·伯吉斯插嘴道，“凶手留下了一个签名。你愿意对此作出评论吗？”

把问题丢还给她，卡罗尔心里催促道，她没掌握细节，这就是她还没有发布报道的原因。

里基最终明白了这一点。“你可以详细描述吗？”他突然打断，“因为我认为你不知道自己在说什么。我认为你只是在寻找一个会产生轰动效果的角度。因为这是你可以让编辑对街头性工作者被杀案感兴趣的唯一方法。你觉得可以编造成听起来像是电视剧集的内容才有价值。”

房间内出现令人震惊的沉默。然后一阵刺耳的声音开始大喊提问。你说过头了，卡罗尔心想，你现在真的把她惹怒了。

警方的记者会发言人让房间里其他好多个记者安静下来。接着佩妮·伯吉斯的声音再次大声响起：

“你会邀请卡罗尔·乔丹的重案组参与调查吗？”

里基怒视着她。“我无意在这次记者会上讨论行动问题，”他说，“我会再说一次，然后这次记者会就结束了。”他半转过身朝着格里沙·沙塔洛夫做的图片做手势。这个女人仍然是死的，但看起来不会让大多数人再做噩梦。“我们得确认星期二晚上到星期三早上某个时候残忍被杀的受害者的身份。一定有人认识这个女人。我们鼓励大家提供任何关于她身份或者她死前活动的信息，我们将会替爆料者保密。感谢大家的合作。”里基起身离开了房间，不理会还想提问的记者。

不一会儿，里基冲进办公室，把报纸扔在门边的小桌上。卡罗尔在转椅上突然转过来，面带同情。“佩妮·伯吉斯有点像噩梦吧？”卡罗尔说。

里基陷进办公桌后面那张舒适的椅子，瞪着卡罗尔。“我仍然不明白我为什么要应付她。我们假装没有什么发狂的连环杀人犯有什么意义？我们为什么不能直面这件事？透露你的小组在调查这个案子？”他拿起一支钢笔，不停地用两头敲着桌面。卡罗尔注意到他的手指上有一个模糊的印痕，那里原本戴着结婚戒指。“那样可以让人们安心。”

卡罗尔把脸转向里基。里基在平复心情；然而卡罗尔还要玩另一个自己讨厌的政治游戏。“正如你所说，这会得到媒体更多的关注。这个问题存在两个方面。第一：全世界的媒体死死盯着你，进行调查总是更困难。这些天来，连环杀手已经制造了可怕的媒体风暴，调查几乎不可能进行下去。媒体二十四小时循环报道意味着一种监视，没人想在监视下行动。第二：这一类杀手陶醉于公众宣传。他想要成为明星。他想要成为焦点的中心。把这些从他身边剥夺，等于让他处于压力下。压力会导致错误。而这些错误能让我们抓住他。”

“你说得简单。你不用站在那里说谎。”他继续用笔制造恼人的噪音。卡罗尔想从他手中抢走这支笔，就像严肃的老师对付生闷气的小男孩。她艰难地抑制住这种冲动。

“你没必要说谎。只要不透露全部事情就行。刚才那场表演上，让我开心的一件事是，她的线人不是核心调查人员。”

里基点点头。“我也这么认为。她得到的消息如果确切，就会知道那是文身，而不是什么‘签名’。”

“所以我们暂时脱离困境了。”卡罗尔站起来。里基没动一下，不和她握手，也没站起来。他明显依然对于和佩妮·伯吉斯的短兵相接而感到挫败。“你的伙计如果发现了任何关于受害者身份的信息，请让我知道。”卡罗尔说。

“我们一旦得知什么，你就会知道。我们保持密切联系，卡罗尔。我不希望有什么事逃出我们的掌握。”

卡罗尔转身向门口走去。他们总是有最后一句话，提醒她谁是长官。在这样的时刻，她会想起自己为什么欣赏托尼·希尔。

17

托尼·希尔很清楚，他在很多方面不同于其他人。拿记忆力举例来说，他不记得自己和卡罗尔·乔丹一起喝过多少次咖啡了，但他站在咖啡店的柜台或者自己的厨房中，不得不站在那里，先整理脑海中的数据库，以便记起卡罗尔要喝的是意式浓缩还是卡布奇诺。但是他并不是健忘的教授。他可以记起他遇到的每个连环罪犯留下标记的行为，不管是作为侧写师还是临床医生。所有的记忆都是有选择性的，他清楚这点。只是支配他记忆的准则非同寻常。

所以托尼坐下来准备写杰克·万斯的危险评估时大吃一惊，竟然想不起来自己是否正式对万斯做过侧写报告。卡罗尔走后，托尼闭上双眼，努力在脑子里回想自己在报告里写了什么。什么都想不起来，他猛地睁开眼睛，意识到那次他对万斯的追踪不同寻常，因为他什么都没有写下。那次对万斯的搜寻并不是警方发起的。那是侧写师训练课程的结果，当时托尼和一群有抱负的人成了内政部的一个特别任务小组。他们开始追踪后，没有时间坐下来分析万斯的罪行。

托尼为了多点时间回忆自己对万斯的了解，在卡罗尔的笔记本电脑中找到他以前写的一份侧写报告，复制到一份新文档中，作为标准的开篇。

> 以下对罪犯的侧写仅供参考，不应作为人像描述。罪犯不可能在每个细节上都与侧写匹配，虽然我期待以下概述的特征和现实高度一致。侧写中的所有陈述仅为概率和几率，并非确凿的事实。
>
> 一个连环杀手在施行犯罪行为时会产生信号和标志。他做的任何事都是有意图的，无论自觉或不自觉，都属于模式的一部分。发现隐藏的模式就能揭露杀手的逻辑。他的逻辑对我们来说也许不合理，但对他来说至关重要。正因为他的逻辑非常奇特，简单的陷阱抓不到他。由于他与众不同，所以抓捕、审讯他，以及重现他行为的方式也必须与众不同。

这不符合要求。因为兰伯特想要的是危险评估，而不是基于犯罪的侧写。可以保留第二段，托尼想，但是必须改一下第一段。他新建一个文档，又开始写。

> 以下危险评估基于直接接触杰克·万斯的有限经历。我在

公共场合见过万斯几次，且采访过他两次：一次在他家，那时他可能意识到自己是调查的目标；第二次是在他因为涉嫌谋杀被捕之后。然而，我熟悉他犯罪行为的细节，并对他的背景有充分了解，我有信心作出一份评估，评估将描述他成功骗过系统、从监狱逃出来后，可能会如何逃跑。

“你在想什么呢，杰克?”托尼柔和地说道，向后斜靠在椅子里，十指交叉，放于脑后，“为什么这么做?为什么是现在?”

急促的敲门声打断他的自言自语。宝拉把头伸进来，脸上带着坚定的表情。“你有空吗?”宝拉没等他回答，就穿过房门，把门关上。

“我如果说没空呢?”

宝拉给了他一个疲惫的微笑。“我会说，‘太遗憾了’。”

“我有同感。”托尼摘下阅读眼镜，注视着宝拉。他们之间有故事，复杂的血腥的故事，这些年来，他们在这些故事中建立了友谊。托尼领着宝拉走出悲伤的迷宫，在她的一位同事兼好友去世之后；宝拉推动托尼出于错误的原因做正确的事；托尼曾经使宝拉破坏规定，卡罗尔注意到时，宝拉承担起责难。互相尊敬是他们关系的基石。幸好，托尼想，否则他大概会难以接受宝拉和埃莉诺·布莱辛医生的幸福，一种他怀疑自己没有能力得到的幸福。“我猜这不是社交性的拜访?”

“我能问一下你在做什么吗?”宝拉明显没有闲聊的心情。卡罗尔没准马上就会回来。

“我在为内政部做一份危险评估，我不知道卡罗尔是不是对你们说了什么，但在不久之后，这件事将尽人皆知。有些事你无法保密。杰克·万斯今早从奥克沃思逃跑了。我参与过抓捕他的行动，他们希望我可以盯着水晶球，然后告诉他们万斯去了哪里，要做什么。”托尼的眼神与语调一样嘲讽。

“所以你没有在处理我们的案子？”

“你知道是怎么回事，宝拉。布莱克不会付钱请我，而乔丹总督察拒绝我不拿钱做事。我先前想请内政部的人帮忙，但他们主动来找我做这件事。他们希望我全身心关注杰克。”

“只有蠢人才不想充分利用你的技能，”宝拉说，“你知道我们在做什么吗？”

“几个看似连环凶杀案的谋杀案。我只知道这些，”他说，“卡罗尔尽量不让我受这个案子诱惑。”

“好吧，当我是引诱者吧。托尼，这件事适合你去做。他是你了解的那种杀人犯，没人能像你那样勾勒出他们的特征。这是重案组最后的探戈。我们希望可以高调告别。我希望总督察去西麦西亚后，布莱克想起她时带着苦涩。我希望他了解这个他弃之不用的小组。所以我们必须找到正确的答案，并且尽快。”宝拉的眼神中充满恳求，与她强硬的腔调形成强烈对比。

托尼想抵制宝拉这番话的吸引。但是他心里完全同意这番话。布莱克只想做两件事，解散重案组，省钱。布莱克确信越少发挥重案组的技术越好。在托尼看来，这是疯子的想法，适得其反。“你为什么告诉我这些？”他说，心里竖起最后一道防线，挡住越来越浓的兴趣。

宝拉翻了个白眼，啧啧道："我以为你是个聪明人。因为我们需要你的帮助。托尼。我们需要你做出对杀手的侧写。我们想取得进展，而不是陷入泥潭。"

"她不会接受。就像我说的：没有预算，而她不愿意剥削我。"他摊开双手，耸了耸肩，露出一个故作可爱的笑容。"我求过她，但她坚决不占便宜。"

宝拉哼一声。"省省这些双关语吧。听着，这事简单。她怎么想无所谓。因为她不会知道。这是我们的小秘密。"

托尼叹了口气。"我为什么有这种失望感呢？不论何时，你和我只要单独行动，总会以眼泪收场。"

宝拉咧嘴一笑，眼睛里闪烁着顽皮。"是的，但是你不能否认我们得到的结果。我们每次背着她做事，都会推动调查的进展。"

"但她把我们骂得很惨，"托尼激动地说，"这对你来说没关系，你可以回家到埃莉诺身边，但我还要和她一起住在伍斯特——"他想住口时已经来不及了。

宝拉的表情既惊且喜。"什么？你的意思是，像现在这样？她还会住在你新家的地下室里？"

托尼闭上眼睛，拳头撑着太阳穴。"该死，该死，该死。我什么都不应该说。"他手落到桌子上，叹了口气。"不是我说的这么回事。同住一所房子，这样说更准确。听着，宝拉，我们不能——她不想团队知道。因为你们会妄下结论，说些虚伪多情的废话，然后她会想杀了你们所有人。"他理理着头发，头发竖立起来。

宝拉只是微笑。“没关系。我不再说什么了。这不关任何人的事。坦白说，我想不到还有谁可以忍受你们俩。我的意思是你们是天造地设的室友。”托尼想开口反驳时，她急忙补充道。

“你或许是对的。”托尼说。

“所以你会帮忙吗？”宝拉说，结束这个话题，回到她真正想知道的事情上面。

“她会杀了我。”托尼说。

“是的，但不逮住这个人跟杀她无异，”宝拉说，“你知道她怎么看待案子。正义如果得不到伸张……”

托尼向后靠在椅子上，盯着天花板。“我在有生之年都会为此后悔。好吧，宝拉。让斯黛西把材料寄给我。我不保证能有所贡献，但我完成杰克·万斯的评估报告后会看一下材料。”他猛地直起身子。“但我们让这件事也保密，好吗？”

18

卡罗尔回到警队时，准备好听到一些好消息。她从北区总部开车回来途中，没接詹姆斯·布莱克打来的电话。布莱克在之前只关注预算，并不关心那些因为人生境遇而被迫站街的女人的性命。她们出卖自己唯一有价值的东西。鉴于他对削减开支的热情，卡罗尔猜想，不用多久，政府里某些精明的人就会相中他。

卡罗尔把头伸进办公室，托尼在里面正盯着她的电脑。一小叠文件放在一边，一支笔放在文件上。她可以看到潦草的笔记，笔记里有星号和下划线。托尼没意识到她进来，口齿不清地嘟哝着。

"有万斯的消息吗？"卡罗尔问。她没在办公室时，尽量把这件事放到一边，但是现在托尼占着她的办公室，她无法回避。

他摇摇头，但没抬头。"没有。我不久前给兰伯特打了电话。万斯开车进入 M5 高速公路往北开时，摄像头拍到了那辆出租车。他们正在追踪这条线索。但是你知道有多难。一张照片预示着很多可能性。”

“你知道谁在协助搜查吗？”

“我想你应该多了解点信息。毕竟奥克沃斯在西麦西亚的辖区。”

“我要打几个电话。”卡罗尔说，离开托尼，回到小组，了解他们的进展。宝拉在离卡罗尔办公室最近的桌子边打电话，卡罗尔拉开一张椅子，等待她通话结束。

宝拉盖住话筒，轻声说道：“我正在和北区的人说话——弗兰纳里·赖利。我打开免提，让你也可以听到他说话。”

宝拉按下按钮，带有曼彻斯特口音的低吼从微小的扬声器中传出来：“……所以我们人手不足。”

“都一样，警官，我们也没有上门访问、到街上发照片的人。”

“宝拉，我知道。”卡罗尔听到背景里有另一个声音。“稍等一下，你不要挂机，督察过来了。”

弗兰纳里也把电话的扬声器打开了。卡罗尔立刻听出另一个人的声音。斯宾塞督察，北区的高级警官，卡罗尔替他查过案子。

“你在忙吗，弗兰纳里？”斯宾塞问，“我想要你找人去看一下那起强行入室案的目击者。”

“我正在跟重案组谈话，设法安排上门查问。”赖利说道。

“妈的，”斯宾塞反感地说，“我以为他们加入了我们可以休息了。但他们参与进来后，我们反而更累了。MIT，代表什么？”弗兰纳里还未回答，斯宾塞自己说出答案，“我会告诉你代表着什么：

少数民族联合小组[1]，”他说，因为自己的才智而狂笑。“一对女同性恋，一个黑人，一个中国佬和一个红发男。一个垃圾女人领导他们。”

卡罗尔大吃一惊。她已经有相当长一段时间没听到同事这样说话了。这是一种偏见，应该成为历史。她怀疑那些爱在餐厅说闲话的警员仍旧会说这些怪话，但是他们一般十分精明，不会在不认同他们的人面前露出真面目。显然，性别歧视和种族歧视不仅是媒体炒作，而是真实存在。

宝拉把手伸向电话，想挂掉，脸色表明卡罗尔不是唯一感到惊骇的人。卡罗尔推开宝拉的手，探过身去。“斯宾塞督察。我是总督察乔丹。感谢现代科技的奇迹，你的冒犯态度已经被我的整个团队听到了。来我的办公室，现在。”

一阵长久的沉默。接着电话线里高分贝的声音消失了。卡罗尔坐了回去，隐隐想吐。她环顾整个团队。斯宾塞的话传过来时，他们都停下正在做的事。“斯宾塞督察很快会来这里道歉。你们中有任何人遇到过来自北区的任何阻碍，我都想了解一下。不是报复任何人。我们不能因此停下正在做的工作。现在，我们行动起来。我们有三个谋杀案要解决。”

斯黛西罕见地露出笑容。“我这里有些东西或许有所帮助。”

---

① “少数民族联合小组”英文首字母缩写也是MIT。

19

托尼越来越有紧迫感。他不能让万斯逍遥法外，但他需要暂时清空脑袋，好清醒地处理人家的新秘密项目。他还得找别的地方做事。借用人家的办公室又不让他知道你在干什么，是不可能的，尤其对方是卡罗尔·乔丹这样敏锐的人。

我相信万斯患有自恋型人格障碍。要理解万斯，关键是要明白他对于控制的需要。他想要一个由他主导的环境。这个环境里的一切都不能与他背道而驰。他需要操纵周围的个人，掌握事态的发展。有些有控制欲的人使用威胁和恐惧的方式控制人，万斯使用魅力蒙蔽一些人，让他们看不到他的真面目。不仅因为维持魅力更容易，还因为他需要他们的崇拜。他需要别人视他为榜样。这就是他进监狱之前生活的样子，我猜他在进监狱后也尽量这样做。

他有强大的自律性，这一性格特征可以追溯到他的青春期。他渴望开辟属于自己的天地，渴望人们尊重和仰慕他。母亲不怎么关注他，而父亲看不起他。他不喜欢他们，他决心让世界注意到他。他在十几岁时没有实施暴力犯罪的唯一原因是，他发现了自己的运动天赋。这成为他实现梦想的途径。

但要实现这一目标，他必须自律。他必须接受训练，找到一种方法管理自己的精神和身体。他在体育方面获得极大成功。他离奥运标枪金牌只有一步之遥，这时发生事故。他失掉一条胳膊，没法再扔标枪。至少有一个采访过万斯的心理学家确定，事故及其后果是导致他转变的重要因素，他之前似乎是一个精神健康的人。这一观点引用的证据是，他是因为救人才丢了胳膊。

我的论点是，万斯一直精神错乱。截肢在他的生命中是一个压力点，导致他发生了质变。我们听说他在事故发生前有过残忍的性行为和暴力虐待动物。从他对受害者实施的残忍行为来看，他已经在精神上意识到，这是他想要的。

万斯一直非常善于用假装坦率来隐藏他的反常行为。他外表的吸引力一直是他能够使别人相信他没有问题的一个重要因素。在他作为知名电视人的那些年，经常有小报说，女人想和他睡觉，而男人想成为他。我不认为他在入狱后变了。我建议好好查查他在监狱里做过什么事，重新评估任何与他有关的可疑事件，尤其是暴力或可疑的死亡事件。

我不知道他逃离奥克沃斯的细节，但是我敢肯定，监狱外面有人帮他。他入狱已经十二年，但仍然有一群忠实的信徒。脸书网站上有个群组叫“杰克·万斯是无辜的”。截至今天上午，这个群组有三千七百五十四人。他们中肯定有个人——只有一个人，因为万斯不会冒险，而让多一个人参与，危险就大一分——帮助了他。我建议检查他的访客记录。再看看他和谁打过电话，我敢肯定他在牢里用过手机。

不排除有专业人员参与。想想迈拉·欣德利，和她的狱警情人。他们酝酿了一个未能实现的逃跑计划。万斯无疑比欣德利聪明。我们知道，他设法说服监狱的一个心理学家，他应该进入治疗区牢房。就我个人而言，如果让杰克·万斯离开治疗区牢房的唯一途径是烧毁监狱，我会带上一罐汽油去那儿。

托尼停顿，重读最后一句。毫无疑问，这么写很严厉。他的职业生涯不是建立在诋毁同事之上。但是，专业人员不应该被万斯这样善于操纵的混蛋影响，哄骗，把他放到他绝对不应该待的地方。心理学家应该理解伤害和报复。如果做不到，托尼不想帮她掩饰。但现在最重要的是，杰克·万斯已经逃离监狱，很可能伺机报复。他自己可能是万斯复仇的目标之一。但他最后没有删掉这句话。

应该有社工陪同他去工作地点。这个人也许与越狱事件有牵连。但也许不是利诱，而是威逼，由万斯在监狱里直接策划。例如，社工的家人受到威胁。

监狱内部人员也并非完全没有嫌疑，无论在已经发生的还是在可能会发生的事情中。万斯无疑有帮手，他极有可能继续靠帮手行事。

他把眼镜往上推了推，擦了擦鼻梁。“简单的东西到此为止。”他咕哝着说。到目前为止，他写的所有东西都是稍微有点脑子的人也能想到的。但在过去的几年里，他学会玩一个把戏。你必须写出明显的东西，这样那些阅读报告的人会庆幸自己像专业人士一样有洞察力。然后他们读到你做出的一些他们没有预期的推断时，不会太觉得挫败。是他们付钱让你干这个活的。但他们认为你只不过是在运用常识。

有时，他认为他们是对的。但不是这次。托尼晃了晃肩膀，把手指放在键盘上。他深吸一口气，就像钢琴家等待指挥棒，然后开始疯狂打字。

万斯是一个策划者。他有执行人，那人一直在外面代表他行动。他将远离他以前常去的地方，因为他知道我们会盯着那些地方。他不会在伦敦或诺森伯兰郡。他选择以何处为据点，取决于他计划做什么。

他目前待的地方是临时据点。他完成他计划做的事后就会离开。他已经安排好最终目的地，他要去那里隐居，重建自己的生活。他不会愚蠢地选择英国。他很有钱，所以有很多选择。人们很容易认为他会去与英国没有引渡条约的地方，但他很傲慢，会认为自己不会轻易被发现。没有记录表明他会讲另一种语言。他为了控制别人，需要能够与人交流，所以他会去一些主要讲英语的地方。可能是美国，因为有钱人在那里很容易隐身，而且万斯不需要使用社会保障体系。他想待在可以轻易获得最好假肢的地方，所以目标再次指向美国。而且美国不像澳大利亚或新西兰，不太播放英国的电视节目，所以几乎没什么人有机会看《万斯之行》的重播，然后认出他。他也可能去海湾国家，在那里，隐私受到高度重视，而且英语使用广泛。我通常会说跟踪钱的流向，但万斯这样的人认识一些人，那些人知道如何让钱消失得无影无踪。

所以最大的问题就是他去最终目的地之前计划做什么。基于他觉得夏兹·鲍曼有可能阻碍他时他对夏兹做的事，我认为他打算对他认为应该为他入狱负责的人实施报复。

他的首要目标将是负责追踪他并逮捕他的警官：目前担任布拉德菲尔德市警察局总督察的卡罗尔·乔丹。还有其他参与非正式调查的人员：克里斯·戴文警长，目前和卡罗尔在同一部门；利昂·杰克逊，伦敦警察厅警员；凯·哈勒姆，汉普郡警员；西蒙·麦克尼尔，斯特拉思克莱德警员。我自己提供了相对主要的侧写材料参与追捕，所以也可能在名单上。

屏幕上的白底黑字看起来不那么真实。这些只是字，没必要对其感到担忧和疑惑。但是，万斯这个复仇天使接下来究竟会做什么呢？“我在虚张声势，”他咕哝着说，“其实什么也没写出来。”

他继续打字。

主要目标还有他的前妻，米琪·摩根，和她的伴侣贝齐·索恩。在万斯的世界观里，她们未能兑现承诺。米琪背叛了他，揭露他们的婚姻是一场骗局。她在法庭上拒绝支持他，自他进监狱后从未联系他。她宣布他们的婚姻无效，因为他们从来没有性生活，她让万斯成为被嘲笑和蔑视的人。她是万斯的敌人。她无论在哪儿，万斯都会去找她。监控这些潜在目标，很可能是捕获万斯最有效的方法。

所有这些文字不血腥，很学术。跟托尼眼前闪过的夏兹·鲍曼被摧残的形象，脑海中的尖叫毫无关联。他不想让皮尔斯·兰伯特认为他歇斯底里了，他希望皮尔斯重视这份报告。

杰克·万斯可能是我遇到过的最高效和最专注的杀手。他品性邪恶，没有悔恨和同情。我怀疑他作恶没有止境。他不是为快感而杀人。他杀人，因为根据他的世界观，这是受害者应得的。他实施了一次精心策划的越狱。我认为他并不是因为出现什么重大时机才成功越狱的。我认为他只是花了很多时间，把一切设计得完美。现在，我们如果不果断采取行动，杀虐又将开始。

20

斯黛西并不是唯一一个知道如何从电脑获取信息的人，凯文告诉自己，他十二岁的儿子对家用电脑就像他对电话一样熟悉。凯文决心跟上儿子。他还是个孩子的时候，父亲与他分享自己对汽车维护和修理的知识，单单这件事就使他们在凯文的青春期保持友好的关系。凯文觉得在二十一世纪，与折腾发动机锁定相对应的事是和你的孩子在线玩《魔兽世界》。除此之外，他学会了如何做幻灯片，如何给海报排版，以及如何完善他的谷歌搜索引擎。然而在办公室时，他对此事保持沉默。他无意踩斯黛西的脚趾，或残酷地暴露自己能力的极限。

用谷歌和另一个元搜索引擎找了十分钟，得到大量可以提供文身机的企业。尽管目前有不少人对文身艺术如此痴迷，但凯文难以相信这些企业都能以此谋生。他自己没有文身，他认为文身出现在他长雀斑的皮肤上会奇怪。他妻子的肩膀上有一朵鲜红的百合花，他很喜欢，但她从未想要再文一个，而他也并未喜欢文身到试图说服她再弄一个的地步。

搜索引擎列出了太多企业名，但试图追踪布拉德菲尔德地区的购买记录并无意义，供应商不会愿意合作。因为很多喜欢文身艺术的人认为自己是标新立异的人，也是体制的敌人。他怀疑他们中的大多数不愿意帮助。

屏幕滚动十几次后，凯文看到地址在本地的三个供应商。两个是文身店，第三个是一个公司，这家公司出售美发物品、首饰、文身机等产品。他复制下详细信息，制作了一个行动文档，建议警官们探访这三家，询问最近的业务情况，在线及派人问。北区警局可以处理这种乏味的询问。如果问出了什么有价值的线索，重案组再跟进。

他笑着敲下“发送”键。委派苦差事给别人的感觉挺好。太多时候，凯文确信他做的都是重案组枯燥的日常工作。他有时会为此愤愤不平。也许他到新的岗位后，这一点会有所改变。他不介意离开这里。是他展示才华、获得晋升的时候了。

他从未想到过卡罗尔·乔丹把常规询问交付于他，是因为他做事一丝不苟。如今，大多数警官喜欢偷懒，凯文以关注细节在警队出名，坚持明确一切事情。他没有意识到这一点。他是卡罗尔·乔丹一直血压低、心情压抑的原因之一，而且卡罗尔知道这点。

万斯穿上特里叠得整整齐齐、放在马桶水箱上的衣服。新的内衣和袜子，斜纹棉布裤和蓝色斜条纹长袖衬衫，衬衫领尖有对称的纽扣。衣服堆底下是一顶假发，厚厚蓬乱，棕色里夹杂着银发。万斯把它戴上。假发服帖地覆盖住原本中分的头发。让杰克·万斯想起自己以前荣光焕发上电视时的样子，但他不知怎的看起来明显不同了。最后是一副平光眼镜，眼镜有着时尚的黑色方形边框。镜子里的男人看起来一点也不像杰森·科林斯。也不是很像原来的杰克·万斯，他带着一丝遗憾想。有些以前从未有过的皱纹，下巴有点下垂，脸颊上出现静脉曲张。监狱生活让他很快就老了。他打赌前妻现在风光依旧。不过，他要在她的脸上弄出更多的道道，接着算清总账。

他出来时，欣慰地看到特里脸上惊喜的表情。“你看起来精神很好。”特里说。

“你干得很好，”万斯说，拍拍特里的肩膀，“一切都完美。我饿了。你有什么吃的吗？”

万斯一边吃饭，一边检查特里给他的公文包里的东西。两本伪造的配有驾照的护照——一套是英国的，另一套是爱尔兰的；一叠厚厚的二十镑一张的钞票；与护照名字匹配的银行账户以及相应的个人密码；几张信用卡；利兹郊区一套房子的水电缴费单；四个即用即付的手机。侧边口袋里放着几串车钥匙和房子钥匙。“房子里有你需要的一切，”特里说，“笔记本电脑、电话、卫星电视……”

“好极了，”万斯说，吃掉最后一勺金枪鱼和毛豆沙拉。，“我不知道有些食物叫什么，但是好吃得要命。”

“我昨天把冰箱放到那个房子里去了，”特里急切地说：“我希望你喜欢我准备的食物。”

“肯定不错。”万斯用餐巾纸擦了擦嘴，然后舀起吃剩的碎屑，倒进垃圾箱。“我们该行动了。”他说。他站了起来，转身走向特里一直坐着的床。他扯掉被罩，拍打着枕头，让它出现凹痕。“让这里看起来好像有人睡过。警察来询问时，女服务生不会记起任何异常情况。”

万斯让特里带路去停车的地方，他们到达那辆黑色的奔驰旁边时，万斯简单地说：“你开车。”万斯并不怀疑自己的驾车技术；特里照万斯说的，买了一辆自动挡的车，车上还带有巡航控制系统，也就是所谓的卫星导航系统，他上一次开车时，这东西还没被发明出来。然而，他根本不愿尝试，以免留下什么证据。

特里将车倒出停车位，万斯放松地坐上去，把头贴在波状的靠枕上。他眼皮耷拉着，肾上腺素终于平息，筋疲力尽。在特里开车送他到新家途中睡一下无妨。他仍有很多事情要处理，晚上还不能好好地睡一觉。

车子开到路上减速带时产生的震动惊醒了万斯。他猛地醒来，暂时有点不明方向。“怎么——我们在哪里?”他喘着气清醒过来，疯狂地四处看。他们通过一个看似门房室的房子，但它好像是空的。门房室后面是一对砖砌柱子。没有门或墙，万斯忽然想到。

“欢迎来到文顿伍兹，”特里自豪地说，“正是你要求的那种房子。独栋私人房产；带花园，与隔壁的房子分开。这种地方，没有人认识邻居，大家只在意自己的事情。你离高速公路八英里，到利兹市中心六英里，距离布拉德菲尔德十七英里。”他沿着一条弯曲的路前行，两旁都是大而坚实的砖制和半木制外墙的房屋。“这是安妮女王风格区。”特里说。他在一个岔路口向左转。“右边是乔治王朝风格区，但我们要去的是维多利亚风格区。”这些房子有石制外墙和仿造的哥特式塔楼。这是缩小版本的豪宅，由工厂主始建在怡人的郊区，铁路让他们不必生活在拥挤的工厂。万斯认为这些现代复制品丑陋而可怜。但这些假冒品中的一栋将成为他完美的临时据点。

特里离开主干道，转进一条死胡同，街道两边有六栋坚固的大房子，离街有一些距离。他朝街头两栋房子的一栋开去，减速，转向从一侧突出的三合一车库。他从门套里拿出一个遥控器，对着车库按了一下。车库门在他们面前升起，他开进去，关了车库门后熄火，下了车。

万斯走下车，看看四周。特里的货车占据车库的第三个车位。货车车身上刷着广告，他出售二手及全新特殊工具。他也用这辆货车给万斯办过事。

车库一面墙下摆着一个工作台。墙上面挂了一排闪闪发光的工具。两台坚固的桌虎钳被安装在工作台的两端。万斯看到特里以外的任何人制造这样的机器，都会被激怒。但他知道特里并非有意。毕竟，特里不相信官方说万斯用老虎钳对年轻女孩所做的那些可怕的事情。万斯走近工作台，想象坚实的肉在他手里的感觉。“我冒昧地装备了你的工作室，”特里说，“我知道你非常喜欢木工活。”

“谢谢你。”万斯说。以后做木工活吧，他告诉自己，很久以后。他露出非常迷人的微笑，说：“你想到了一切。完美无缺。”

“你还没有看到房子，我想你会喜欢它的。”

万斯现在只想看厨房。他跟着特里通过侧门进入配有洗衣机和滚筒烘衣机的杂物间，直到厨房，那是亮闪闪的现代化厨房的样板。花岗岩、铬合金和瓷砖都被擦得闪闪发光。万斯过了一会儿才明白自己在寻找什么。他想要的东西就在那儿。一个木制刀座，放在厨房中间花岗岩灶台的一侧。

万斯的目光掠过灶台，大声说这个华丽的崭新厨房非常完美。“这就是那种自动分装冰与冰水的美国冰箱吗?”他问，知道特里会展现冰箱的威力。特里一转身，万斯从刀座上取下一把中型刀，让刀柄滑进衬衫袖口，将手臂随意地放在身侧。

特里注满一杯水转身，冰块撞击杯壁时，万斯抬起那条假手臂，似乎是出于喜悦与感激把特里拉过来拥抱。然后举起另一只手拿刀刺入特里的胸部。自上而下，避开肋骨，刺向心脏。

那杯水倒翻落地，浸湿万斯的衬衫。冷水溅到他的皮肤，使他退缩，但没能阻击他。特里发出可怕的呼噜，但呼噜声随即被扼住，脸上露出震惊和责备的神情。万斯把刀向外拉又刺进去。血在他们之间迸出，在两人衣服的前襟上泼出明显的污点。血急速淌下万斯的衬衫，顺着水的痕迹。血在特里的运动衫上则慢慢滑落，红色更鲜艳。

万斯把刀拉出来，向后退，让特里倒在地上。他的上嘴唇厌恶地撅起来，看着特里扭动呻吟，双手紧紧按着胸口，两眼翻白。万斯对杀人本身没有兴趣，从来都没有兴趣。造成痛苦和恐惧是主要的，杀人本身是次要的乐趣。死亡是他非常喜欢之事的不幸副产品。他希望特里快点死，让一切都过去。

疲惫就像一记重拳，一下子击中他。他身体稍微有点摇晃，不得不抓住花岗岩灶台。他的肾上腺素今天多次分泌，现在他的能量已耗尽。他感到摇摇欲坠，腿软，嘴里干干的，有酸涩感。但是他还不能休息。

万斯走到厨房的水槽旁，打开下面的橱柜。如他所料，特里已经为他准备好一整套清洗设备。他面前就有一卷强力垃圾袋子。旁边的架子上放着一袋胶带。正是他需要的东西。等特里气绝，万斯就把他装进袋子，扎紧袋子，丢在货车后厢。之后他再考虑怎么处理货车及其主人。现在，他累得不想思考。

他只想清理完，然后爬上床睡个十二小时。他可以明天再吃计划中的庆祝晚餐，明天还会有别的有趣的事发生。

万斯匆匆瞥了特里一眼，他现在只剩下微弱的喘息，每一次呼气都吐出粉红色的泡沫。究竟是什么让特里他妈的坚持了这么长时间？真是难以想象。

21

罗伯·斯宾塞督察看起来更像是汽车推销员而不是警察。他从牙齿到鞋子，浑身都闪闪发亮。萨姆虽说自视为帅气的调情圣手，但在内心不得不承认斯宾塞可能更接近这一身份。不过，萨姆可不是将要在卡罗尔·乔丹的手里被阉割的人——连麻醉剂都不用。

斯宾塞到达时，卡罗尔躲在一堆显示器后，斯黛西用这堆东西来阻挡令她烦恼的真实世界。斯黛西一直在用地理侧写软件分析他们已经获得的关于这三个凶杀案的有限数据，她还设定技术参数，调整了这个软件。她指着她们已经明确的几个热点地区。“紫色区域是他可能居住或工作的地方，”斯黛西用一支小巧的激光笔框出所言的区域。“斯肯比地区。这很明显。我们不需要程序来告诉我们，但程序可以通过数据缩小范围。”

斯宾塞环顾房间，看上去有点失落。宝拉认为他正试图找一个跟他类似的人。他没找到，便退而求其次。他盯着萨姆，但是他走近时，萨姆抓起手机，作势要去打电话。

“有什么要帮忙的吗？”宝拉说，但用的并不是想帮忙的语气。

“我正在找卡罗尔·乔丹总督察的办公室。”斯宾塞粗声说道，好像正在申明自己有去那里的权利。

宝拉用拇指指向关着的百叶窗，表示那里是卡罗尔的领地。“那就是她的办公室。不过她不在里面。”

“我会在这里等她。”斯宾塞说，向卡罗尔的办公室走了几步。

“这样恐怕不合适。”宝拉说。

“我自己能判断什么合适，什么不合适，警官。”斯宾塞道。宝拉不得不对他虚张声势：她从不敢侵犯卡罗尔·乔丹的地盘，并企图短暂地占有它。

卡罗尔主动从屏幕堆后面走出来。“是的，你现在去我的办公室并不合适，”她说，“我的办公室现在有人在用。”她走近些，在他们之间留了半米不到的距离。卡罗尔比他矮了整整二十厘米，但她看上去更有气势。她的眼神比他的更犀利，剥去了他那层光鲜的外表。斯宾塞看起来好像一个面对最尴尬的青春期记忆的男人。“我做梦也不会梦见自己在下级面前说那样的话，”她说道，声音严厉得像冰柱，“我通常没必要去应付那些侮辱下级的人。但这次我想要公平。”

“我很抱歉，长官，”斯宾塞说，“我显然不知道自己的话已经传开了。”

“我要说这是你最不应该说的话，”卡罗尔说道，“在至今七年的大部分时间里，我在这里当警察，我大多时候对此感到自豪。我今天从你那听到的话让我第一次对自己即将离开感到高兴。这些人可能是你合作过的最佳警员，而你给予他们的只是浅薄的偏见。”

斯宾塞退缩了。“这只是个玩笑。”

卡罗尔翻了个白眼，既愤怒又疑惑。“我看起来很蠢吗？我在你眼里是那种打算要走，就会说‘哦好，没关系’的人吗？在下级面前表现出无知和偏见也能成为玩笑？诋毁同事的肤色和性取向也能成为玩笑？”

斯宾塞盯着卡罗尔头顶上方的某处，仿佛这样就可以避开卡罗尔的厌恶。“我错了，长官。我很抱歉。”

“这个案子结束后，你会有许多时间弄明白自己错得多离谱。我要去和人事部门谈谈，确保你参与每个可以参加的平权和多元文化的教育课程，直到你明白为什么你的行为在2011年的任何地方都不被接受。今天先开个头吧，你今天要对这个小组的每个成员分别道歉，然后才能离开这里。”

斯宾塞吃惊地盯着她的眼睛：“长官——”

“这是乔丹总督察在命令你，斯宾塞。我不是凶残的女王。现在，你获准恢复和我们小组的关系。你可以在离开之前道歉。你可以带着点调查信息回去。我们已经查明第三个受害者的身份，”她突然转身，“斯黛西？”

斯黛西从显示器后的椅子中走出来，一台平板电脑在她手中。“利安娜·康西丁。她在戛纳因为拉客被捕。”

“戛纳？你是说，法国的戛纳？”斯宾塞非常困惑。

“我只知道这一个戛纳。”斯黛西说。

“但你是怎么知道的？你怎么找到的？”

斯黛西询问地看向卡罗尔。“继续。”卡罗尔道。

“我们重案组与外国同行有非正式的联系，”斯黛西说道，“我在欧洲大陆的十七个法院都有联系人，他们为我提供指纹信息。这不能作为证据，因为这是非官方的，但这些信息有时能告诉我们该往哪个方向调查。她的指纹和DNA不在我们的数据库中，所以我找了我的联系人。她的信息出现在法国。不过是四年前，因此这不是当下的信息。”斯黛西盯着斯宾塞，露齿一笑。“但这是不错的突破口。”

斯宾塞的嘴唇抿成一条线，沉重地呼吸着。卡罗尔也抿起嘴唇忍住笑。“我们确实还有更多技能，”她说道。

“利安娜那时住在布拉德菲尔德的一个学生宿舍。所以我进行后门搜索就方便多了。”斯黛西说道。

“这种事我们也做过很多次，”萨姆说道，“后门搜索。我们喜欢隐秘，不喜欢踹开别人家的前门。”

“理想的情况是，他们没有注意到我们已经进入，”斯黛西冷冷地说，“总之，利安娜来自曼彻斯特。她从布拉德菲尔德大学获得法语和西班牙语的学士学位。她目前正在申请博士学位，研究‘塞万提斯作品中的自我发现’。我不知道这是什么意思。但她似乎通过在街上卖淫来完成学业。”

“有些人为了避免申请助学贷款，会做任何事情。”凯文酸酸地说。

“我们不可能都是成功的资本家，”斯黛西说，‘我拿到了她父母在曼彻斯特的住址。还有一个她在这里的住址。’

宝拉的手机振动，她看了看，对他们的谈话心不在焉。

“棒极了，”卡罗尔说，“萨姆，凯文——斯宾塞督察跟你们的事一结束，你们就去她的住址，看看她是否有室友。我们开始建立她的生活图片资料。”她转向斯宾塞。“我希望你带着一位家庭联络官，亲自向她的父母宣布这个消息。得由高级警官告诉他们，他们刚刚失去女儿。宝拉，你去她念书的大学，和她的导师谈谈。我们必须知道她和杀她的人的交集。我们必须在他再害人之前发现他。还有一件事——目前，已经阻止这件事变成媒体的焦点。我们得在佩妮·伯吉斯们挤到我们身边之前，解决掉这件事并擦掉痕迹。”

22

凯文认为这真是讽刺，相较于尼基和苏兹合租的房子，利安娜住的学生公寓像屎堆般烂臭。他觉得，有些事颠倒了，一对娼妓住在干净整洁的地方，而四个研究生挤在一个只能用肮脏形容的屋子里。厨房的台面上堆满脏的咖啡杯和玻璃杯、外卖餐盒和空酒瓶。很久以前，有些人认为把地毯砖铺在地上是个好办法。现在它们满是污渍，被踩得发亮。一想到有人早上赤脚下床来冲咖啡，凯文内心战栗起来。

他们到时只有西沃恩·凯里在。凯文传达利安娜死亡的消息，用格里沙提供的照片让西沃恩确认了身份。凯文原本以为她会崩溃。以他的经验年轻女士大多会这样，但是，西沃恩尽管明显地表示震惊和难过，依然冷静。没有歇斯底里，没有洪水般的眼泪，没把东西砸向墙壁。相反，她发信息给室友，她们在十五分钟内回复了短信。“我们能住到这个房子很幸运，”西沃恩边说边洗杯子，然后给警探们泡茶，“这里到大学的图书馆只有十分钟的自行车车程。我们主要在那里学习。冬天里省暖气费。”

这是完美的开场。凯文在她背后向萨姆点头。这是他喜欢的那种证人。西沃恩有着稍微过度努力的年轻女人的样子。她对普利马克①层搭衣的巧妙搭配，对头发和妆容的关注，都说明她明白自己不会排在任何名单的前列。她的鼻子太长，双眼太近，身材过于丰满。她会感激萨姆这样好看的家伙只注意她一个人。萨姆知道如何把树上的鸟吸引出来。到了凯文退到一边的时间了。

“学业一年比一年难吧，”萨姆说道，声音就像冷天的热巧克力，“学费涨了，房租涨了，他们因为你透支信用卡惩罚你……”

“接着说。”西沃恩说道。

“我不知道你们是如何一边处理这些事情，一边学习的。”萨姆的心仿佛在为她滴血。

西沃恩转过身面对他，靠着长桌，水壶沸腾着。她单薄的毛线开衫从一边肩膀滑下，露出一个不是非常专业的知更鸟文身。“我每周工作四个晚上，堆放超市的货架，”她说，“周五晚上，我派发免费报纸。每个月，我还得向爸爸要五十英镑来支付租金。”

“你很幸运，有这样一个每月会给你五十镑的父亲。许多人找不到这么多钱撑过这些日子。”萨姆说道。

“他很棒，我的父亲。我希望有一天可以回报他。”

---

① 英国廉价服饰品牌。

当他老了或病了，需要人来喂他并且帮他换衣服，凯文想，那是他希望被回报的时候。但我敢打赌你那时不会这么热切，西沃恩。但是他什么也没说，让萨姆继续说。

“利安娜呢？”萨姆说道，“她做什么维持生计？”

西沃恩突然转过脸去，去拿烧开的水壶，避开问题。“您想怎么喝茶？”她欢快地问。

“我们都加牛奶，不加糖。”萨姆说，不确定凯文怎样喝茶，但并不在乎。他希望谈话继续下去，因为西沃恩明显不想继续谈这件事。“所以——利安娜是不是也有一份兼职工作？还是家人在资助她？”

西沃恩沥干茶包，倒了茶，加入牛奶，她把杯子放在两位探员面前，带着一点炫耀。“给你们，伙计们。现煮的约克郡茶。你们无法抗拒。”她的微笑比茶味淡得多。

“你认识利安娜多久了？”萨姆说，不再重复那个似乎比较难回答的问题。他要把圈子兜回来，但现在，要让西沃恩认为她赢了。

“只有一年半。我们都在现代语系。她学西班牙语，我学意大利语。她在这里完成了学士学位，所以先抢到了这个房子，寻找同住的人。她希望同住的是研究生，不是本科生。”西沃恩小口喝着茶，从她的茶杯边缘看着萨姆。“本科生只想着喝酒和派对。研究生更加认真。我们花了很多钱，我们对于自己正在做的确实非常认真。我在埃克塞特的第一个学期，一个踧踖的上层小子竟然吐在我的笔记本电脑上。我抱怨时，他说我是工薪阶层的蠢妓女。说真的，离那样的混蛋越远越好。”

她现在说得太多，试图不留空档，让萨姆无法回到那些让她为难的问题。“完全同意，”他说，“所以你和利安娜相处挺好？”

西沃恩的脸因沉思皱起来。“我不好说我们是朋友。我们没有什么共同点。但是我们相处得还好。当然，我是说，我们在这里，同住一个屋子快两年了。”

“另外两个人怎么样？他们在这里的时间和你一样长吗？”

“杰米和塔拉？嗯，塔拉是在我搬进来时搬来的。然后，大概六个月后，她问杰米是否可以来和她一起住。他们在一起大概有三年了，他并不喜欢当时和他一起住的那些人。此外，现实点说，四个人分摊账单总比三个人分摊要明智。当然他们要共用一间卧室，但是杰米需要地方学习时优先使用客厅。”

“他不介意当满屋子女人里唯一的男人吗？”

西沃恩哼了一声。“介意什么？”

萨姆露出柔和的笑容。“我猜一定是利大大多于弊吧。”

西沃恩还没来得及回应他的调侃，前门砰的一声关上。客厅里传来自行车的咔嗒声，两个穿着莱卡骑行服和雨衣的人冲进来，解着头盔。他们进来时立刻同时开口，只关注着西沃恩，只瞟了一眼坐在他们厨房餐桌旁的两个陌生男子。“亲爱的，这太可怕了。”女人的声音。“你确定是利安娜？”男人的声音。都是南方口音，听起来像BBC广播四台的主持人。他们仨抱在一起低语，然后刚到的两位才转向凯文和萨姆。

他们卸下头盔后，看起来出奇的相像。两人个子都高，都是肩膀宽，臀部窄，金黄色的头发蓬松且发亮，狭长的脸和尖尖的下巴。乍一看，两个人更像是兄妹而不是情侣。要细看才能看出关键的不同。塔拉有着棕色的眸子，杰米的是蓝色的。塔拉的头发更长更细，颧骨更高更宽，嘴巴更宽更饱满。西沃恩替双方做了介绍，他们围坐在小小的厨房餐桌边。杰米看起来更关心塔拉而对利安娜的消息无动于衷。在他们三个人中，塔拉似乎最受影响。她的双眼闪着泪光，不停地抬手碰嘴，咬指关节，凯文尽可能少透露案件信息。

三人都稳定下来后，凯文重起话头："显然，我们查这种案子时，首先要弄清受害者的行动。我们认为利安娜死于前天晚上。所以，你们还记得周二最后一次见到她是在什么时候吗?"

他们互相看着，寻求帮助。很难说他们是在努力回忆，还是在达成默契。但他们说的话表明他们没有串通。西沃恩在午餐时间见过利安娜——她们分享了一顿过了保质期的特殊炒饭，炒饭是西沃恩从工作的地方带回来的。西沃恩下午给一个研讨班授课。然后她直到晚上十一点才去工作。杰米一直在家学习到五点半，然后步行去当地的酒吧，在那里工作到午夜。利安娜那会儿依然在家中。塔拉强忍住泪水，说她整个下午都在当地的呼叫中心工作，她一周在那里上六次班。她晚上七点回来时，利安娜已经离开了。三个朋友在八点刚过时带着比萨来访，四个人玩着桥牌直到杰米回来。完美的不在场说辞，都有待验证，但这些说辞没有一丁点可疑。没有游移的目光，没有糟糕的肢体语言，毫不犹豫地提供姓名和电话。

所以，这不是让西沃恩感到不安的原因。

"我很惊讶你们能找时间学习，"凯文用聊天的语气说，"我看着我的孩子长大，他的学业让我害怕，我觉得他能读到大学就不错了。”

杰米耸了耸一边的肩膀。“全是噩梦。但是你能做什么？就像我父亲说的，‘生活就是一个婊子。’我们这代人学到这课更早一些，就是这样。”

凯文俯身向前，好像要与他们密谋什么事情。“那么，利安娜靠做什么来维持生计？”

萨姆认为西沃恩不想涉足这个话题。现在看来，另外两个室友同样不情愿。“我不确定。”杰米说，眼睛看着茶杯。

“我们不想谈这个，”塔拉说道，声音有些犹豫，表情充满希望。她明显又非常想谈。

萨姆往后推了推椅子，故意打断他们。“这是我这么久以来听到最胡扯的话。相信我，我这辈子都在听罪犯对我说大话，”他看着他们震惊的表情，继续道，“你们跟一个女人合租房子一年半，不知道她靠什么为生？真是胡扯。”

杰米挺直肩膀。“你没有权利这样和我们说话。我们刚刚失去一个亲爱的朋友，仍处于震惊之中。我的父亲如果——”

“饶了我吧，”萨姆讽刺地说，“你的朋友刚刚被谋杀了。被残忍地谋杀了。我不了解她，但是我看到凶手对她做了什么，我他妈决定抓住凶手，把他关进监狱。现在，如果这对你来说不重要，那你直说。”他撇了撇嘴，带着一种“你自便”的表情。“在这样的案子中，媒体喜欢在我们实施逮捕时，突然访问一些人。”

“你不敢。”杰米说，努力让声音听起来强硬，但失败了。

“我们只是试图保护对她的记忆，”西沃恩脱口而出。另外两个人瞪着她。“这事迟早会公开的，伙计们，”她说，博得同情，并一语中的，“我们告诉他们，结束这一切，这样更好。”

“她跳脱衣舞。”塔拉断然言道。

“还有其他的。”杰米补充道。他试图显得像个经验老到的男人，其实连起跑线都没有跨出。

“你是怎么知道的，杰米?”凯文和气地说，“你难道是她的顾客?”

“别这么恶心，”塔拉说道，“我们都知道，因为她告诉了我们。我们知道她在机场旁边的一家脱衣舞俱乐部工作。起初，她企图假装自己在吧台做事，但是陪酒明显挣不了那么多钱。一天晚上，我们都有些生气，然后我直接问她是否……你知道的，为男人脱去衣服。她说她跳脱衣舞，也承认和一些男人发生关系。在店外，她说。她在下班后和他们见面，在车里做。”塔拉回忆起这些时嘴唇噘了起来。

“这对你们大家一定是个打击。”凯文轻柔地说道。

杰米呼吸沉重，鼓起嘴巴。“不要开玩笑！没人会想跟妓女合住。”

“性工作者，”西沃恩正经地纠正道，“这是利安娜的选择——而且她从来没有把工作带回家。她如果没有和我们说她在那样的酒吧工作，我们永远不会知道，不会从她在家里的言行中得知。我们是很震惊，但随后差不多忘了这件事。就当从来不知道。就像我说的，我们住在一起，但是并不亲近。我们各自有自己的生活，自己的朋友。”

萨姆观察着杰米，想看看他是否有异乎寻常的反应。但是他和女朋友看上去坦然接受了西沃恩的描述。“她有男朋友吗？”

“她说她从来都没有，”西沃恩说，“我知道这听上去很怪，但是她说她在工作中认识的男人都是失败者和废物。我们说起遇见合适的人多么困难，更不要说要经营一段关系。她说她记不得上次遇到一个让她想共饮一杯的男人是什么时候了。”

又一个死胡同。“她工作的俱乐部叫什么？”凯文问。

他们看上去都很困惑。“我从没问过，”塔拉说，“我们不可能去那里喝一杯。”

“你呢，杰米？男人可能对这种事情更感兴趣。”萨姆说。

“不要用你的标准判断我。”杰米说道，面色和声音都阴冷。

萨姆轻笑。“我没有，所以我想你或许会知道。塔拉，你说俱乐部在机场旁边。你还记得你是怎么得知这一点的吗？”

塔拉皱着眉头，用手指揉着脸颊。大家期待地等了一会之后，她说：“她问我机场是否有自行车停车场。她弄到一张去马德里的廉价机票，但要很早验票登机。她说她下班后过去很方便，她骑自行车到机场只要十五分钟。”萨姆看到塔拉在杰米眼中笑。她整张脸都发光，她到目前为止第一次表现出不寻常的迹象。“所以，她工作的地方距离机场最多几英里远。”

“谢谢你，我们会核实的，你还能想到有什么人和利安娜关系特别好吗？她西班牙语系的同学？老师？”

他们又一次交换眼神。“她很会交际，但没有什么空余时间，和我们一样，”塔拉悲伤地说，“我想不到什么特别的人，但是她经常上脸书网站，在西班牙有许多好友。”

“我知道她的密码，”西沃恩说，“她有一次在西班牙时上不了网，发短信让我发布一些东西在她的脸书主页上。密码是LCQuixote。”

“你能写下来给我吗？”萨姆把笔记本推过桌子，“我们也希望拿到一些照片，如果你们有的话。”

杰米站起来。“我电脑里有一些，我打印给你？”几分钟后，他带着一叠A4打印纸回来了。在一张照片里，利安娜穿着一件带亮片的上衣，对着相机举起玻璃杯，笑着，头向后仰。她好像正和一大群人兴高采烈在参加派对。杰米指着这张。“我去年办了一个生日会，在这房子里。”有几张明显是在厨房拍的，她穿着宽松的T恤和牛仔裤，靠着冰箱。在其中一张里，她正向摄影师吐舌头。在最后一张里，她靠着自行车，手上拿着头盔，头发松散，咧嘴笑着。“这一张是几周前拍的，”他说，“她刚从图书馆回来。我正好想试试我新手机的摄像头。这些可以吗？”

凯文点点头。“请再把照片用邮件发给我们。”他从这些室友身上得到的信息和预期的一样多。他拿出名片，递给他们。“我的邮箱地址在上面。我们可能还会过来和你们谈谈，”他说，“你们想起任何事情，也可以打电话给我们。”他没指望他们会打。

他们走回车旁时，萨姆咯咯笑起来。“什么这么好笑？”凯文说。

“只是在想斯宾塞督察那样的傻瓜会如何处理这样的采访。主流之外的人，努力读博士学位的妓女，他们会慌了手脚。”

凯文皱了皱眉。“他完全是个娘们儿。”

萨姆耸耸肩。“他只是大声说出许多人的想法。我有时情愿对付斯宾塞这类人。对付有立场的人好过对付那些假装怎么都行的伪君子。那些伪君子在内心深处鄙视你。你知道我有多爱跳舞吗？”

凯文知道。这是萨姆的一个神奇之处。这个爱好与无情的野心和几乎超越自我的忠诚并存，真是奇妙。“是的。”他说，打开车门坐进驾驶座。

萨姆坐在客座上，拉起裤子以防膝部的裤管松垂。“有时，我邀请女人跳舞——白种女人，她只会上下打量我，然后直接走开，说一句‘我不和黑人跳舞’。我有时会愣住，因为大部分人不再说这样的话了。但是这很公平，你知道。更让我愤怒的是，我邀请的白种女人尽找借口，比如她太热、太累或在等东西喝。而五分钟后，我看到她跟某个木偶一样的人跳舞。我想冲过去臭骂她一顿，让她一路哭回家。”

“你的意思是你不介意大傻蛋斯宾塞说的话？”

萨姆摸着山羊胡。“我介意，但是不会为此失眠。你也不应该失眠。活力十足的兄弟，我们向他们展示什么叫谋杀案调查吧。这是最好的报复，我的朋友。”

23

“我是现职警务人员。”卡罗尔平静地说。托尼从这话当中听得出紧紧压抑的愤怒。“我没有警察保护，不会去任何地方。这就叫团队。”

长久的沉默。双唇和肩膀收紧。“不，他们当然不跟我一起回家。但是我猜想你要为希尔博士提供保护？他的那栋房子分成两套公寓。他住楼上我住楼下。”托尼能想象卡罗尔费了多大劲才把她的私生活透露给皮尔斯·兰伯特。“确定同一个小组能够监视同一栋楼的两个门？我想这是财政紧缩的时候？”更久的沉默。卡罗尔用手指敲打着桌子，闭上眼睛。“谢谢你，兰伯特先生。”通话结束。“该死的官僚。”卡罗尔说。

“告诉我你已经接受了保护。”托尼说。

“我可以这么对你说，但这么说是谎言。挪开，我要打开文件柜。”卡罗尔说。托尼乖乖地转身让到一边，让卡罗尔可以碰到秘藏着伏特加的抽屉。卡罗尔拿出一小瓶酒，倒入她带进来的一杯咖啡里。她坐在访客椅上瞪着他。“什么？你听到我说什么了吧？看那里。”她指着在百叶窗另一边的大办公室。“那地方全是警察。万斯不会在我工作时接近我。”

“他大摇大摆地从监狱里走出去了。现在他似乎消失得无影无踪。他是一个有着易于辨认的面孔和一只假臂的男人。所以你不要小看他。”

“看在上帝的分上，托尼。万斯是不会走到这里来杀我的。我在家时，监视你的小组也会留心我。现在，我们可以不要再讨论这个吗？”

托尼耸耸肩。“如果你真的不想讨论。”

“我不想讨论。”

“好吧。”他盯着电脑，关闭卡罗尔刚才走进来接兰伯特电话时他最小化了的窗口。他最不愿意见到的事就是被卡罗尔看到他正在干什么。“那我就回家了，皮尔斯告诉我，守护天使们正在楼下接待室等我。所以我不能再在这里闲荡了。”

“我不会待很久，你愿不愿意再待会儿，和我一起回去？”

他摇了摇头，站起来。“我的车来了。我还要抓紧做事。”会惹你生气的事。

卡罗尔吃了一惊，说：“哦。我想我们可以聊聊关于搬家的事。我搬家。我需要弄清楚怎么处理多余的家具，因为你的房子家具齐全。我想带一两件东西过去。床一定要带走，因为我爱那张床。”

托尼笑了。“那你就带上床。我放在你房间里的那张床确实有点丑。我可以卖了它，或者送掉，或者放在车库里，你受够了和我一起住，想自己住时，我可以把它再放回去。”他紧张、焦虑地看了卡罗尔一眼，寻求安心。

她一只手抚弄头发，把蓬乱的头发捋直。“我不认为会发生这种事。”她的笑也不是很确定。“我们用了好多年一点点接近彼此。我们从不干涉对方，除非我们百分之二百确定。我不相信我们的关系会以一场灾难结束。”

他站起来，绕着桌子走过去，把一只手放在她的肩上。“我们不会让它变成灾难的。我会叫古玩中心的人去评估一下那张床。我要回家了。已经十点了，我累得不行。我明天再和你谈，好吗？”

他把手覆在卡罗尔的手上。“好。”

“我知道你认为我反应过度，”他说，走向门口，“但我清楚万斯这样的人能够做些什么。我们用了这么长的时间才走到今天，我不能失去你。”

然后他离开了。

万斯惊醒过来，心跳加速，所有感官全面戒备。有那么一会儿，他不知道自己在哪儿，在大床上挣扎翻身，却被缠在一床不熟悉的羽绒被中。接着，沉默来袭，他记起来了。他并不在他以为的地方。他与奥克沃思国家监狱的单人牢房相隔数英里。他身处文顿伍兹，在一栋登记在一家注册地为开曼群岛的公司名下的房子里，公司的独立董事是帕特里克·戈登，这个名字在特里给他的公文包中的一份护照上面。

他翻个身，啪地打开床头灯。白色玻璃灯罩透出的光在房间部分地方投下柔和的阴影。真是奇妙。奥克沃思单人牢房的灯光可以照亮每个角落，暴露着房间的范围和局限。眼前这种光让人对房间充满想象。万斯喜欢这样。床上用品是劣质的。但可以将就。特里骨子里一直都是下层阶级。他真的以为用黑色缎子的床单就意味着你已经成功。

万斯看看手表，惊讶地发现已经快十点。他已经睡了大约六个小时，但仍然处于很累且警惕的奇怪状态。有什么事唤醒了他，某种焦虑入侵他的梦，然而他现在还不知道那是什么。他起身下床，享受着脚下那柔软且昂贵的地毯的触感。他小便完，意识到饿了，轻快地下楼来到厨房。另一种可以充分享受的自由。

他打开灯，欣慰地发现他先前的暴力行为没有留下明显的迹象。他并没有天真地认为他已经销毁司法鉴定痕迹，但是他不希望任何法医来检查这里。对于那些随意的观察者，对于马上要把这里卖掉的房产经纪人而言，这里没有什么问题。

万斯打开冰箱，大声笑起来。特里明显扫荡了玛莎百货。即食品、新鲜的肉、蔬菜、水果、牛奶、香槟和鲜榨橙汁。他拿出香槟，单手弹开软木塞，想着吃什么。他选了一些中式开胃菜，但是一时搞不懂怎么操作。最后他弄懂了，但是好心情也没了。

他倒第二杯香槟时，想起惊醒他的焦虑是什么了。他没有检查监控设备。这主要是因为他还没来得及切实检查房子，疲惫就从他脚下袭来。他如果看到一台电脑，早就想起这件事了。

他穿过昏暗的房子，不想因为啪地开灯关灯引起注意。他发现一间餐厅、一间电视房、一间起居室，还有隐藏在房子后部的一间书房。柔和的月光从外面照进来，他差不多能看清一切。他走到书房的桌子旁，打开一盏灯，在深色的木桌上出现一片光。特里在设计书房时显然已经耗尽想象力。一张大书桌，一张豪华软垫皮椅，和一个书橱是仅有的家具。一台笔记本电脑放在桌上，一台打印机放在书橱上。万斯猜想，在窗台上闪着一排抖动蓝光的长方形盒子是无线路由器。他在网上见过路由器的图片，但直到此时才见到实物。

他翻开笔记本电脑。特里曾想买一台苹果电脑，他说苹果电脑对万斯想做的事更有用。但是万斯知道他和以前一样，学起这些东西来很慢。他在奥克沃思能接触到的电脑都又旧又慢，上网被严格控制。万斯忍不住大笑。他们他妈的在想些什么，让他这样的人不受限制地使用电脑？他如果是负责人，永远不会允许犯人接触手机或者网络。你如果想阻止犯人与外界联系，就应该在监狱里禁止手机信号。不要在意工作人员方不方便，你如果真的想牢牢看住犯人，就必须这样干。万斯打赌，在劳改营里接收不到一点手机信号。

他简直不敢相信这台电脑启动得这么快。比起他以前习惯的事情来说，这太美妙了。他回到厨房取公文包，打开，放在桌上的笔记本电脑旁。万斯拿出一本小的通讯录，用拇指翻到“U”，紧接着打开网络浏览器，点中页面上网址链接列表里的第一个。这是一个普通的网站，但需要密码。然后，他翻到字母“C”，输入此页中第一排字母数字混合的字符串。“C是摄像头。”他大声地说，等待页面打开。几秒钟后，他看着屏幕被分成四块。一块漆黑一片。一块显示一间明亮的厨房；稍远一点是用餐区；再远一点是安装着巨大壁炉的客厅。从天花板和悬臂托梁来看，那栋房子是谷仓改建的。还有一块从另一端显示同样的开放式空间。一个男人趴在一张真皮长沙发上。发灰的金发，特征不明显，穿着一件万斯不认识上面标志的T恤和一条平脚短裤。摄像头转向一边，一个女人坐在书桌旁，敲着一台笔记本电脑。她旁边放着一杯红酒。第四块显示通向屋塔房卧室的敞开式楼梯顶端。难以看清很多细节，但应该有一间浴室和一间更衣室在主要区域的后面。

万斯观察着，入迷了，脸上露出满足的笑容，因为没有大事发生。那么多私家侦探可用，完全没有后顾之忧。你只要打探一下，就会知道有很多人在你周围这样干。伪装一下，钻法律的空子。把摄像头装得巧妙要花很多钱，但是每一分钱都花得值。他在采取报复行动之前，一定要完全掌握四周的情况。

他关闭窗口，用另一个访问码重复刚才的操作。这一次，视野到了户外。电脑上显示出一座爱德华时代的大房子坐落在一个相当大的花园中。影像显示通向前门的路，能看到起居室的外部视野，一个房屋后部和私人车道的广角镜头。在附近街灯的光线下，这座房子看起来是空的。窗帘拉开，窗户昏暗。万斯点点头，依旧笑着。“这里不会一直暗着的。”他说，关掉页面，输入第三个访问码。

仍然是四个摄像角度。一条砾石车道通往一个又长又矮、爬满藤蔓植物的农舍。非常英国化。他能够看到，远处好似马房一样的建筑，被泛光灯照着。接着，就是马房本身。他在全国各处都看到过这样的地方：砖木结构的马厩，马养在棚里，那些富有的男人和女人花大价钱买来马，付低薪请工人来照料，这些工人比大多数主人更爱这些畜生。一个身影穿过院子，像是喝醉了。一束光线呈弧形从一只手上射出。跳动的光依次照在每个门上，最后从视野中消失。第三部分显示房屋的后面，第四部分则是通向车道的一个远景。大门口处横着一辆运马拖车，使得别的车辆没办法通过。万斯笑得更开怀。期待是如此甜蜜。

他看到这些感到安心，关上电脑。还有其他几组摄像头等着被激活，但现在还不是时候。如果摄像头在他早期的某次行动中被发现，警察一定会彻底搜查所有其他可能被秘密监视的地点。但如果那些地方没有电子信号，几乎不可能找到它们。特里曾经是这么告诉他的。可以同时监视所有目标固然不错，但是要想在这个游戏中保持优势，他得克制自己。

他带着文件包上楼，以防万一。好奇心已经得到满足，他又觉得困了。监控摄像机和他想得一样完美。他之前对于自己能否完成使命有些怀疑，现在完全打消疑虑。明天，下一阶段开始。

明天，会有人流血。

丰田车在钠路灯下看起来不是红色的。这挺不错，因为车牌属于一辆棕褐色的尼桑。目击者、试图分析监控录像的人会产生混乱。这并不是说这位开车人希望他们监视那些性工作者常去的地方。削减开支和预算的政策让警察们把可支配的少得可怜的钱都用到了纳税人可以看到的地方。街区巡逻队会直接前往夜盗案现场，而不是在电话里把案子转给刑案部门，这是反社会行为。高层下了命令，情况看起来不错，政府和选民站在了一边。

这是《每日邮报》喜欢的那些人——人贩子、白领骗子、妓女杀手的中彩时刻。大多数犯罪者可能为此高兴。但是这辆丰田的司机很生气。他想被关注。他的功绩如果没有覆盖报纸或电视，那还有什么意义？他还不如在家待着。

那些警察怎么可能没注意到发生了什么事呢？或许他应该给受害者拍照，把他的标志放在显著的位置。照片如果出现在媒体的办公桌上，媒体很快就会传播这一类东西。然后警察就该坐不住了。

弗莱彻开车慢慢地通过坦普尔场，布拉德菲尔德的主要红灯区。风化纠察队近年来已经清理了许多，同性恋团体强占街道，户外卖淫者少了许多。妓女们都在室内工作，在桑拿室、按摩院或者公开的妓院里。有些妓女去了别的地方，像机场旁边的双行道，或医院建筑工地的后面。

坎皮恩路上交通堵塞，这正合他意。这么晚还这么堵塞并不常见。有些汽车在车窗上悬挂着黄围巾，维多利亚队今晚肯定有比赛。他依稀记得现在是欧洲联赛期间，去酒吧喝酒的那些家伙拿这件事调笑："周四晚上，第五频道。没见过这样的球赛。"他不理解这样的评论，但他明白这么说是贬义。他经常无法真正理解那些家伙在酒吧或在工作中反复谈论的东西，但是他知道隐藏真实自我的最好办法就是掩饰困惑，表现得像一个安静的人，说得不多，但善于聆听。他这些年来因此受益，骗得马戈在很长时间里都是他的。

这个方法一旦不奏效了，他会设法解决问题，不会让自己受困扰。但他从不辩解，因为没人指望他这么做。

汽车爬上双车道，弗莱彻紧盯着他遇见的每一个可能是站街女的女人。他并不是在随机选择，他明确知道在找什么。他并不指望在坦普尔场的边缘交到好运。他想他今晚得把网撒得大一点。

但就在拥堵舒缓时，他看到了目标。他不可能停下车，所以在下一个转弯处向左转，在一个可能禁止停车的地方停车，原路返回。他就像急着去撒尿那样痛苦、急切。但是他最不愿意看到的事就是引起别人的注意。因此他迅速走着，希望他转过这个拐角时，她依然在视线中。

是的，她还在。不会有错，尽管他看到的是背影。她很明显在工作。他可以从她走路的方式辨别出来：扭动臀部，朝着车辆慵懒地挥手，可笑的高跟鞋，紧绷的小腿上突起块块肌肉。

他能感到血液冲击着脑袋。周围的事物变得模糊不清，那个女人成了唯一清晰的东西。他渴望她。他渴望把她带出她沉溺其中的污秽和堕落。她难道不知道在外面街上拉客有多危险吗？

“我的，”他喃喃道，放缓步子，配合她的步子，“我的。”

24

阿尔文·安布罗斯又浏览了一份报告，报告称对杰克·万斯的搜寻没有任何进展。斯图亚特·帕特森督察倒在对面的椅子中叹着气。他的表情让安布罗斯想起自己的小女儿，阿里尔，一个似乎逐渐把“生闷气”作为专业的孩子。“所有办法好像都他妈的没作用，”帕特森说，“你们为什么还没找到他?”

是你，安布罗斯忖道，不是我们。显然，卡罗尔·乔丹涉入这个案件越多，他的上司离警队就越远。“我已经派二十名警察追查那些只在我们辖区报告过的目击者。全国的其他警力也在做同样的事情。我派了另一队人仔细检查监控录像，追踪他劫走的那辆出租车。我还安排警察和狱方交谈。内政部已经派遣一个小组去保护他的前妻。我们在做我们能做的每件事。你如果认为我们还有什么事情没做，告诉我，我会立即去做。”

帕特森忽略了这一请求。“我们看起来像该死的乡巴佬，连个和西蒙·考威尔一样为半个国家所熟知的独臂男人都找不到。卡罗尔·乔丹会暗中笑话我们。”

安布罗斯惊呆了。他熟悉的那个帕特森不见了，那个帕特森是个基督教徒，一个不怕表露同情心的男人。帕特森因为被忽视而产生的痛苦使他丧失所有令人钦佩的品质。“卡罗尔·乔丹在上一次万斯肆意杀虐时抢尽风头。我们可不能被她嘲笑。”帕特森咆哮。安布罗斯没像平时那样婉转：“这样说不好，长官。”

帕特森瞪他一眼。“我知道，警长。她更有理由参与我们的案子了。”

一个神情疲惫的制服巡警拿着一捆纸过来，放到他的桌上。安布罗斯逃过一劫。“我有一些关于那辆出租车的资料。”巡警说，因为太累，声音毫无激情。

帕特森坐直身子，对巡警说：“我们看看吧。”

“我们在城区发现了它的踪迹，”他说，“它出现在皇冠门停车场。”

“干得好，”帕特森说道，“阿尔文，派一支法医小组去那里检查一下。”

“法医小组已经出动了，”巡警说道，因为帕特森的怒视而脸红，“报告过来时大领导在控制室。他叫人行动了，长官。”

“倒霉，”帕特森嘟哝道，“我们得到了一次让我们看上去在做事的机会，但是上头拦截了这个机会。”

“只要有人在追查这个事情就行。”安布罗斯嘀咕道。

“我们回看了停车场的录像，”巡警不确定地继续说，“发现它在晚上九点四十三分进入停车场。所以我们查看马路上和红绿灯上的监控录像。我们认为，不管是谁把车开进城区，车在M42高速公路的服务区停留了。因为，看这里，我们检查了他们的监控录像，那辆出租车在上午十点左右停在服务区。几乎看不清司机的外貌，但有可能是戴着棒球帽的万斯。你可以看到手臂上的文身……”他一边说，一边展开定格照片。“然后他穿上一件夹克走了。几小时后，一个完全不同的家伙朝出租车走过去。看到吗？很难确定，但是他看上去在尝试开门。然而，他和那个停车的家伙身高和体形完全不同。”

“不错，”安布罗斯说，“做得好。我们能看到万斯停好车以后去了哪里吗？”

“现在还不确定。他可能上了另一辆车，或者去了服务区大楼里，或者去了汽车旅馆。他只有这几个选择。我们现在正在处理所有的录像。所有人都忙活起来了。”

“没人会喜欢连环杀手，”安布罗斯说，因为新消息而充满活力，猛地站起来，“我现在就带一个小组去服务区。帮我打印一沓这些镜头的照片。你们收集到任何新消息，立刻来告诉我。”他看着帕特森，征询意见，后者摇了摇头。

“派个小组去，警长。你需要待在这里，密切关注所有事。”

“但是长官——”

“你在那里是浪费时间，那是士兵们的工作，不是一个想给新政权留下好印象的人应该做的工作。”

安布罗斯有种想一拳打在帕特森的鼻子上的冲动，把这个用他理解的如何当一个好警探的道理教训自己的男人打清醒。如果是野心被挫败让帕特森变成这样，那么上帝等于是把他从欲望中解救了出来。安布罗斯感到泄气，坐了回去。“干得好，”他对巡警说，“有事随时告诉我。”然后他拿电话。“那么我现在最好组织一下队伍。”

“你干起来吧，”帕特森说，站起身来，“我去餐厅了。”

在骑自行车可到达国际机场的距离内有两家脱衣舞俱乐部。两家都否认聘用过利安娜·康西丁。两家经理都面无表情，显然是精于此道，不会对执法部门泄露任何事情。萨姆和凯文在第二次碰壁后，坐在车里互相抱怨，但想不出什么好方法，只好在停车场里等女孩们出来。“她们不会对我们说的，”萨姆沮丧地说，“我们要毫无意义地在这里坐好几个小时。”

“这还是假设她在这里工作过。我们在这里可能完全是浪费时间。一英里外的路边有一辆汉堡车。我们填饱肚子才有力气继续等。”

萨姆叹了口气。此时说这话不合适，但是做什么都比坐在这里什么都不做要好。凯文发动引擎朝出口开去。萨姆盯着俱乐部，他们要驶上主干道时，他大叫：“等一下！开回去！”

凯文猛踩刹车，两人都被安全带勒着甩向前。“他妈的干吗？”

“快倒回去，慢点。”

“什么情况？”凯文说，放缓车速，倒着驶向一个停车位。

“我们是笨蛋。”萨姆说，翻阅着杰米给他们打印的照片。

“你在说什么呢。”

“她的自行车，”萨姆说道，抽出利安娜和自行车在一起的那张，“她骑车上班。记得塔拉说的话吗？”

“所以呢？”

“那辆自行车应该还在她俱乐部外面。我确定你转弯时，我在车头灯光里看到了一辆自行车。我们要靠近点看看。”

“麻烦你去吧，”凯文说道，“你如果看准了，叫我一声。”

萨姆钻出车，跑步穿到俱乐部后面。这栋建筑物是U形单层砖体结构，表明这是一个五岁孩子搭建乐高玩具时想象力的产物。一个木栅栏连接着U形的两端，形成一个封闭的后院，后院里停着装瓶子和垃圾的工业翻斗车。后院的门虚掩着，萨姆认为自己透过缝隙瞥到了一辆自行车。

他溜进去，立即发现他是对的。车头灯照到翻斗车后轮和挡泥板的反光装置；自行车隐藏在翻斗车后面，被重型链子拴在栅栏上。萨姆将它和照片上的那辆自行车比对。在有限的光照下难以确认，但他认为是同一辆。他正要带着这个消息回到车上，听到旁边的一扇门呼地打开，又咔嗒一声关上了。他听到打火机啪的打开，看到了火光。他绕过翻斗车的边缘，冒险前去查看。

他在香烟的火光中看到那个表情冷酷、对他和凯文下逐客令的婊子。萨姆回头望了眼车子。凯文正靠在头枕上，看上去在小憩。现在只有萨姆和这个女人。他考虑了一会儿。萨姆总会被他认为可以产生最好结果的东西吸引。通常，这不包括吓唬目击者，因为周围会有其他人见证他的不良行为。但是在这黑暗之中，在一个下流俱乐部后面，周围没有其他人。别人会更相信谁？她已经对他和凯文撒谎了，所以萨姆觉得别人会相信谁已经很明显了。

他轻手轻脚地沿着翻斗车来到那个女人背后。他闻到她香水中与烟味混合的浓重麝香味，而她还未察觉。他又快又稳地用胳膊环住她的咽喉，把她猛往后拉。她倒向萨姆，萨姆用手捂住她的嘴，又用另一只手从她指间扯走香烟。不能有讨人厌的小灼伤。

她不停扭动和挣扎，所以他用另一只胳膊抱住她。“看看这有多简单，”他在她耳边小声说，“你出来抽根烟，但这里有个邪恶的混蛋在等你。这就是发生在利安娜身上的事。或者两者非常相似。”他推开她，用舞蹈中的扭转换位动作，把她转过来面向自己。他用另一只手臂把她压在墙上。

“该死的警察。”她朝他吐口水，但他反应很快，躲开了那口唾沫。

“你对我撒了谎，臭婊子，”他说，“我真的可以伤害你，并且没有人会相信你。但我不想这么干。我只想要真相。我不希望杀害利安娜的混蛋对别的女人做出同样的事情。我刚刚给你示范了这有多简单，你是多么容易成为受害者。所以，周二晚上发生了什么事？”

“你不敢碰我一下。”她说，“我会控告你殴打，强奸未遂，还有很多其他罪名。”

萨姆笑了。“你说得好像每个人都会相信像你这样的妓女。”他转移重心，伸直手指，用紧绷的手指戳戳她的肋骨下方。她痛苦和震惊地喘不过气来。当个坏人、不用努力控制自己的秘密快感又回到他身上。“我不想伤害你但我有能力伤害你。告诉我周二晚上的事。”

“和每个晚上一样。利安娜在九点左右开始表演，跳了几支舞。她在午夜前后离开。我就知道这些。”

“这个答案不够好。”萨姆再次戳她的肋骨。“还有别的事。说说监控录像。你在停车场装了摄像头。你在俱乐部到处都装了摄像头。”

她露出胜利的冷笑。“摄像头被拆了。一个酒保今早过来说，条子们正在全镇展示利安娜的照片，她被谋杀了。老板叫我清理掉所有的录像。他不想自己美好干净的事业与一个被杀的妓女有关。”仿佛她蔑视了老板等同于蔑视了警察。

“你在删除之前，看过那些录像吗？”

她看向别处。心虚了，萨姆想。

“你的酒保有所不知，因为我们还没有告诉任何人，那个杀害了利安娜的混蛋并不是新手。他之前做过。不止一次。我们如果不能抓到他，他肯定还会干下去。他发现在你这里得手很容易，你的任何一个女孩都可能是下一个目标。”萨姆嘲弄地笑了笑。“包括你自己。”

她看萨姆的眼神中满是恨意。“我匆匆地看过利安娜离开前后停车场的录像。我好奇。

“我想知道我们的客人是不是与这件事有关系。为了安全起见。不管你怎么想，我不希望我的女孩受到伤害。”

萨姆减轻手上的压力。“你看到了什么？”

“我看到利安娜从后门走出去，穿过停车场去了远处的角落。她进了一辆车，然后车子开走了。”

萨姆想挥拳揍空气，或者揍这个婊子一顿，因为她严重阻碍了谋杀案调查。“什么样的车？什么颜色？”

“我他妈的怎么知道是什么样的车？我看上去像他妈的杰里米·克拉克森[①]吗？监控录像是黑白的，所以我只能告诉你它不是全黑的，也不是全白的。”

现在萨姆真的想狠命抽她。“我想你也没有看到那个司机？”

“一个白人大胖子。我只看到这个。”

“他妈的太好了，”萨姆懒得隐藏厌恶，“我想你也没有记下车牌号吧？”他走开。“谢谢你的帮助。我明天会找一个制服警察拜访你，记录你的陈述。”

她终于显出担心。“没门，”她说，“听着，我已经告诉你我知道的事。不要搞砸我和我老板的关系。”

萨姆关切地看她一眼。“你是经营持证人，对吗？”

“是的。所以你已经有我的名字和地址。我不可能伪造证件。”

“你明天独自过来。布拉德菲尔德警察局总部，不是北区警局。找重案组。你明白了吗？”

她点点头。“重案组。”

“你如果没有出现，我明晚会带一大帮人来。你不管在不在这里，你的老板都会知道你对警察的帮助有多大。清楚了吗？”

---

① 英国广播公司著名汽车节目主持人。

她瞪着他，眼中闪烁着无奈。“我会坚持我的说法，你坚持你的做法。”

萨姆一边毫无在乎地听着她咒骂他，一边走向车。她可能已经清除了俱乐部里所有的录像，但是她的老板不能控制路上所有的摄像头。萨姆相当确定，杀害利安娜的凶手不管去了哪个方向，都会被拍到。凶手逍遥法外的日子屈指可数了，这都要归功于萨姆·埃文斯。乔丹不得不承认这个成果。她或许即将离开，但是萨姆会高升。

25

淡淡的阳光穿过托尼的厨房，照得一切都显得有些梦幻。他一边煮咖啡，一边浏览网上的新闻。万斯逃跑成为各大新闻网站的头条，他的罪行和对他的审判当然又被搬了出来。托尼是大多数回顾报道里的主角，卡罗尔也出现在几个报道中。媒体试图去接触万斯的前妻米琪·摩根，但他们来到她和她的伴侣饲养赛马的马场时，只发现运马拖车穿过马路，其貌不扬的小伙子在周边巡逻。没有人看到米琪，更不用说采访她了。他们跟曾在万斯身边工作的形形色色的无名之辈面谈。狱方当然大受批判，这就像夜晚过去白天就会来临一样确定无疑。

利安娜·康西丁被杀没有多少报道，这主要是因为媒体目前不知道她的身份。他们一旦发现她是谁，她过着秘密的双重生活，就会疯狂地报道。室友们会被包围，然后透露——或者虚构——她耸人听闻的生活。他们如果够聪明，会从媒体那里捞到足以支付学费的钱。

现在，利安娜只是填补全国性报纸底页的材料。佩妮·伯吉斯只能写八个段落了事。卡罗尔跟托尼说了新闻记者会的情况，但佩妮没胆量违背里基所说的话。她如果发现真相，会非常愤怒的，托尼想，端起煮好的浓咖啡，走向书房。他看了看窗外，高兴地看到监视车仍停在街道的另一边。

卡罗尔拒绝保护的不利一面是，托尼要被困在布拉德菲尔德，直到万斯要么进监狱要么铁定不再成为危险。托尼如果要到伍斯特他心仪的房子去，保护人员会跟着他。这意味着卡罗尔晚上很容易受到攻击。托尼不愿意想象此事。

更不可想象的是他和卡罗尔之间会发生什么。多年来，他们跳着奇怪的方格，拉近，然后被案件和自己的事分开。他们就像小学生实验室的磁铁棒；某一刻，吸引力是不可抗拒的，然后你转换磁极，彼此的力量让它们无法接近。卡罗尔接受他住到他继承的房子里的提议后几个月里，他们避免讨论两人的关系。唯一清楚的事情是，她会有自己的空间——一个卧室、一间浴室和一间兼做家庭办公室的客厅。卡罗尔所住地方的变化是否意味着另一种变化？他们俩都不敢细想这个问题。

托尼几乎决定尝试前进。嗯，前进是流行心理学的说法。他非常明白前进往往预示着变化。他不想破坏自己与卡罗尔关系的性质，他担心上床很有可能会破坏他们的关系。他在性方面从来没有太多成功的经历。他很多时候无能为力。他可以勃起，但勃起质量大概不如大多数男人。而且他一旦与一个女人裸身相对，阴茎就蔫了。他试过用伟哥，身体症状被治好了，但大脑被扰乱了。这可能主要是由于跟他一起的女人不是卡罗尔吧。托尼发出一声深沉、发自内心的叹息。这件事太复杂。他们不予理会是对的。好吧，他们的关系不完美。但什么是完美的呢？

他能为卡罗尔做的最好的事是在幕后工作，帮助她的团队，确保他们带着荣耀离开。他首先要了解对万斯的搜寻工作做得怎么样了。

托尼不想把安布罗斯和他老板置于尴尬的境地，所以发短信给安布罗斯，不打电话。托尼按下“发送”键，感到很自豪。他知道自己还要继续学习如何与人打交道。但他已经学会了一些社交技巧。

他刚要开始看斯黛西为他留在云盘里的文件，安布罗斯就打电话过来。“你好，伙计。”安布罗斯用低沉的声音说。没有名字，他总是小心翼翼，避免把托尼和自己拖下水。

“谢谢你回复我。”他牢牢记住自己不是个十几岁的男孩，不应该在接电话时只是咕哝。“有万斯的消息了吗？”

“他还在逃。我们被全世界的媒体围攻，”安布罗斯说，“我们发现他劫的是出租车。他把车丢在向北去的M42高速公路服务区后面。但没有他本人的踪迹。有警官查阅了所谓的闭路电视摄像头，但没有发现他的踪迹。最清晰的照片来自服务区大楼的内部。万斯如果没有进去那里，我们的线索就要断了。”

“我猜希望不会太大。”

“我现在才意识到他是个多么聪明的混蛋。我当时并不重视这个案子，我那会儿忙得要死。你有什么点子吗？”

“他没在你的地段。我打赌。我敢肯定，无论他的计划是什么，他不会在奥克沃思附近游荡。他有计划。”托尼费力地说。

“这是当然的。他不会随便出现，也不会让自己被轻易认出来。顺便问一下，特里·盖茨这个名字你听过吗？”

“噢，该死，”托尼呻吟，“有时我蠢得不该活下去。”但他随即希望这不会变成一个预言。

电话那边传来一声毫不幽默的笑：“我想你知道这个人。”

“他妈的。安布罗斯，对不起。我应该早就想到特里·盖茨。”他说话的时候，脑海里出现盖茨的样子。结实的手臂，皮肤下一块块肌肉，棕色的大眼睛仿佛属于动物，一张开朗的脸，无论什么时候看见万斯都咧嘴而笑。托尼回忆起观看盖茨在货摊干活的情形。他知道何时对男人表现出专业，何时取悦与男人同行的女人，让她们购买从来都用不着的工具。他做生意时精明，但碰到万斯时就完全盲目了。“你为什么提到他？”

“只有他去监狱里看过万斯。根据记录，他每个月都会出去，从没误过。我们请当地的伙计去他家。你猜怎么着？他不在他应该在的地方。从万斯逃狱那天早上起，就没人见过特里。所以这意味着什么，托尼？”

托尼闭上眼睛，手托着额头。“特里有一个孪生妹妹叫菲莉丝，死于癌症。从前，万斯经常访问病人。据说他是大慈善家。当时，人们误以为他去安慰病人。他真正的目的令人毛骨悚然。他喜欢看着人死去。他喜欢看着他们不再能控制任何事情。但特里和万斯陪过的大多数患者亲属一样，从来不相信有任何邪恶存在。他把万斯当作仁慈的天使，让他妹妹安然离世。”他挺一挺腰，案子的发展使他激动。

“他对此深信不疑，所以也不相信万斯会犯下被指控的那些罪行。谋杀指控的一个关键点是工具痕。万斯在他的秘密隐匿处有一台平口虎钳，上面有一个非常独特的缺陷。控方保存了十四年前一起谋杀案的受害者的一条胳膊——骨头中有匹配的工具痕。明显的推断，加上所有其他旁证，表明万斯是凶手。然后特里·盖茨进了证人席，发誓说他在五年前将这台机器卖给万斯。之前拥有这副工具的人才是凶手，万斯不是。我们无法证明万斯是这起较早谋杀案的凶手，也无法证明他是个连环杀手，因为证据不足。”

“这么说，盖茨为万斯作了伪证？”

“很难找到任何其他解释，”托尼说，

“他一定非常爱妹妹。”

“我觉得爱过头了。她去世后，万斯成为他的情感寄托。他不保证万斯的安全，就是让妹妹失望。”

安布罗斯发出低沉的抱怨。“我不明白。这家伙是个连环杀手，而他为万斯作伪证，不让他入狱，这是对妹妹好吗？人类让我头疼，医生。”

“我的头也疼。阿尔文。”他一口气喝掉浓咖啡，咖啡因令他眨眼和发抖。“所以盖茨直到现在仍旧认为他欠万斯的。”

“看似如此。”

“你得搞张搜查令，在盖茨家好好搜一搜。他如果一直是万斯在外面的耳目和帮手，一定会留下线索。万斯是聪明，但盖茨不太聪明。他会留下痕迹。万斯会叫他摧毁一切，但他还是会留下痕迹。这是你唯一会发现线索的地方。”

“听起来不错。谢谢，”安布罗斯说，“你认为盖茨会回家吗？”

职业本能非常确定地告诉他，特里·盖茨不会再从自家的前门穿过了。“盖茨死了，阿尔文。或者快要死了。他知道得太多了。”

“可是盖茨一直站在万斯这边，万斯为什么要杀他？”安布罗斯的声音是理性的，不是批判的。

“盖茨留在万斯的身边，因为他总能说服自己，万斯是被迫害的。但万斯无法永远巧妙地隐藏秘密。盖茨最后总会知道万斯的真面目。我认为盖茨面对无可争议的证据时，会变的。万斯当然明白这点。”托尼打开桌子最上面的抽屉，在里面的碎屑中戳来戳去，找能嚼的东西。“万斯会杀了特里，确保自己的安全。万斯不是一个冒险者，虽然他多次犯案。他会计划好每件事情。”

“有人在保护你吗？”

托尼又看看窗外。“有一辆监视车在房子外面。我今天不打算去任何可能有的地方。我如果真要出去，就去精神病院，那地方可比该死的奥克沃斯更安全。”他在抽屉的后部发现一袋不知道从什么时候起就在那儿的肉桂口味救生者牌硬糖。他至少有两年没去美国了，但他不认为这东西变质了。他单手扯开袋子，倒了一颗到嘴里。外面已经有点软，但糖的中心是硬的，难嚼。托尼咀嚼着，让糖和香辛料填满嘴巴，莫名其妙地觉得平静。

“你在吃什么东西吗?”安布罗斯问。

“你会跟我保持联络吧?”

“当然。你自己保重。”

电话断了，托尼盯着电脑屏幕上的文件列表，啥也没看进去。他怎么能没考虑到特里·盖茨?这个疏忽动摇了他对自己的信心，使他怀疑自己可能还错过了什么。对卡罗尔的关心干扰了他非常自信的分析过程吗?他如果不能好好分析案情，对调查毫无用处。不，擦掉这句。他如果不能好好分析案情，会是一个碍事的人。

托尼捏捏鼻梁，眼睛紧紧闭起来。他想象出一个白色立方体，把自己放在立方体的正中央。他有规律地深呼吸，排除一切杂念。他直到大脑完全空白才睁开眼睛，双手平放在桌子上键盘的两侧。“你杀卖淫的女人。”他对着空房间说。他伸手去拿眼镜，开始爬进一个变态杀手大脑迷宫的漫长过程。

26

卡罗尔正在用心审阅昨天收到的报告，看到萨姆所写的对“与狐共舞”俱乐部经理和持证人娜塔莎·琼斯的问询。这是有用的信息，证明利安娜坐着别人的汽车离开俱乐部是能将杀手关进监狱的关键证据。萨姆的建议是正确的：“建议调用布拉克利道俱乐部两边路段的交通摄像数据。时间在周二晚上十一点到周三早上一点。目的：确认带利安娜·康西丁离开布拉克利道六七三号‘与狐共舞’艳舞俱乐部的汽车。”但这份报告有些蹊跷之处。首先，萨姆是和凯文一起出去的。但萨姆在报告里面没有提到凯文。总之，萨姆似乎有所掩饰，而卡罗尔非常了解萨姆，他肯定做了什么需要掩饰的事。

她望着大办公室，凯文和宝拉都在讲电话。没见萨姆的人影，所以她胡乱写了个便条：“你完事了来我的办公室。”她把便条放在凯文的面前，他为难地望了她一眼，表示顺从。不到两分钟，他坐到了卡罗尔的访客椅上。

“昨晚干得好。”卡罗尔说，往后靠着椅子，脚架在打开的空抽屉上。

“谢谢。”凯文小心翼翼地说。

“我看了萨姆的报告。你没出现在报告里，这有些奇怪。”

凯文交叉双腿，左脚踝靠在右膝上，手指敲着左膝。他像候考者一样轻松。“这是萨姆的功劳。经理试图骗我们相信利安娜从来没有在那里工作。我们离开的时候，萨姆发现了利安娜的自行车。所以他回去质问经理。”

“你在哪儿？”卡罗尔随意地问道，不确定想知道什么。

“我在车里面。”

“什么？你不是怕跟着他会有麻烦吧？”

凯文噘起嘴。他的手指停止敲打，紧紧抓着膝盖。“事情其实不是这样。”

“那是什么样子呢？”

“有什么关系呢？萨姆得到了我们需要的信息。他凭直觉行事，没有让我不安，结果令人满意。”他在椅子上挪挪身子，试图显得若无其事，但失败了。

卡罗尔打量着他。现在她明白是怎么回事了。萨姆放下凯文，追逐直觉。这在任何时候都是愚蠢的行为，尤其是在查凶手案时。“你知道你们应该时刻结对办事，你们要对付的是懂得所谓‘程序正义’的人。萨姆做错了，你不该让这种情况发生。”依卡罗尔的标准，这是温和的训斥，但凯文乳白色的皮肤涨成暗红色。

“我懂，”凯文说，表情不逊，“我没意识到他确认自行车后会立刻去找经理。”

卡罗尔摇摇头，脸上浮起一抹嘲讽的笑容。“你跟萨姆共事多久了？”

凯文站起身。“我接受你的批评。”

卡罗尔跟着他进了大办公室，找宝拉。但是她跟凯文说话时，宝拉离开了。“这里就像‘玛丽·塞勒斯特’号[①]经过的桥。”她大声地说。

“我还在这儿，”斯黛西的声音从电脑屏幕后面冒出来，“我在看交通录像。”

“不是应该是交警来做这件事吗？”

“你想听真话？我不相信他们能做好。他们太容易厌倦。”

卡罗尔走回办公室，抑制不住地大笑。她这些热血、自负的专家不会变成传统的团队成员。希望上帝帮助下令解散这个团队的长官。她几乎想留下来，只为看看热闹。

万斯在逃只是几小时前的事，但玛吉·欧图尔已经准备好答辩词。到目前为止，媒体还没发现是她提议把万斯转到治疗区牢房，但她清楚，媒体肯定会知道这件事的。安布罗斯出现在缓刑管理办

---

① 这艘船于1872年在大西洋被人发现全速朝直布罗陀海峡航行，但据称船上没有一个人。“玛丽·塞勒斯特”号常被用于形容诡异的情况。

公室——她不在奥克沃斯时会待的地方——要求约见时，前台接待假装从未听说过这个名字。安布罗斯出示证件，然后接待员承认有欧图尔博士这个人。但安布罗斯的心情并未因此变好。

“欧图尔博士？”安布罗斯说。

她慢慢地不情愿地转身面对安布罗斯。她有一张柔弱漂亮、布满焦虑的面孔，让安布罗斯感觉自己好像在欺负她。安布罗斯觉得她看起来就像奥黛丽·赫本当红年代所谓的“小精灵”。俏皮的短发衬着脸，似乎表达了她的这样一种态度：她永远不会到五十岁。“你一定是安布罗斯警官。”她说，声音疲惫不堪，嘴角耷拉着。口红和肤色不搭配。他不太懂这种事情，但对于女人怎样好看一直有好眼光。他为妻子选择衣服或珠宝礼物时从不犹豫，而她似乎总是乐意用他买的东西。玛吉·欧图尔看起来是个不快乐的女人。

上帝，他以为他是谁？托尼·希尔？“我需要跟你谈谈——”

“关于杰克·万斯，”欧图尔打断他，替他讲完，“我是替罪羊吗？血祭？应该受《每日邮报》拷问的人？”

“我直说吧，”他说，“你如果当真了解自己的工作，一定知道万斯是个危险的人。我现在只希望在他又开始杀戮之前把他关回监狱。”

她微微干笑一声，手指穿过头发。她的指甲油颜色跟唇膏又不搭配，而且使手指看起来怪异、残缺。“我认为我比你更有资格评估杰克·万斯坐牢期间做的事。我知道你难以理解，但杰克这样犯下可怕罪行的人也能找到通往救赎的路。”

这句话有点像演讲集摘选。“他今天已经让一个人躺在医院了，”

安布罗斯说，"我不想听关于万斯如何成功改造的讲座。很明显，他和以前一样。你如何在专业领域定义这件事是你的自由。但是我现在没闲工夫捶胸顿足。我需要知道他会去哪里，会做什么。"

她很聪明，知道自己赢不了。"我真心认为万斯是没有威胁的，"她说，"他和我们所有人一样，受到逼迫或惊吓会猛烈反抗。"

"被他打得失去知觉的那个人是个出租车司机，"安布罗斯断然说，"我不知道一个三十四岁的出租车司机会怎么逼迫或惊吓他。无论他的驾驶技术有多么糟糕。"

"没必要开玩笑，"她一本正经地说，"听着，听我说完。我不愚蠢，警官。我做这份工作很长时间了，没有人能随随便便就说服我。我推荐杰克去治疗区，因为我们面谈时，他对过去的罪行有深刻的认识，而且表示懊悔。他满足待在那个区的所有标准，除了一点：他永远不会被释放。为什么有些人的生活就该是灾难，一个改变现状的机会都没有？就因为他们不一定能好好利用这个机会？"

又是演讲摘录，安布罗斯想。他想知道，玛吉·欧图尔计划用多少年的时间救赎万斯。"告诉我，他是怎么表达悔恨的？"

"我不明白你的意思。他表达了悔恨，卸掉了曾经驱使他犯下罪行的环境枷锁。"

"赎罪呢？他谈了赎罪吗？谈到被他毁掉的人的生活了吗？"

她看起来有一刻不悦，好像错过了一个机会。"他当然说了。他想见见受害者家属，亲自向他们道歉。他想补偿带给前妻的悲伤。"

"你能记得他提到的受害者的名字吗？"

"当然。唐娜·多伊尔，他想要跟她的家人讲话。"

“只是他们吗？”

她的手指轻轻地敲敲椅子的扶手。“只有这个受害者，警官。”

安布罗斯挤出笑容。“他只是因为这个受害者被定罪而已。他绑架并杀害的其他女孩呢？他说出她们的名字了吗？他为她们的死表示遗憾吗？”

“如你所知，他一直否认这些指控，他也没有因为其他谋杀案被指控。”

“他受到了指控，但是他的朋友特里·盖茨为他作伪证，使他免罪。他还被判杀害夏兹·鲍曼，但判决被上诉法院驳回了。万斯在表示后悔时提到这些了吗？”

欧图尔博士重重地呼出一口气。“我不是在跟你玩得分游戏，警官。我知道我的观点。我建议你坚持你的观点。我再说一遍：我认为杰克是没有威胁的。我很失望，他逃脱了，但我猜这是因为他发现监狱无法忍受。我的猜测是，他将离开这个国家，去他认为安全的地方。”她笑了，脸颊凹陷成一排同心曲线。“而且我相信他会重新做人。”

安布罗斯难以置信地摇摇头。“你真的相信这一切，是吗？”他站起来。“我继续待在这里毫无意义的，除非你能说出他具体会去哪儿——也许他提到过某个地方，某个人——否则我们没有必要再谈下去了。”

“我不知道他会去哪里，也不知道他在外面认识谁。我认为找他是人力的巨大浪费，”她补充道，“我如果不确定他改过自新了，不会推荐他去那个区。”

安布罗斯走向门口，准备进入走廊时停下来。“我希望你是对的。我真心希望你是对的。我很乐意我在这件事上被证实是错的。”他擦了擦粗壮的后颈，试图放松紧张的肌肉。“但我目前只能确定你在一件事上是对的。万斯的确受不了监狱。但我不认为他出来是想弥补罪过。我认为他是要对把他关进监狱的人复仇。”安布罗斯没有等待回答。他也没关门。不值得满足玛吉·欧图尔的期待，砰地关门。

27

宝拉并没有走远。她看到卡罗尔·乔丹朝她走来，几乎惊慌失措，疑惑上司依靠第六感发现她在跟托尼谈话。但凯文是卡罗尔注意力的焦点，宝拉最后对托尼说："你如果在附近，跟我在贝尔怀瑟街的科斯塔咖啡店碰面。五分钟后。"她立即离开办公室，没给任何人机会问她去哪儿。

现在她坐在那儿，喝着这家咖啡店可以供应的最大杯脱脂拿铁咖啡，等着办案搭档。托尼没让她久等，砰地坐上她对面的位置。"你不来点咖啡?"她问，半欠着身。

他摇摇头。"有时候，选咖啡实在太难了。"他皱起眉头。"我认为政客们弄错了。我们不需要更多的选择，而是要减少选择。太多的选择会造成很大压力。你知道，有实验证明，在所有其他条件都相同的情况下，选择更少的老鼠活得更久更健康。"

宝拉有时想知道卡罗尔·乔丹是怎么和他相处的。他岔开话题的能力令人着迷，但你想要直接进入要点时，这一点让人有点难以忍受。“你收到所有的文件了吗？”她问。

他露出一个古怪的微笑。“我想是吧。但这是一个无法回答的问题，不是吗？因为我不会知道我还有什么文件没收到。这和你做演讲时，问大家是否都能听见是一样的。因为很明显，听不到你说话的人不能回答这个问题，所以你还是不知道是不是所有人都能听见。”

“托尼！”

“抱歉。我今天有点反常。”

宝拉怒视着他。“我们都知道你。总督察要照看你，以防杰克·万斯跟踪你。见鬼，只要会看脸色的人都知道这一点。所以我放你一马，不跟平时一样。”

托尼一只手抚摸着头发。“我不习惯人们知道关于我的事情，”他说，“我接到很多记者打来的电话，他们要我替报纸给万斯做侧写。我认为他们根本不知道侧写报告有多么无聊。我也许有兴趣和他们在电话上聊聊，但不愿把我做的事变成小报的素材。甚至是《卫报》的素材。我从家里出来，只是因为电话闹得我烦。然后那个该死的佩妮·伯吉斯出现在我家门口。”他战栗着。“你要想成为名人，首先得成为一个受虐狂。”

“有人保护你吗？”宝拉问，突然感到焦虑。托尼可能是个极端奇怪的人，但宝拉这些年越来越喜欢他。她曾经在执勤任务时失去一个朋友，至今还记得那种悲伤。托尼当时向她伸出援手，一只阻止她坠落的手。她仍然觉得自己欠托尼的。有些债永远无法偿还。

托尼点点头。“我想是吧。我昨天到家之前，已经有监视车在房子外面，还有一个非常有礼貌的年轻人密切关注我。”他做了个鬼脸。“这让人安心，我想。但我不认为万斯在跟踪我。简单的复仇并不是他的风格。他的行为会更变态。但我不知道他究竟会怎么做。反正我可以先好好研究你们的案子。这样能使我脱离焦虑。”他凝视着宝拉，眼睛像猫头鹰般闪烁。“告诉我，你怎么看卡罗尔？她有没有异常表现？”

“谋杀案一件接着一件。她有很多事情要做。”她微微苦笑。“对我们这些人展示脆弱等于是杀了她。她需要我们相信她，这样她才能说服自己是顽强不屈的。”

托尼的眉毛抽动一下又落下来。“你考虑过从事心理学职业吗？”

“什么？像你一样？”宝拉大声笑起来。

“他们一点不像我。”他冲宝拉做鬼脸。“但这个职业挺好的。你能做这个，你知道。你低估了自己。”

“够了，到此为止。你什么看法？你认为是同一个杀手所为吗？”

“我不认为还要再纠结这个问题。是同一个人，宝拉。文身是事后弄的。这是签名行为。但只有这东西符合模型。”他从破旧的皮革公文包里拿出一个活页笔记本。“没有明确证据表明他与受害者有过性行为。凯莉和四个男人有过无保护措施的性行为，我们不知道苏兹的情况，因为她泡在运河里。利安娜的身上没有精液的痕迹，现场也没有。

“再来看受害者。她们有明显共同点。她们都卖淫。她们都是街头妓女。我知道利安娜在一家脱衣舞俱乐部做事，但她的工作并非由皮条客或妓院控制。所以从这个角度来看，她与其他两个一样。还有一点。杀手好像逐步提升了妓女的社会阶层。凯莉是最底层。苏兹艰难地脱离了最底层。而利安娜—— 几乎算是个体面女人。我知道有一种经验法则说，连环杀手一开始会选择最脆弱的受害者，犯案越多，对自己越有信心。但以我的经验，信心一般不会如此迅速地增强。从凯莉到利安娜是巨大的跳跃。这点挺奇怪的。”

“也许他只是在情感上比你曾经对付过的杀手更成熟。”

托尼耸耸肩。“这当然是可能的。但我的直觉反应是，他如果情感成熟，不需要这样做。”他摊开双手。“但我知道什么？我对万斯做的风险评估没什么用，所以今天他妈的对什么都不笃定。”

“那么你今天能不能告诉我们一些直接针对杀手的信息？”

托尼看起来不痛快。“只有一件事——”他欲言又止，皱眉看着桌子。

“什么事？”

他咂咂嘴。“我不应该这么说，因为这也是一种感觉。”

“我记得你的‘感觉’不止一次帮助我们推进调查。说吧，托尼。不要对我有所保留。”

“他好像在向世人挑战。彼得·萨克利夫，那个‘约克郡开膛手’谈到清理街道（妓女）时说：‘你们没有一个是安全的。不仅仅下贱，你们所有人。’好像有他在街上就没有人安全。这个人好像有类似的野心。他想把她们吓跑。”托尼心不在焉地端起宝拉的咖啡，喝了一口。“我不知道。有一个我不知道是什么的东西在烦我。

跟犯罪现场和谋杀本身有关的东西。这东西困扰我，我不明白为什么。”

“嗯，他每次都做点不同的事。这不寻常，是吗？”宝拉把咖啡拿回来。

“是的，可以这样说。但并不是这点烦我。差异程度不大，可以归于‘不寻常但可以解释’一类。但还有什么我没抓住的东西，真他妈烦人。”

“别管它。你在忙于其他事情时会想起来的。”

托尼嘟哝着，不确定。“很奇怪，我对这一系列案子有似曾相识感。就像我以前见过这一切。但我知道我没有。我也想不起来文献中有凶手杀死受害者事后将其文身的案子。我希望能冲破这种感觉，烦死它了。你的调查有进展吗？”

宝拉告诉他萨姆昨晚的发现。“斯黛西正在处理。如果有有用的信息，她会发现的。”

“你得问问斯黛西，弗莱尔和‘与狐共舞’俱乐部之间是否有庭院式汽车旅馆。凶手显然熟悉那一带。他们喜欢在自己熟悉的地方犯案。苏珊娜·布莱克被淹死在凶手不需要经过什么接待员的地方。我认为凶手没带苏珊娜回自己家。他不会那样冒险。但那种在前台办理入住，房间对着开放停车场的汽车旅馆不那么危险。”

“好主意。谢谢。”她喝干咖啡，把椅子向后推。“我会想念大家的。我们都将被布莱克遣散到四处。我永远也不会再有这样的工作。这就像一个时代的终结。”

“布莱克是个白痴。”托尼说。就在这时，他的手机嘟嘟响。他不停地拍着口袋，直到找到手机。“卡罗尔发的短信，”他说，“她想让我过去听克里斯的汇报。”

“克里斯在忙什么呢？我从昨天午饭过后就没见过她。”

“她在找三个曾与我和卡罗尔一起追捕万斯的警察。必须当面警告这三人，他们光看到新闻不一定会警觉起来。”他站了起来。“我最好现在就过去。”

“我让你先走十分钟，”宝拉说，“我们上次背着她做事时，我觉得自己就像是一个流着泪蹒跚学步的孩童，而且状态不佳。我们不要给她任何理由关注我们。”

托尼走进门，意识到他才是应该留在咖啡店的人。卡罗尔坐在克里斯的办公桌旁，在他走进来时抬起头。“来得挺快，”她说，“我还以为你打算整天都待在家里。”

“我原本是这样打算的，”他说，“但佩妮·伯吉斯来敲门，所以我想来这里躲起来。”他正要详述，但及时停下来。最好的谎言是带有真实成分的那种，他提醒自己。

克里斯的眼睛下面一圈乌青，头发看起来像在睡觉时被压过。她往常的活泼劲儿不见了，就像一条一直走到筋疲力竭的狗。她手遮住嘴，打了个哈欠，勉强抬起眉毛，算是问候。“怎么了，博士？”她强打精神，却无力表现出正常的风格。

“我们所有人都在跳杰克·万斯设计的探戈，”托尼悲伤地说，拉一把椅子，坐到两个女人身边，“他想到我们所有人在跑来跑去，想知道他在哪里，在做什么，肯定会高兴得直搓手。”

“我刚跟西麦西亚方面谈过，”卡罗尔说，“他们协助搜索。他们收集到很多目击信息，从阿伯丁到普利茅斯都有。但没有一条是有用的。”

“有一个问题是，我们不知道他现在的样子，”托尼说，“我们可以确定他看起来不会再像英格兰球迷。他会戴着假发，会有不同造型的面部须发和不同形状的眼镜。”

“但他仍旧是个一只手的人，”克里斯说，“他不能隐藏这一点。”

“你不会立刻注意到他的假肢。我跟内政部的人谈过之后，在网上查了。现在假肢上的皮肤很了不起。你必须仔细观察，才能意识到那不是真正的皮肤，但我们大多数人看任何东西都不太仔细。万斯买的是最好的假肢。”

“多谢欧洲人权法庭，”卡罗尔嘟囔道，“我们知道我们知道得不多。万斯可能在阿伯丁到普利茅斯之间的任何地方。你进展如何，克里斯？”

克里斯从椅子上直起身子，瞥了笔记本一眼。“好吧。利昂还在伦敦警察厅。他混得不错。他正是大领导们想要的那种员工——研究生，黑人，聪明，上得了台面。而且明显不腐败。”她对卡罗尔咧嘴笑笑。“现在他是个总督察，在中央行动部特种武装作战组。”

托尼笑着哼了一声：“利昂这么厉害吗？利昂过去像我一样不懂社交啊。”“据我在伦敦警察厅的老熟人说，利昂学会了保持缄默和遵守规则，获得了上上下下的尊重。所以我打电话联系他，给他提个醒。”

“他怎么说？”托尼说，想起利昂笔挺的西装和狂妄的样子。他很聪明，但懒散，靠智慧而不是工作获得了认可。他能爬到目前这个位置，肯定学会认真做事了。托尼希望工作和责任磨炼了这个利昂。

“他一笑了之，但也说他会注意的。”

“他的家庭组成怎么样？”卡罗尔问。

“他的前妻和两个孩子住在霍恩西，他和目前的伴侣住在伦敦码头区。我试图说服他叫前妻和孩子暂时搬离，但他不接受。”克里斯拉下脸。“他说：‘我如果在报纸上读到卡罗尔·乔丹和托尼·希尔的讣告，会避一避。但是现在，我不可能说我太担心。’我说不动他。”

“他确实讲到一点，”托尼说。“无论以参与程度或字母顺序或地理顺序，他都不在复仇名单的前列。我们都不知道这种情况还会持续多久，他暂时不改变生活状态可能是对的。”

“但其他人如果难以被攻击，万斯会跳到利昂，”卡罗尔说，语气酸酸的，“克里斯，你可能想这么说。”

克里斯面容平静。“西蒙·麦克尼尔不当警察了。夏兹·鲍曼被杀之后，他在斯特拉思克莱德待了几年，然后辞职，在斯特拉思克莱德大学教犯罪学。”

托尼想起西蒙卷曲的黑头发，他的热情和对夏兹·鲍曼的迷恋。小道消息说他一度崩溃，被诊断患有创伤后应激障碍，被温和地请出工作岗位。“可怜的家伙。”他心不在焉地说，然后意识到两个女人都奇怪地看着他。“我是指他迷恋夏兹这件事，而不是在大学教书这件事。”

克里斯被逗乐了，继续说："他有个长期伴侣和四个孩子。他们住的地方离格拉斯哥约一小时车程。他听到消息后很不安。他会要求当地执法部门增加巡逻。他说他们住的地方在一条路的尽头——他们只能通过那条路进出。而且他们有猎枪。他对这个消息当真，好像会好好准备。他告诉我，西方资本主义正走向灾难，因此犯罪会飙升。每个人都只为自己。但他会做好安排。"

他可能还没有完全从创伤后应急障碍中恢复。"上帝，我不希望万斯出现在那里，"托尼说，"可能会有一场大屠杀，而万斯可能会是唯一一个离开的人。"

"我们对这两个没什么可做的，"卡罗尔说，"凯·哈勒姆没有家庭自卫队吧。"

"我为了她在车里过夜了。我努力寻找她的踪迹，她结婚了。她的先生是注册在开曼群岛的一家公司的会计。就是帮助有钱佬不用和我们一样交税的那种混蛋。"

卡罗尔吹了声口哨。"安静的小个子凯。谁会想到？"

"我并不感到惊讶，"托尼说，"她擅长观望和等待，确定阵营后照搬你的态度和立场。每个人都认为凯是站在他们一边的。但她如果必须把色旗钉在桅杆上，守住阵地，就会犯难。真命天子游进她的轨道时，她会观望和等待，然后和他一起游泳，让他感觉他终于遇到了一个真正懂他的人。"他看着两个女人考虑他的话，然后点头同意。"所以她是个优秀的讯问者。宝拉在讯问时也是变色龙，但工作结束后又会变成自己。但我从来不知道真正的凯·哈勒姆是什么样子。"

“她看似羞怯，实则强硬，”克里斯说，“她目前在英国。他们在温切斯特附近有一所房子。她的儿子们住在当地的寄宿学校，她刚从那里探视回来。我一告诉她逃狱事件，她就明白了。她对我施加压力。她不接受否定的答复。用各种方法威胁我，从《每日邮报》到警察投诉委员会。最后，我不得不驱车到那儿，向当地的警察和天知道她从哪家机构雇的两个保安说明情况。我不了解万斯会怎么对付她，但是她雇的保安把我吓得屁滚尿流。”克里斯难以置信地摇了摇头。“你们能相信我？”

“我不仅相信，而且我如果有她的消息，可能会为她做同样的事情，”托尼说，“万斯非常可怕。”他皱起了眉头。“克里斯——有个职业作家在第一次审判后不是写了一本关于万斯的书吗？”

“有点印象。万斯赢得上诉之后书不是被召回了吗？”

“没错，”卡罗尔说，“他们说是诽谤，现在万斯已经无罪。可能需要寻找这个作者，听听他有什么要说的。他可能掌握着我们并不知道的信息，有关万斯的同伙和财产的信息。”

“我会去找这个人的。”克里斯说。

卡罗尔还没来得及回应，宝拉拿着一份晚报走进大办公室。“秘密泄露了，”她说，挥舞着报纸，首版一栏红色标题写道，“连环杀手锁定布拉德菲尔德”。

28

这是美好的一天，万斯想。天空是灰色的，一场雨即将到来，没关系。他出了监狱，驱车行驶在约克郡山谷，是自己命运的主人。所以，这是美好的一天。这辆车容易驾驶，车载数字无线电，在各台之间切换非常容易，GPS 导航意味着他在干石墙和羊群中不会迷路。他睡了个好觉，在笔记本电脑前美美地吃早餐，在互联网上欣赏关于他逃跑的报道。他对无助的监狱长差点感到抱歉，被媒体盯着的人就像被针扎住的蛾。记者们把监狱长描绘成一个不称职的傻瓜，听信万斯已经痛改前非。真相往往是复杂的。监狱长本质上是个好人，抱着最后一丝理想主义。他拼命想要相信像万斯这样的人是可以救赎自己的。所以他遇到像万斯这样熟练的操控者就容易上当。

监狱长不是废物。但他面对的是更优秀的生物。

万斯吃完早饭，检查了他的摄像头。今天早上，他——或者确切地说，特里——收到一封电子邮件，邮件说最后一组摄像头终于安装完毕。万斯可以通过代码激活这些摄像头并监视其他位置。这是他最后添加的一个名字。特里，是他根据特里的报告添加的。这是对第一阶段计划的小小补充，使它更加完美。

他已经为未来打下基础。他现在必须专注于手头的事。今天他是帕特里克·戈登，一头浓密的栗色头发，脸颊上有几个巧妙弄上去的雀斑。再加上胡子和一副牛角架眼镜，一切停当。他打扮得像一个时髦的乡村居民——棕色厚底粗革皮鞋，灯芯绒裤子，塔特萨尔牌花格衬衫和深黄色V领毛衣。股票经纪人，约克郡绅士。如果有条拉布拉多犬就更好了。

中午刚过，他开进一个幽雅的乡村酒吧的前院，院里贴着食品和传统麦芽啤酒广告。特里是考虑周全的人，查找过万斯所有目标附近吃吃喝喝的好地方。他仿佛以为万斯将要进行一次伟大的旅行，和旧相识共进午餐和茶。起初，万斯认为这是个疯狂的怪念头，但他越想，就越觉得在民众的眼皮底下出现挺好玩的。

只有两张桌子旁有人，一张桌子旁是一对中年夫妇，穿着到山谷散步的衣服；另一张桌子旁是两个穿西装的男人。万斯细细看着几种散装鲜啤酒的名字，都是糟糕的双关语或乱编的方言，他挑中一种叫 Bar T'at 的。他点了一品脱，酒吧招待没多看他一眼。他要了牛排啤酒派，然后坐到一个安静的角落，他在那里可以看着平板电脑且不被注视。平板电脑真神奇。他今早在办公桌的抽屉里发现了它，对它能做的事很着迷。它的尺寸挺尴尬，真的——放在口袋里太大，但比笔记本电脑更好带。他一边等餐一边查看对准谷仓改建房的摄像头。

现在是白天，万斯可以看得更清楚。在夜里漆黑的那片区域原来是谷仓内一个独立的房间——自带小厨房和浴室的客房。一扇门朝外，在对面墙的相应位置应该有另一扇门大概通向谷仓的主体区域。

但这不是摄像头覆盖区域里他最感兴趣的部分。凑近电脑才能看到一头蓬乱的银灰色头发和一边肩膀，一个男人坐在一张长桌子旁。摄像机的角度不是很理想，万斯只能分辨出键盘的一角和电脑显示器的顶部。再往里面一点的桌子上还有一个键盘，摆在一对大显示器前。不可能辨认出大屏幕上的任何细节，但万斯认为可能是程序代码。那人不怎么移动，十有八九在电脑上做什么事。

谷仓的其他地方没有任何生命迹象。羽绒被凌乱地扔在床上，脏衣物筐装满了，一件T恤挂在筐边。这么说女人不在。没关系，万斯想，他有足够的时间。他的食物来了，他关掉窗口，把平板电脑放在一边，开始吃东西。他吃了多年监狱的食物，现在觉得任何一餐似乎都是享受，是真正的喜悦。他慢慢地吃了很久，然后尽情享用一碗苹果奶油冻。

他离开的时候，酒吧里挤满顾客。他在酒吧的人群中穿梭，回到停车场，没人多看他一眼。大约一半的男人看起来跟他一样，好像他们同属一个服装品牌俱乐部。他轻松坐进车里，承认自己对于第一次公开出行一度有点紧张。但现在紧张感已经完全消失。

二十分钟后，他驶过谷仓改建房，这是他最感兴趣的地方。他把车停在谷仓改建房大约半英里外一片有车辙的草地边缘。他拿出平板电脑，等待页面加载和刷新。在他离开酒吧的这段短短的时间里，一切都变了。这个男人站在厨房的炉灶边搅拌炉子上的锅，好像正跟着音乐有节奏地摆动身体。万斯希望他好好吃一顿。事情发生后，他再想吃就太迟了。

接着，浴室门打开，那个女人出现了，穿着大律师的黑衣白领服，整个上午都在法院工作。她一只手摸着头，把夹子拔掉，让头发落在肩膀上。她耸耸肩脱掉上衣，把它扔在栏杆上。她踢掉低跟鞋，轻快地走向那男人，步伐稳健。她走到男人身后，手臂搂着他的腰，依偎着他的背。他抬起肩膀，伸出空的那只手，揉乱她的头发。

女人走开，从烤面包箱拿出一条面包。她从刀架上取下刀，从壁柜里拿出案板，从抽屉拿出面包筐。她切了一篮面包放在桌上，那男人从橱柜拿来碗，用勺子把浓汤舀到碗里。他们坐下来，开始用午餐。

万斯把车座向后放一点。他需要等待恰当的时机，这可能需要一段时间。但这没什么。他为此已经等了几年。他擅长等待。

卡罗尔细细地读着《布拉德菲尔德前哨晚报》的爆炸新闻。有时，一个案子遭泄露，立刻就会见诸报端，满是缺少根据的谣言和影射的话。这篇报道登上了头版。佩妮·伯吉斯这个轰动报道在关键点上都是对的。好吧，但利用三个女人的死来销售报纸是不对的。这几个女人生前以各自的方式低贱地活着，为什么死后还要被如此廉价地利用？卡罗尔尽力抗拒一种熟悉的厌恶感和失败感。

“有人泄露了消息，”卡罗尔说，“所有消息。”

“是啊，我们都知道是谁，”宝拉愤愤地说，“他们先诋毁我们，然后你要求他们做点事时，某个不满的小混球决定试试用这种方式污辱我们。”她一只手指戳着报纸。“从不在乎我们为了行动稳妥希望保密。嘲弄少数民族小组显然比抓连环杀手更重要。”

托尼从她手里接过报纸，仔细阅读。“她并未假定这是与性有关的凶杀案，”他说，“有趣。她似乎对线人给的消息很满意，却没有暗示还会有更多消息。”

“操她的佩妮·伯吉斯。”克里斯骂道。

“凯文不是已经这样干过了吗[①]？”萨姆好像自言自语地说。

“闭嘴。”宝拉厉声说。

“是的，萨姆。你如果帮不上忙，请安静点，”卡罗尔说，“这意味着我们不能信任北区，不能让他们了解我们的任何进展。但我们仍然需要他们做点杂活——上门查问，展示照片之类的。但是我们要把其他情况都捂严实。”

斯黛西从屏幕后出现，双手拿着一张光滑的打印照片。“我们要把东西从白板上撤掉吗？”她说。

“我们为什么要在这里讨论这种事呢？”卡罗尔感觉到头隐隐作痛。太多的决策，太多的压力，太多的家伙要对付；随着每一天过去西麦西亚越来越吸引她。她不指望在那儿，她能在中午之前在办

---

① 在本系列第一部《人鱼之歌》中，佩妮·伯吉斯曾勾搭凯文。

公室喝上一杯烈酒。即使能喝，这也不是她想离开的主要原因。

斯黛西把照片转过来，让他们都能看到它。“距离‘与狐共舞’俱乐部二百米的红绿灯相机拍的，”她说，“离开城区的方向。彩色照片显示一辆可能是红色或栗色的丰田车，能够清晰地看到车牌。乘客看起来像个女人，长发明显。司机的脸半隐在一顶棒球帽下；也不能清晰辨认可见的部分。”

“这是我们要找的人吗？”

“这辆车出现的时间很可疑。这个车没有出现在‘与狐共舞’俱乐部前面的相机里，但在这里冒了出来。因此，它要么来自俱乐部或隔壁的地毯超市，要么就是来自那个日光浴和美甲沙龙。但我认为另外两家店在晚上的那个时间都不营业。所以几乎可以肯定，这车来自‘与狐共舞’。还有两辆车在这个时间经过这个相机，但车上都没有乘客。我要说，根据概率，就是开这辆车的人带利安娜·康西丁离开艳舞俱乐部的。”

斯黛西做报告时总好像在证人席上。卡罗尔喜欢这种明确性，虽然她有时会喜欢更坚定的确定性。“干得好，斯黛西，”她说，“查出车牌了吗？”

“车牌是假的，”斯黛西简洁地说，“属于一辆日本车，那辆车六个月前报废了。”

“强化一下司机的脸有用？”

“我认为强化后还是不够清晰，这张照片没有什么意义。无法发布，也无法从中得到什么。”

萨姆的掌心击在桌子上。“所以它没能给我们任何有用的线索。”

“这张照片告诉我们，坐在车里的那个男人几乎肯定是杀手，”托尼说，“他如果只是个嫖客，不用那么麻烦，给车弄个假车牌。这充分说明他计划带着这个女人去干点别的。”

斯黛西转向萨姆，赐予他难得的笑容。“萨姆，我不认为这是个死胡同。我们需要从旁入手，仅此而已。和英国的其他任何地方一样，布拉德菲尔德有全面的车牌自动识别监控网络。如今，交通警察和安全部门跟踪全国主要道路的汽车运行。在A类公路上，他们可以锁定任何车并实时跟随它，好吧，或者只是尽可能地接近。再来说这个杀手：近五年内所有车辆详细的运行情况都存储在全国车牌识别的数据中心，可以分析这些数据获得情报，或者作为证据。我们只需要查找那个车牌自那辆日本车报废后的所有记录。这差不多可以把我们引到杀手家的前门。我们至少能得到一张足够清晰的照片，认识他的人能够根据那张照片认出他来。”她绽放笑容。“这岂不是很妙？”

“妙？岂止是妙，”卡罗尔说，“你能联系他们吗，斯黛西？对他们说这件事很紧迫。生命攸关，老一套。我们昨天就需要这个。”她的头痛减弱了。和往常一样，一个小小的好消息大有作用。“我们有点眉目了，伙计们。这一次，不要走漏消息。”

29

喝完汤，吃奶酪、饼干和水果。吃健康的食物是浪费时间，万斯想。他们很快就会死去，不管饮食的质量多好。他在座位上挪了挪，试图坐得更舒适。他们如果都回去工作，他还得再过一会儿才能有机会让他们措手不及。可能要好几个小时。但没关系。他属于上一代，相信迟来的快感。他知道“所有好东西属于那些等待的人”。听起来像小孩子们学的助记语——“每个好孩子值得爱护”①，或“约克郡的理查德进攻失败”②。对他来说，这已经成为一个咒语。

---

① Every Good Boy Deserves Favour：在五线谱高音谱表每条线上，音符对应的音名从低音往高音依次为 EGBDF。

② Richard Of York Gave Battle In Vain：按照顺序记忆光色（红、橙、黄、绿、蓝、靛、紫）的方法。这句话中每个单词的首字母代表一种颜色：R= red 红色，O= orange 橙色，Y= yellow 黄色，G= green 绿色，B= blue 蓝色，I= indigo 靛蓝色，V= violet 紫色。

他不用等那么久。他们吃完后，把盘子装入洗碗机。然后女人转向男人，手撩过工装裤前部，随即靠进男人的怀里。男人头部后仰，双手去摸她的乳房，轻轻地在上面移动手掌，像一个哑剧演员假装去碰一扇窗户。女人吻了吻他的喉咙，男人把她拉近，紧紧地拥抱着，把她的上衣从短裙中拽出，一只手向上触摸皮肤，另一只手抚摸臀部。女人朝前走了几步，使男人往后走上楼梯。

他们彼此放开。男人把女人的T恤从头顶脱下，丢在地板上。男人脱掉女人裙子，女人从裙子上踏过去。“哦，我的天。”万斯喘着气，看到长筒袜和吊袜带。他压根没想到碰到做爱这档事，已然被这对夫妇在不知情的情况下为他举行的表演硬起来了。

他挣扎着坐直在座位上，意识到这可能是他最好的机会。他们如果缠绵正欢，不太会关注其他事情。他从乘客座抓住一个小手提袋，然后下了车，仍然抱着平板电脑，步行往谷仓走。有一条小路到正门。他已经在谷歌地球上看过地形。他的注意力一半在屏幕上，另一半在地面上。

万斯发现小路的时候，不得不转换屏幕视角，因为他们已经从楼梯上移到楼上，衣服丢了一地。女人仍穿着长筒袜和吊袜带，男人脱得只剩一只袜子。万斯跌跌撞撞地往前走，无法停止看女人跪在床上，把男人勃起的阴茎放进嘴里。男人的手在女人的头发里，然后男人轻轻推开女人，让女人肚子贴到床上，从她后面进入，双手握着她的乳房，嘴咬着她的肩膀。

万斯突然开始笨拙地跑。这个机会太好，不能错过。门当然没锁。这里是乡下，一天中的正午时间。没有人锁大门。他悄悄打开门，然后踢掉鞋子。他走进去，屏幕里突然响起呻吟声、嘟哝声和含糊不清的话。万斯放下平板电脑，从手提袋里拿出一双乳胶手套戴上。接着他拿出在特里身上用得那么好的那把刀。他轻轻地登上楼梯。

他的头越过楼梯，他看得出没有必要安静。他们做爱做得好像全部生命都依赖于此，万斯能感觉到阴茎用力顶着衣服。上帝，他很久没有干过女人了。有那么疯狂的一刻，他想杀了那个男人然后取代他。这是一生难逢的机会。然后谨慎拖住他。风险太大，如果事情严重出错，他难以挽回。两只强壮的手臂也不一定能控制住恐惧的女人，何况是一只。

他爬上剩下的楼梯，轻松而自信。他总是碰到计划中最好的情况。但这次比他的预期还进展顺利。他来到这对夫妇背后，那男人正进入最后阶段，臀部抽动着，大口喘气。女人大喊着，推挤男人，手放在自己的两腿之间，努力把他们一起带向高潮。

万斯向前扑到他们身上，那只好手臂绕过女人的喉咙。两个受害者还没意识到发生了什么事，刀已经从脖子的一端划到另一端。血从女人的喉咙喷出，万斯用假肢抓住男人的头发，把他的头往后拉。男人现在恐慌起来，试图摔开万斯。但他又惊诧又无力，徒劳无功。万斯拖刀划过他的喉咙，瞬间到处都是血。万斯向后退了几步，把那人翻过去背朝下。血冒起泡沫，从颈动脉喷洒如注，激烈的性爱使得血压升高，让血液溅得更高和更快。男人的眼睛因为惊恐转了几秒，然后黯淡。

万斯把那个女人翻转过来。她已经没救了，血仍然从脖子喷出来。他一边看着女人的皮肤明显失色，迅速脱掉被鲜血浸透的衣服，站在女人身边。下面硬得快要射了。他知道女人快死了或者已经死了，但他忍不住了，这是行为。他不是变态狂。他很清楚这一点。他不喜欢杀人，当然对奸尸也不感兴趣。

况且这些血触目惊心。不是杀人本身刺激他勃起的。是她活着时引起的，她要对此负责。然而……他不想看到伤口和几乎被割断的头颅。她的男朋友刚才的做法是对的。万斯又把她肚子朝下转过去，然后，他沾着两个受害者滑腻的鲜血，压低身子，趴到女人身上。

30

托尼跟着卡罗尔走进卡罗尔的办公室，在门口徘徊。“那我就回家吧，”他说，“佩妮·伯吉斯现在出了报道，我想她不会再缠着我了。”

卡罗尔敏锐地看他一眼，坐了下来。“你似乎对佩妮的报道毫不惊奇，”她说，“对斯黛西在做的事也不以为然。”

托尼的微笑暴露了紧张。他得小心为上。“我想最好还是隐藏反应。”

“不然就是你已经知道一切。”

他耸耸肩，试图显得随意。“调查基本上遵循相同的基本模式。你比我更清楚这一点。”

“我还以为——”她说，不相信的口气。大办公室里的动静引起她的注意，她说：“噢，妈的。是布莱克。他会认为你不应该在这里。”

“我在这里谈论万斯，”托尼愤慨地说，“这是内政部的事，与布莱克无关。”但他知道，卡罗尔的上司也有权在这里挑衅滋事。

布莱克直接朝他们过来，表情严肃，眼睛周围白里透红，脸的其他地方通红。他走到门槛上时，卡罗尔站了起来。这位局长冲托尼点了点头。“希尔博士。我没想到会看见你。”他的态度里没有敌意，卡罗尔和托尼都很惊讶。

“我跟内政部合作处理杰克·万斯逃狱事件，我需要跟乔丹总督察谈谈。但我现在要走了，”托尼说，希望让布莱克安心，在麻烦开始之前走脱。

布莱克皱起眉，露出痛苦的表情。“实际上，希尔博士，我希望你留下来。”

托尼和卡罗尔快速地互相一瞥，非常困惑。他不记得布莱克曾欢迎过他的存在，即使他一直明确地在正义一方。托尼小步走回房间。

“请你关上门，好吗?”

托尼现在担忧起来。布莱克表现得像一个承担严重任务的人。如果这个任务涉及托尼以及卡罗尔，很有可能是有人死了。托尼关上门，挪步靠着文件柜，双臂交叉，放在胸前。

布莱克摸了摸完全平整的头发，不由自主地摆出紧张的姿态。“我恐怕有些很坏的消息。”他说，声音里西部地区浓重的r音比平时更加明显。

卡罗尔的目光掠过大办公室。托尼看得出来她在核查。大家都在，除了凯文。“马修斯警长发生什么事了吗？”她说，拘谨中透出恐惧。

布莱克看起来乱了手脚。“马修斯警长？”他显然不知道卡罗尔在说谁。“不，与你的组员无关。卡罗尔，恐怕有一个……突发事件”。

“你什么意思，突发事件？在哪儿？发生什么事了？”卡罗尔职业化面具后面透出一丝焦虑。托尼直起身子。他觉得布莱克嘴唇上面的汗发出不祥的光泽。

“你的弟弟和他的伴侣——他们的家被人入侵。很粗暴的侵入。”

托尼感到胸口遭到撞击，知道卡罗尔肯定感觉更糟。卡罗尔站着，瞪大双眼，嘴在动，却没有发出声音。

“他们还活着吗？”托尼问，走到卡罗尔身边，用胳膊揽住她的肩膀。他不是下意识地这么做的，但他知道一个人在危机中该如何表现。他对卡罗尔的感情比其他任何人对他的感情都深，他必须做自己在乎的人期待他做的事。

布莱克看起来有点畏怯。他摇摇头。“我非常抱歉，卡罗尔。他俩都死了。”

卡罗尔滑向托尼，颤抖得像淋湿的狗。“不，”她说，“不，不，不。”音调和音量逐渐降低，然后她几乎是咆哮出最后一个“不”字。托尼能感觉到她的身子因为极度紧张在摆动，于是抱紧她。她喘了口气，几近呜咽，但不知为何努力把自己从崩溃边缘拉回来。

“发生了什么事？”托尼问，像往常一样试图了解情况。

布莱克用眼神暗示他别问。

"告诉我发生了什么事，"卡罗尔哭了，回头面对局长，"你没有权力不让我知道。"

布莱克扭绞双手。托尼听说过这种表达方式，但从没见过。"我只有粗略的了解。你的弟弟和他的伴侣——"

"迈克尔和露西，"卡罗尔说，"他们有名字。迈克尔和露西。"

布莱克表情恐慌。"我道歉。迈克尔和露西受到惊吓，一个入侵者用刀攻击了他俩。事情似乎是突然发生的。"

"这事发生在谷仓？发生在晚上吗？"托尼说。他去过那儿三四次，和卡罗尔吃晚饭。他不能想象那是个犯罪现场。他当然也无法想象任何人在光天化日之下接近那儿，又没被发现。

"我说了，我几乎不知道任何细节。现场警察认为犯罪发生在过去的几小时内。"

"谁发现他们的？"卡罗尔问，试图坚持沉着。她在捍卫自己，在自己和其他人之间建立一道冰墙。托尼以前看过她强迫自己度过极端严重的个人危机。他还看到了后果，卡罗尔完全垮掉了。

"我不知道，卡罗尔。我很抱歉。我想尽快告诉你我所知道的一点消息，而不是等待更多细节。"布莱克看着托尼，寻求帮助。但托尼和他一样手足无措。托尼无法理解听到的事。他感到麻木，但他知道这件事不久就会击中他。他认识的两个人死了。被谋杀。他克制自己，但几乎立刻就想到罪魁祸首是谁。

卡罗尔抽身离开托尼，取下挂钩上的外套。"我必须去一趟那里。"

“我不认为这是个好主意。”布莱克说，试图施加权威。

“我不在乎你的想法，”她说，“我的弟弟，我的选择。”她说这几个字时声音变哑。她回到文件柜旁边，从抽屉里拿了两瓶微型瓶装伏特加。连续吞下。她受到酒精的刺激，下巴收紧，艰难地眨眼。然后她明显镇定了些，说：“托尼，我需要你开车送我。”

“你如果决定去，我可以派个警官开车带你去。”布莱克说。

“我想跟我认识的人去，”卡罗尔说，“托尼，你会送我吗？或者我应该找宝拉送？”

这是托尼最不愿做的事。但是由不得他。“我开车送你。”他说。

“显然，你从现在起可以随意支配自己的时间。”布莱克说。卡罗尔穿上外套，从他身边过去。卡罗尔小心翼翼，仿佛刚从体育场上糟糕的失败中恢复过来。托尼在她身后徘徊，不确定是要搀着她还是让她单独走。宝拉、克里斯和萨姆瞪大眼盯着卡罗尔，困惑什么样的消息会让上司这么脆弱。

“告诉他们，”托尼在他们到达门口回头对布莱克说。“他们需要知道。”托尼朝克里斯点了点头。他对迈克尔和露西的事如果判断正确的话，克里斯需要注意。“特别是克里斯。”他看见克里斯脸上的震惊，但他没有时间来解决这件事。卡罗尔现在是更重要的人。

31

每对固定的搭档都有固定的驾车安排。要么一个总是开车，另一个总是乘客；要么两个人按照计划各自开一段；或者一个人开但喝酒了就不开。乘客不过问开车；乘客或直接或间接地批评开车，会因一丁点的危险呼吸急促；还有一种乘客上车就睡觉。但无论如何，改变模式是危险的。

卡罗尔交出车钥匙，让托尼开车，这表明她受的伤害有多么严重。她是一个自信、可靠和敏捷的司机，而托尼紧张、犹豫，状态时好时坏。开车从来没有成为他擅长的事。他开车时太关注开车，又常常因想到病人和杀手而走神。卡罗尔总是抱怨坐托尼的车让她的生命岌岌可危。今天，她的生命是她最不关心的东西。

他编好卫星导航程序，出发进入傍晚的车流。经济衰退清除了城市一些主动脉高峰时段的阻塞，但他们的行程仍然缓慢。通常情况下，卡罗尔会咒骂交通，然后寻找捷径，可能没有节省时间，但好在移动了。这个下午，她只是盯着窗外，眼神空洞。她把自己封闭起来，像动物为度过最恶劣的天气而冬眠，为重要时刻积蓄力量。

托尼见过她这个样子一次。她被强奸、虐待，伤痕累累，严重受挫，但没被完全击败。她当时也向内退缩，保护自己。她把自己锁了好几个月，除了喝酒，拒绝任何其他安慰，把朋友和家人都推到保护墙之外。托尼用尽所有技巧，但勉强能与她保持联系。他担心卡罗尔彻底沉沦时，工作救了卡罗尔。工作给了她活下去的理由，而他没能给予。他认为这是他许多失败之一，他从来没有问卡罗尔是否也这么认为。

他们还没过布拉德菲尔德，卡罗尔的手机响了。她没看屏幕就按了拒绝接听键。“我不能跟任何人说话。”她说。

“包括我吗?”托尼的目光离开道路，审视她的表情。

卡罗尔看他一眼，他无法形容那种眼神。卡罗尔的眼里除了寒冰别无其他。她什么也没说，蜷缩得更厉害。托尼专心开车，试图把自己放到她的位置，但失败了。他没有兄弟姐妹。他只能想象拥有共同的童年回忆是兄弟姐妹情谊的核心。而这种情谊可以强化你对抗世界的能力。但它也可能是人生旅程中形成扭曲的人际关系与性格的第一步。但据卡罗尔描述，她与弟弟的关系属于前一种。

他最初与卡罗尔共事时，侧写还是新生事物，卡罗尔是他最早的拥护者之一，当时她和迈克尔在市中心一个仓库改建的阁楼公寓同住。非常九十年代。托尼想起迈克尔利用软件开发专长帮助他们。他也想起自己曾怀疑迈克尔是杀手。幸运的是，他错得离谱。之后，他更了解迈克尔，为有这样荒谬的想法而尴尬。然后他想起许多杀手迷惑过最亲的人，以此舒怀。

他记得自己第一次见到露西的情景。那时他刚结束一次短暂且不糟糕的学术旅行，回到布拉德菲尔德，卡罗尔已经从几乎毁了她的创伤中恢复过来。她回到迈克尔已经与露西同住的阁楼公寓。跟他们一起只待了五分钟，便理解卡罗尔为什么把那儿当做避风港。有些情侣在一起那么般配，想象不出有什么能造成他们不和。与迈克尔和露西度过一个晚上后，很容易想象再过四十年，他们还在一起，仍然为彼此的陪伴而欣喜，仍然会互相逗笑。

然后卡罗尔搬进托尼家的独立地下室公寓，而迈克尔和露西在二十一世纪的房地产繁荣时期挣了一笔钱，从阁楼搬到约克郡山谷边缘令人惊叹的谷仓改建楼。他们搬离的原因之一是，远离城市生活的压力，建立家庭。托尼曾经怀疑他们会面临更多压力：在偏僻的地方抚养孩子，干什么都要开车。但没有人问过他的意见。而且他们现在死了。拥有孩子的梦想随着他们的死也灭了。

卫星导航系统自以为是的声音告诉他接下来右拐弯。令他吃惊的是，他们快到了。他不记得大多数时候是怎么开的，也怀疑用导航能否提高他的驾驶技术。

他们转过下一个弯，世界发生了变化。没有那种灰色石墙掩藏在成片绿荫中的乡村景观，他们抵达的地方看起来完全就像城市。各种警车、运尸车和几辆没有标记的车停在路边。屋子的后部搭了一顶白色的帐篷，托尼记得大门在那里。真是奇怪，这顶帐篷似乎比周围的景观更黯淡。他艰难地刹车，避免碰到离他最近的汽车，在它背后猛地停住。

从布拉德菲尔德警局总部到谷仓花了不到一个小时，但卡罗尔看起来老了几岁。她的皮肤失去光泽，从前脸上略微显现的线条加深变硬。无力的呻吟从她的嘴边发出：“我多么希望布莱克弄错了。”

“你要我去找指挥官吗？”托尼说，渴望帮忙但不确定该怎么帮。他认识卡罗尔这么多年，现在卡罗尔最需要他，他却不知如何是好。

卡罗尔深吸一口气，慢慢地呼出来。“我要自己去看。”她说，打开车门，迎向冷风。

他们刚下车，一个穿着制服，拿着写字板的警官冲向他们。“这里是禁区，”他说，“你们不能停在这。”

托尼向前走。“这位是乔丹总督察。我是内政部派来的托尼·希尔博士。我们在哪儿能找到指挥官？”

年轻的警官看起来有点困惑。然后他想到解决困境的办法，脸色恢复正常。“证件呢？”他满怀希望地问。

卡罗尔靠在车上，闭上眼。托尼抓住警员的胳膊，把他带到一边。“死者是她的弟弟。她是布拉德菲尔德的总督察。她有权受到你能想到的任何尊重。你带我们去找指挥官不会有任何麻烦，但你如果不肯，我个人会尽我所能，让你的生活他妈的痛苦不堪。”托尼的微笑中没有一丝妥协。

眼看事情可能会发展成冲突，一个高大、苍白、眉骨突出、鹰钩鼻的男人从帐篷露出来，看见他们。他挥挥手，喊道："格里姆肖警员，把乔丹总督察带来这边。"

这个警员如释重负，带他们经过那些汽车，进入通向迈克尔和露西家大门的车道。高个男子大步走向他们。"你认识他吗？"托尼问。

"约翰·富兰克林总督察，"卡罗尔说，"我们共事过，可以说共同处理过谋杀案。有一具尸体出现在他的地盘。他不喜欢我。从西约克郡来的人都不喜欢我。或者也不喜欢你。至少在夏兹·鲍曼的事上我们使他们看起来像白痴以后是这样。"

富兰克林走到他们身边，风衣摆动着。"乔丹总督察。"他笨拙地说。他用约克郡口音说，每一个字都像猛烈攻击听者脑袋。他不管如何努力，未能表达出同情。"我很抱歉。"他上下打量托尼。"我们没有见过。"

"我是托尼·希尔博士。内政部来的。"

富兰克林浓密的眉毛扬起来。"那个侧写师。让你加入是谁的主意？"

"我在这里没有官方身份，"托尼说，"我是作为乔丹的朋友来这里的。我也认识受害者。所以，如果需要帮忙……"

富兰克林显示怀疑的表情。稀稀落落的雨水打在谷仓周围光秃秃的草地上，卡罗尔浑身颤抖。"我们马上会有一个移动事故调查室，但是现在……我们可以在我的车里谈话。"

"我想见见他们。"卡罗尔说。

富兰克林看起来挺焦虑。"我不认为这是个好主意。你不应该记住关心的人的那个样子。"

卡罗尔努力打起精神。"我不是个孩子，富兰克林长官。我见过让大多数警官多日没有胃口的犯罪现场。我有专业知识。我熟悉这地方。我比你的警官有更多的机会发现不正常的东西。"她冲托尼点点头。"而且他看犯罪现场就像你看报纸一样。"

富兰克林揉了揉下巴。"不过你是利害关系人。被告会利用这点。"

"你知道这里发生了什么事?"托尼突然说。

富兰克林头一昂。"一个入侵者走进这对情侣的房间，他们在床上，明显是在性交——"

"做爱，"卡罗尔插嘴说，"对于他们两个，那是做爱。你不知道他们多么关心对方。"她表情很激动。

富兰克林停了一会儿，控制自己。"如你所说。他从背后攻击他们，割断他们的喉咙。"他抬起眼睛看着山上。托尼认为他想看任何地方，除了卡罗尔。"现场有大量的血。他们流了很多血。"

卡罗尔转向托尼，抓住他的手臂。"是他，是吗?"

"我想是的，"托尼说，"布莱克宣布这个消息后我就这么想，我希望自己错了。"

"但你没错。你他妈的想到得太晚了，但是没想错。"

富兰克林发出被激怒的叹息。"你们介意告诉我你们俩在说什么吗?"

"杰克·万斯，"卡罗尔说，"你要找的是这个人。"富兰克林试图隐藏怀疑。"杰克·万斯?他昨天在中部地区逃狱。他怎么会在这里?杰克·万斯为什么谋杀你的弟弟和他的女友?"

“他认为是我们让他坐了十二年牢，”托尼说，“他不能忍受为自己的罪行付出的代价。我想他会报复逮捕他的警官和前妻。”他恳求地看了卡罗尔一眼。“但我没想到他会这样报复。”

富兰克林拿出一包烟，点了一支，争取时间。“但是你没有证据？”

“罪案现场调查员大概会发现一些东西，”卡罗尔说，“现在，你能让我看看现场吗？”

富兰克林耸耸肩。“我认为你们搞错了。这可能只是个可怕的巧合。”他把衣领竖起来，挡住更狂暴的风雨。“进帐篷吧，我们给你们穿戴好。”他催促他们在他之前进帐篷，一边喊道：“找套衣服给总督察和侧写师。”

他们手忙脚乱地穿上白色的纸套服时，托尼试图对卡罗尔说话。“你确定要这么做吗？”他说。

“我不想谈这个。”她转身背朝他，穿上鞋套。

“我真的不认为这是个好主意。你不会允许受害者的家人到犯罪现场看到他们所爱人的尸体。”

“我是个警察。我习惯了。”她啪地拉了一下脚上的皮筋，站起来，将胳膊伸进套袖。

“你不习惯看到那样的所爱之人。至少让我先去吧。”

“什么——是说这件事对你不够重要，所以你能够不在乎？”

“不，我当然不是这个意思。你会做噩梦的，卡罗尔。”

她停顿一下，凝视托尼，让托尼颇不自在。“我如果不看到它，你认为它会让我做什么样的噩梦呢？我知道这些场景是什么样子，必须看到它。否则我的想象力将填补空白。你觉得我那样会睡得更好?”

他对此没有答案。卡罗尔比他先准备好，立即径直穿过竖起的金属板，上面标示到犯罪现场的路线。托尼急于赶上她，却因为挣扎着穿好套服而摔倒。他走过前门时，卡罗尔已经不见了。

谷仓的主要区域看起来惊人的正常。露西的夹克挂在栏杆上，鞋子落在附近。桌子旁有一件堆起来的皱巴巴的T恤，一条短裙躺在楼梯的底部。除了金属的臭味和血肉臭，这里没有暴力的迹象。

托尼从楼梯往上看，透不过气来。溅洒在天花板上的一条条、一块块都是明亮的红色。好像有人泼了一桶红漆。“你割断了颈动脉。”他轻声说。他爬上楼梯，小心翼翼，只站在防护板上。

他在楼梯顶部见到的现场是诡异的。迈克尔仰面躺在床上，全身血色深红。露西在他旁边，脸朝下，头发凝结成暗红色的一团。她的下背部有一条干了的白色精液。血溅污了墙壁、地板和天花板。卡罗尔站在床脚，血色映着她的脖子、脸。托尼想哭，不是因为迈克尔和露西，而是因为卡罗尔。

“有张照片失踪,”她生硬地对在房间一角工作的现场调查员说,“墙上，在那儿。你可以看到血中有块轮廓。那是一张家庭照。我、迈克尔和露西。还有我的妈妈和爸爸。两年前在我表弟的婚礼上拍的。迈克尔说这是所有家庭照里最好的一张。他打印了几张给我和我们的父母，把自己的这张挂在这里，早晨的阳光能够照到它。”

她转过身，直视托尼。她戴着面罩，托尼只能看到她的眼睛，她灰蓝色的眼睛噙着泪水，闪烁着。“现在混蛋万斯有了我的全家照。他已经杀死了我的弟弟，又洋洋得意地拿走我们的照片。这样他能更容易去找我的父母。”她的声音升高，布莱克宣布这个消息以后，震惊终于被愤怒取代。

“这是你的错，”她冲托尼发怒，“你把我拖到第一线。这原本是你的战斗，你和你的宝贝侧写师们。但是你把我拖进去，把我推到前线抓住杰克·万斯。”

这个指责令托尼震惊。他们认识这么多年来，卡罗尔从来没有这样攻击过他。他们有时会争论，但气氛从来没有这样激烈过。他们总是能从悬崖边上回去。托尼一直相信这是因为他们都明白自己拥有伤害对方的力量。但现在所有屏障消失了，被万斯所做的事造成的后果拆除。“你想参与的。”他虚弱地说，但知道说出事实与事无补。

“但你从未试图阻止我，是吗？你从来没有想过对我可能会有什么样的后果。你从来没想过。每一次都是我为你冒风险。因为你需要我。”现在，她的语气中既有愤怒，也有嘲笑。“还有现在这件事。你昨天坐在那里，做你他妈的那个风险评估时，根本没有暗示万斯可能会追踪我爱的人。为什么，托尼？你认为我不想知道那样的事吗？还是因为这件事不会发生在你身上？”

他曾经感受过剧烈的身体疼痛。他被赤裸着捆起来过，丢在混凝土地板上等死。他面对过杀手的手枪。但这些伤害都抵不过卡罗尔的指控。“我没想到——”

“看看你。你现在看起来心烦意乱。这才是让你心烦的事吗？”卡罗尔走近他，重重地推他的胸膛，他踉跄向后。“你没有预测到这点让你心烦意乱？预测没用，是吗？你没有自己想的那么聪明是吗？伟大的托尼·希尔搞砸了一切，而现在我弟弟死了？”卡罗尔又推他，他扭身躲过，避免摔下楼梯。“事情已经发生了。你应该弄清楚万斯这样的混蛋会做什么。但你失败了。”她挥舞着手臂，指着床上的情景。“看，托尼。看着它，看到闭上你他妈的眼睛也能看到它。你干的，托尼。你跟杰克·万斯一样。”她的手握成拳头，托尼退缩了。

“可悲！”她冲托尼怒吼。她突地离开，几乎跑下楼梯。托尼朝下看，看见富兰克林对他摇了摇头。他意识到每个在谷仓的人都停下正在做的事情，盯着他和卡罗尔。

“我能问你要去哪吗？”富兰克林说，伸出一只手意欲拦卡罗尔。

“需要有人告诉我的父母，”她说，“而且需要有人跟他们在一起，确保万斯不能杀害他们。”

“你能把地址留给那边的莫兰警长吗？”他指着摆在帐篷一角的一张桌子，一个女人穿着一件棉服夹克，戴一顶棒球帽，坐在一台笔记本电脑前。“我们会请当地的小伙子坐在外面，直到你到达那里。”

“谢谢，”她说，“你也需要联络西麦西亚，寻找万斯。我会把那边同事的名字告诉莫兰警长。”

托尼强迫自己从全然的震惊状态脱离出来，喊住她：“卡罗尔——等等我。”

“你不要跟着我。”她说。她的声音就像门砰地关上。而托尼被她关在了门外。

32

办公室不是个好去处，发生在卡罗尔身上的事像阴影般笼罩着大家，克里斯开车驶下奔宁山脉的山脊，进入德比郡时这么想。她边开车边喝咖啡。咖啡已经冷透，谁也分不清这是放久的冰咖啡还是喝剩的热咖啡。她不在乎。只要能让她清醒就行。她昨天去过凯·哈勒姆的大宅后，开始觉得自己黏在车座上了。

在一个理想世界里，她可以拿着杰夫·惠特尔的一本描写万斯这个警察杀手的禁书，蹲在办公室的角落里读，然后和作者交头接耳。但这种事情几乎不可能发生，书“被禁和被毁”了。没有现成的《竞技谋杀》一书可看，即使有，她也没有时间做这样的功课。不是现在，因为新的杀戮已经开始。还没有人公开指控万斯杀了迈克尔·乔丹和他女朋友，但是重案组的每个人都确切地知道该向谁追究责任。

斯黛西花了大约六分钟查出杰夫·惠特尔目前的地址和电话，他这些天很少离开德比郡别墅，因为他在等着做髋关节置换手术。克里斯猜想，再给斯黛西一点时间，她能找到这本书的在线文本。但克里斯没有那么多时间。

过了这么多年，克里斯仍感觉追踪万斯是私人的事。夏兹·鲍曼的死大大改变她对自己的看法。它剥去她的轻率，把她变成一个更冷静、更严肃的人。她停止在所有错误的地方寻找爱，告诉自己有计划地生活，而不是任自己漂向下一件可能有趣的事情。与布拉德菲尔德的重案组共事，让她有机会变成自己想成为的那种警察。现在她不知道自己该如何达到这个目标。

黑峰沉闷的棕色和绿色过去，现在她看到白峰断断续续的浅灰色和银色。成群的小羊羔蹒跚而行，径直来到公路边缘，蜷成一团，躺在温纳兹道上，汽车靠近时小羊蹦跳着离开。太阳照在这里，这里就像上帝的杰作。

卡斯尔顿是游客和步行者喜欢来的村庄。克里斯和伴侣在冬天偶尔带着狗来到这里，享受这里安静时的样子。现在已是暮春时节，满街都是散步的游客，游客漫步在通往公路的狭窄人行道上。克里斯在村子中心右拐，把车开出村子，沿着山坡一直开到山坡下四栋别墅挤作一团的地方。据斯黛西的查找结果，惠特尔住在最远的那栋里面。

克里斯把车停在轮胎碾过的长满草的路边，往回走向房子。这是一栋用当地石灰石建造的单层别墅。她估计有三个房间，外加厨房和浴室，采光一般。你把这样一个地方当作度假小屋出租可以发笔小财。但克里斯认为长期住在这里并不舒服，尤其是你如果不能四处走动。显然，杰夫·惠特尔对于真实犯罪的探究并没有像自己希望的那样利润丰厚。

克里斯走近后，发现这栋别墅并不招人喜欢。窗框上的油漆剥落，杂草从小径的石板间发芽，窗户上的纱网窗帘下垂欲坠。克里斯提起一个沉重的黑色铁门环，让它哐当一下摔回原位。

“来了。”里面一个声音在喊。克里斯等了很长时间，然后听到窸窸窣窣、乒乒乓乓的声音，然后门开了个小缝，门板被重重的链子拉着。一个满头灰白头发的脑袋出现在缝隙处，透过脏兮兮的眼镜凝视着克里斯。“你是谁？”那人用意外强健的声音问。

克里斯翻开警官证：“侦缉警长克里斯·戴文。惠特尔先生，是吗？”

“你是警方派来保护我的吗？”他似乎愤怒不已。“你这么久才来？他从昨天就逃到街上来了，我看到新闻以后没有片刻安宁。为什么我从新闻里听到这个消息，你们这些家伙为什么不告诉我呢？”

“你认为万斯在追踪你吗？”克里斯尽量隐藏困惑。

“嗯，当然。我的书最早披露关于他的真相。他事后设法禁止书出版，还发誓亲自找我算账。”他差不多关上了门，把链子放开。“你最好进来。”

“我不是来保护你的，”克里斯边说边跟着他走进一间昏暗且杂乱的厨房，看起来有两个办公室那么大的厨房。

他不再颤巍巍地慢慢移动，转身面对克里斯。“你这是什么意思？你不是来保护我的，那到底来这儿干什么？”

“咨询，”克里斯说，“如你所说，你披露了关于他的真相。我来问问你的意见。”

他精明地看克里斯一眼。“我通常是收费的。但我可以把这个新闻拿到城里卖，赚更多的钱。‘警察寻求作者帮助，追踪越狱的杰克’。很有看点。我再回顾一下警方削减预算的新闻，甚至能把文章卖给《卫报》。坐下来。”他说，含糊地挥手指着堆在松木桌子下的几个椅子。他坐进桌子那边一个高高的木雕椅子里。“你想知道什么？”

“任何可能帮助我们找到万斯的信息，”克里斯说，把一堆报纸移到地板上，然后坐下来，“他可能会找谁寻求帮助。他可能去哪儿躲藏。诸如此类。”

惠特尔揉了揉下巴。克里斯能听见须茬蹭着手指的刺耳响声。“万斯是一个独行者。不是一个合群的人。他很依赖制片人，但几年前这个制片人离世了。他可能会求助的唯一另外一个人是一个叫特里·盖茨的家伙。他是一个市场小贩——”

“我们知道特里·盖茨。”克里斯说。

惠特尔拉下脸。克里斯看到干了的唾液积在下垂的嘴角。“那就难说还有谁，”他说，“也许除了……”他精明地看一眼克里斯，“你考虑过他的前妻吗？”

“我以为他们之间已经没有爱可言。”克里斯说，兴趣陡然增强。

惠特尔嘶哑地笑一声，喉咙里满是痰，然后眨眨眼。“她希望你们这样认为。”

广播里还没有对他先前壮举的任何报道，这让万斯惊诧。他还以为在这个每天每时都有新闻在传送的世界，有人会把这种双重谋杀案透露给媒体。他从用午餐的酒吧外的电话亭报警时，希望他们会非常认真地对待他。这个电话如果被当作骚扰电话，那就好笑了。

显然，他没有等着看结果。他有工作要做。他确信伪装的效果，但不打算愚蠢地冒险。

对可爱的露西完事之后，万斯把自己沾血的衣服裹起来，装到一个塑料袋里。他洗了很长时间的热水澡，摆脱受害者的所有痕迹。他最后把家庭照从墙上摘下来，意在激怒卡罗尔·乔丹。然后他穿好带来的衣服下楼：细条纹西装裤和正式衬衫。他换了一顶跟来时戴的截然不同的假发，这顶更短。新行头更符合帕特里克·戈登的身份。他沿着小路走回他的车旁，注意不显得匆忙或已经涌向全身的得意。就这么活着吧，卡罗尔·乔丹，度过你悲惨的余生。就像他不得不每天忍受乔丹害自己过的生活，被关在不属于他的监狱，被丑陋和愚蠢包围。让她发现痛苦是什么样子。只是她无法摆脱万斯为她设的牢狱。

他把沾血的衣服丢在靠近利兹-布拉德福德机场一个旅馆后面的工业垃圾车中，然后把奔驰停在那里的长期停车场。和许多事情一样，自从他进去后，这里的系统改变了。现在，你得一直带着一张票，然后在其他地方的机器上付费。他想知道有多少愚蠢的停车服务员被裁掉，人类因为不需要应付那些十足的混蛋总体幸福感增加了多少。

万斯穿上西装外套，拿起公文包，然后乘一辆公共汽车到终点站，但没有走向检票台，而是朝租车柜台走去。奔驰可能会被发现，或者被交通摄像头拍到，他可不想冒任何风险。他使用帕特里克·戈登的证件，租了一辆配有 GPS 的普通福特轿车，用一个属于大开曼岛的账户支付费用。自他入狱后，另一件变得更好的事情是交易便利了。他和柜台后面的女人调了一会儿情，但不是那么起劲，免得她记住他。

二十分钟后，他上路了，一辆新车代表新的复仇目标。如果一切顺利，他会在数小时内完成第二步复仇行动。他如果再顺利些，也能完成第三步。他心中唯一的问题是，过后应该订一家汽车旅馆，还是一路开车回到文顿伍兹。多奢侈啊，有这样的选择，他想。长久以来，他一直被困在除了最基本的选择之外别无他选的处境中，受制于别人的规则。他有那么多失去的时间需要弥补，这都拜卡罗尔·乔丹、托尼·希尔和他前妻那个贱人所赐。不过，他们都将注定承受一生的痛苦。无一幸免。

万斯想到这个笑了，驶入一个加油站。他现在做的事能让他获得真正的满足。他安全地定居在加勒比海的别墅或阿拉伯的豪宅中时，可以回顾这一切，靠这种纯粹的快乐度过余生。知道受害者彼时仍然感到疼痛会让他更加开心。

33

不可能跟上卡罗尔了。托尼无助地站在楼梯顶端，像是被她的狂怒剥了皮剜了肉。他们之间的维系仿佛被无情地切断。他失魂落魄，在所有人当中，偏偏是卡罗尔知道如何给他最大的伤害。卡罗尔说的全是对的。卡罗尔完全信任他，为他疯狂地冒险，为他命悬一线。而他托尼失败了。

他本应该考虑更多的可能性。但是他一直那么肯定自己记得关于万斯的所有要点。他没有跟那个监狱心理学家谈谈，因为他排斥那个女人的职业观，理由是那个女人任由自己被万斯的魅力吸引。但这并不意味着她没有什么有用的话说。他没有跟与万斯调换身份的那个假释犯谈话。他过于自信，没有考虑过根据万斯的逃狱诡计得到点什么信息。他把原本应该由他做的面谈让给安布罗斯去做了。相信自己从他们那儿会获得更多信息不是自大，只是冷酷的事实。他让自己因为宝拉希望卡罗尔带着荣耀离开而分心。因为那也是他的希望。他一直想为卡罗尔做到最好。他怀疑自己失败的次数比成功的次数多。

他站在楼梯旁，凝视着骇人的景象，试图理解自己看到的是什么。这只能是万斯做的。托尼相信偶然，但有时大脑告诉你发生了什么就确实是真相。但这件事不是偶然事件。

当然，还有另一种可能。总是有另一种可能。

“希尔博士？”富兰克林喊他，把他唤回此时此地。

他从现场离开，下了楼。“这跟性无关。”他对富兰克林说，富兰克林看起来迷惑不解。

“你是什么意思？不是明显跟性有关吗？根据初步报告，他在他们做爱时杀了他们，他割开露西的喉咙后，趁她未死操了她。”富兰克林好像不能决定该愤怒还是讽刺。“你能告诉我，这件事在什么意义上与性无关吗？”

托尼揉了揉鼻梁。“我这么说吧。迈克和露西在一起已经十年左右。你如果试图在他们做爱时杀死他们，会选择星期五的午餐后吗？”现在轮到托尼讽刺富兰克林了。“你会认为这是发现他们如胶似漆的最佳时间吗，总督察？在这个时候能等到机会吗？”

富兰克林皱起眉：“你如果这么解释……”

托尼耸耸肩。“我认为他只是很走运。他来这里杀他们，比他预期的容易得多。至于性——他被压抑了十几年。露西是个有魅力的女人。即使已经死了。他把露西的身体翻过来，这样就不用看她的脸。”托尼低头看着地板。“只看着自己对她做的事。”

“你怎么知道他把露西翻过身来了？她可能一直都是腹部朝下。”

“血迹。她如果一直是面部朝下的，血液不可能向外和向上喷那么远。”

“你怎么突然成了血迹喷溅专家和精神病专家？”富兰克林摇摇头。

“我不是。但是我看过一些犯罪现场。”托尼转身离开。“相不相信随你，这和性无关。”

“那它与什么有关？”

托尼努力眨眨眼，讶异于自己有流泪的冲动。“这是报复。欢迎来到杰克·万斯的精彩世界，总督察。”

富兰克林看起来不确定。“该死的，你似乎对自己很有把握，博士。”

“谁发现他们的？”

“匿名电话，从离这儿大约十五分钟车程的一个村庄的电话亭打来的。打电话的是名男性，口音没什么特别之处。当地派出一辆巡逻警车。门是开着的，小伙子们直接进来了。”他同情地撇撇嘴。“他们第一次碰到这种情况。我怀疑他们今晚会睡不着。这能给你什么提示吗？”

“电话是万斯打的。他以前在连环谋杀案以外干的一件谋杀案有相同的场景元素。他那时就这样干过。他在发送消息。这是针对特定人群的行为，和上次一样。而且他想确保消息被响亮而清晰地传递出去。他离开犯罪现场就暗中通知你，因为他希望你到达时这里还是初始的样子。他想让卡罗尔·乔丹看到他对她所爱之人做了什么，并因此而充满恐惧。”托尼就像咬着了舌头一样痛苦。自己居然一直那么迟钝，那么愚蠢。

富兰克林看起来并不信服。“你不觉得你可能夸大了事实，让自己有点太重要？也许这个案子和你与乔丹总督察毫无关系。也许这只是某个精神病患者。或者与露西·班纳曼有关。她是刑案律师，博士。这是一种得罪人的工作。”他加重语气，使自己的话更有分量。

“有必要这样做吗？”托尼猛地竖起拇指。

“你是心理学家。人们并不常做出……你们这些人是怎么说的？‘适当的反应？’有人本来可以逃脱罪责，却被她弄下狱。”他摊开双手。“他们从监狱里下了命令。或者外面的某个坏蛋认为干掉出庭律师是个讨好谁的办法。”他走向帐篷，去拿香烟。托尼跟着他到了户外，附近的小山笼罩在蒙蒙细雨中。“或者，她使某个混蛋逃脱惩罚——恋童癖、强奸犯什么的，然后有人对此很不高兴——这个查尔斯·布朗森[①]似的义务警员要给制度一个教训。”富兰克林用手挡住烟，点燃，深深地吸入一口，然后烟随着清晰的叹息呼出来。

“我这些年一直在做同一个工作，从来没有听说谁不喜欢审判结果而谋杀律师。那种情况只存在于电视剧中，”托尼说，“另一个

① 美国影星，代表作《猛龙怪客》。影片男主角因太太和女儿被暴徒强奸，而爱妻更由此致死，开始主动出击，在暗夜的纽约街头找寻那些可能的暴力犯，并对其加以制裁。

设想更站不住脚。精神病患者所为这种说法也站不住脚。精神病罪犯往往是性杀手。而我刚向你解释了为什么这和性无关。说它跟露西的工作有关，就如同说这是由迈克尔编码的电脑游戏中的暴力引发的一样”。

富兰克林刚要开口说点什么，被谷仓内的技术人员打来的电话打断。“老板？你需要看看这个。”

“搞什么名堂?”富兰克林恼怒地把香烟扔一边，跺着脚回到屋里。托尼跟在他后面，希望发现了有价值的信息。

技术人员指着屋顶托梁与墙相交的一个地方。一个活梯架在旁边。“几乎不可能看到。我从楼梯往下走时看到一点微弱的闪光。你在正常的照明中不会看到它，但我们使用了现场探照灯。”

“我仍然不明白你在说什么。”富兰克林说，板起脸，抬头凝视着屋顶。

“我上去看了看。是个微型摄像机。我们需要做一次完整的电子扫描。但目前几乎可以确定有人在监视他们。”

富兰克林回头鄙夷地望了托尼一眼。“你的理论到此为止。万斯直到昨天早上还在坐牢。他不可能这么快做这么多事。”

“你这样认为吗？跟西麦西亚的安布罗斯警长谈谈，了解一下万斯与外部世界的接触情况。”

“我如果这样做能让你更开心点，博士，我会去做的，”富兰克林说道，一副高高在上的样子，“但我用下个月的工资打赌，不是杰克·万斯。”

“我们会看到露西背上的精子的DNA属于谁。”托尼失望又厌倦，转过身，开始扒掉纸套服。他已经没有必要待下去。富兰克林可能觉得自己很聪明，但那只是他自己的想象 。他深信这个犯罪与露西·班纳曼的职业有关，这将是他调查的主要方向，直到法医找到一些无可辩驳的东西。但托尼基于经验和直觉的看法对他不起作用。

托尼往停车的地方走到一半，才意识到卡罗尔把车开走了。

34

在二十四小时多一点的时间里，米琪·摩根的生活已全然变样。前夫逃狱，然后半打警察一起出现在她的农舍大门口，看起来像从某部犯罪题材电视剧逃出来的。黑色警服、警帽和防刺背心，脸像花岗岩。米琪习惯了被欣赏，而这些男人的目光掠过她，对她家厨房和后院的布局更感兴趣，这令她不安。

负责人自称卡尔曼。米琪以为这是他的姓，但不好意思问他的名字。她的厨房大到可以让十几个马夫小伙子坐在桌旁吃早餐，但这个黑衣人似乎占据了所有可用空间。"我不明白，"米琪说，"他怎么能逃出来？"

"我不知道太多细节，"卡尔曼说，"只知道他扮成一个将获得一天假释的犯人。"

"他先前在奥克沃斯吗？上帝，离这儿没多远。"

“大约四十五英里。所以我们特别关切你的安全。”

贝齐从外面进来时，正好听到卡尔曼的回答。她脱掉骑士帽摇摇头，甩下头发。她刚骑过马，脸通红，跟四处晃悠的警察相比，气色异常之好。“大约四十五英里？”她说，走到米琪身边。

“奥克沃斯监狱。杰克刚刚逃离的地方。”米琪瞄了贝齐一眼，眼神忧虑。“这些警察是来保护我们的。”

“我们需要被保护吗？”贝齐说，“杰克为什么要伤害我们？”

“我奉命行事，索恩女士。”卡尔曼说。

米琪想：他清楚地知道情况。他受过指示。有人告诉他我们编造了关于我和杰克婚姻的谎话，我那样做，是为了荧幕生涯免遭反同性恋小报的炮轰。他是来保护还是来监视我们的呢？“我同意贝齐的话。”米琪说。

但接着卡尔曼宣布发生在约克郡的双重谋杀案，而他的老板认为这可能是万斯的杰作。在他身边的警察拿着一支枪，一支米琪只在电视上见过的那种又大又黑的枪。枪异常刺目。德国 H&K 手枪与英国“爱家”牌厨具颇不相称。“我不相信杰克会这么做，”米琪说，“肯定存在其他可能性吧？”

“可能性？”卡尔曼说，好像以前从来没听过这个词，“我们喜欢集中精力，寻找可能的答案。经验表明，那通常就是真相。我们会给你们全方位的防护。两条车道上将有人员值班，还会有其他武装警察巡逻。我知道你有小伙子在马场外巡视。我会跟他们讲，确保他们知道行动范围。我不想让你们担心，女士们。但我希望你们小心。”

他们大踏步走到院子里，米琪和贝齐隔着桌子对视。贝齐先开口：“他给你打电话了吗？”

“别傻了，”米琪说，“他不会这么疯狂。而且他如果打了，我会不告诉你吗？”

贝齐的笑有点勉强。“可笑的老一套，忠诚。”

米琪跳起来，绕过桌子。她搂紧贝齐说：“你是我唯一忠诚的对待的。我嫁给他，只是因为想和你在一起。”

贝齐抬起手，抚摸着米琪的头发。“我知道。但是我们俩都知道杰克有些怪异，而我们选择从另外一方面看待这件事。我担心他可能希望我们仍然如此。”

“你听到卡尔曼说的话了。他们认为万斯会来追杀我们，而不是来喝茶。”米琪在贝齐的前额上吻了吻。“但他们会保证我们的安全。”

米琪无法看到贝齐的表情，也幸好没看到。“卡尔曼警官和他的那帮手下？这是你说的。甜心，这可是你说的。”

一天的这个时候，郊区的街道是安静的，容易找到停车位，因为许多人在工作。万斯往目标前面开了几道门，然后关掉引擎。他没有在这所房子安装摄像头。他知道自己这次风险大些。但卡罗尔·乔丹是个值得尊敬的对手，万斯不会在她身上冒险。他的私家侦探已经获得宝贵信息，万斯不会遇到太多困难。

他拿出平板电脑检查对准谷仓的摄像头。如他所料，乔丹和希尔在那里。她离开床边、爬下梯子，把托尼丢下了。万斯喜欢看着他们现在的样子，但他只需要知道他们走得很远，他有时间完成任务。他拍拍手上的丁腈手套，笑了。

他需要的所有东西都装在特里为他弄到的另一个轻便尼龙手提袋里。他最后环顾四周，确保安全无虞。然后他轻轻提起袋子，走上通向托尼·希尔房子的小路。他走近路绕过房子的一侧，经过侧廊，通往卡罗尔·乔丹地下室公寓的楼梯掩藏在那里。

他到了房子的后面，小心翼翼地放下袋子，然后走向角落的一座小假山。有一块石头是假的，里面是空心的，放着后门的钥匙。私家侦探在笔记里写道："希尔是一个典型的心不在焉的教授。在我观察他的五天中，他有两天忘带钥匙。"快乐的日子，万斯进门时想。

他在一楼徘徊，允许自己花几分钟感受托尼·希尔。这个古怪的小混蛋以为他可以打败万斯。据私家侦探的调查，这是个没有朋友的人。卡罗尔·乔丹似乎是他唯一的朋友。所以万斯越伤害卡罗尔·乔丹，就越能伤害他们两个。

楼梯下面是通向地下室的门。门上有插销，但没插上。插锁也一样。门触手即开。关于他们是正式的房东和房客关系的说法到此为止。这两个人像麻雀一样随意进出彼此的空间。

万斯永远都不会想到：这两人非常尊重对方的隐私，不需要锁。

万斯轻轻跑下楼梯，进入卡罗尔的房间，差点被一只老黑猫绊倒。老猫起身迎接陌生人进入它的世界。"他妈的，"万斯叫了一声，摇晃着，拼命抓住袋子。他平复心情，肩膀颤抖一下。

他把手提袋放在地板上，开始考察公寓的情况。他发现自己要找的东西在走廊的小杂物间。地板上有两个碗，一个碗里装着干猫粮，另一个碗里是水。碗旁边是一个半满的塑料猫粮桶。万斯高兴地轻声笑起来。事情按计划进行能给人多么美妙的感觉啊。

他把手提袋拿过来，拉开拉链，把门关上，不让猫进来。他首先把猫粮全部倒进一个购物袋，又拿出一个强力螺旋金属弹簧，用塑料夹子夹住。他把这个放进桶的底部，把夹子连到桶边缘的一个感应装置上。接着他拿出一副耐酸护手，套在橡胶手套外。然后他极度小心地打开手提袋中的聚苯乙烯容器，从里面提出一个玻璃容器。他把容器放到弹簧上，透明的油性液体在容器内轻轻晃动。他去掉容器盖子，让硫酸暴露在空气中。最后，他把一个光电电池安装到放在桶内的感应装置上，合上猫粮罐的盖子。

卡罗尔·乔丹下次打开猫粮桶，被弹簧顶住、装了硫酸的容器会向上弹射到她的脸上。硫酸可能杀不死她。但会烧坏她的皮肤，破坏她的面容，让她毁容，留下疤痕。她几乎肯定会瞎掉，并承受可怕的痛苦。万斯光是想到这点都感到兴奋。她会痛苦。上帝，她会遭受怎样的痛苦啊。

但托尼·希尔将遭受更多痛苦，他再次没能立即阻止万斯。完美的双重打击，真的。

凯文感到厌烦。机场附近的汽车旅馆太多了。而斯黛西没办法做筛选。这些旅馆的价位和功能也各不相同。让人在一天繁忙的时刻配合彪悍的警察？这是一件极烦人的苦差事，他恼火自己又被分配做这种单调的粗活。他曾在工作中犯过错误，失去督察的职位，但那已是多年前的事。看来他永远不会被原谅。也许离开重案组才能回到晋升之路。

他粗略地把这些宾馆分成三种。最先排查经济型连锁酒店，但他们的大堂安保措施往往有问题。他们常常对试图省钱的学生和球迷视而不见，任凭八个人挤进一个房间，一整团的脱衣舞娘大踏步从大门口走到电梯可能都没有人注意。凶手和苏兹登记入住不会引起注意，把她弄出去可能才会遇到困难。

有一种可能性就是，有一部电梯径直通到地下室的停车场。凯文认为凶手不大可能乘这种电梯，因为这么做风险太大，不符合凶手在他行动中表现出来的谨慎。但他会记着这里，如果在别处没有取得任何进展，会返回这个地方。

然后是那些自称寄宿宾馆的地方。凯文几乎不需去排查这些地方。苏兹·布莱克活着的时候都不会跨过门槛，不消说死了。

最后是私人旅馆，大多数都在艰难维持，对房间里发生的事情睁一只眼闭一只眼。但是，凯文认为他们不会接受一个男人拖着滴水的尸体经过门厅，到外面停车场。

他正要放弃时，终于像挖到金子一样发现了它。“日落大道”沉落在地平线之下，很难想象曾有人目光充满希望地看看它。这是一栋两层建筑，陶土灰泥表面剥落，停车场是不规则的四边形，剥落的白色涂料标出边线。这是独栋公寓。你几乎可以开着车一直到一楼门口。你可以把一个死了的妓女藏在后备箱，没有任何人会看见你在干什么。

凯文把车停在底层左边第一个单元的办公室旁边。柜台后面的胖小孩看起来刚刚到刮胡子的年龄，也许还不能喝酒。他皮肤蜡黄，脸上满是青春痘留下的坑坑洼洼，眉毛杂乱。上了发胶的棕色头发不伦不类，堆在他的头上，让他看起来像个表演喜剧的难民。胖小孩不情愿地从漫画书上抬起头。“什么事？”他哼了一声。

凯文翻开证件。过了三十秒，这孩子才意识到他有东西要看。他把口香糖从一边脸颊挪到另一边，脸上露出疲倦而厌烦的表情。他又说：“什么事”。

凯文可没心思与他闲聊。“你三号那天当班吗？”

他把口香糖在嘴里挪来挪去，轻轻地嚼着。一只看上去像乳胶手套的手猛地拉开抽屉，拿出一张标着方框的纸。他用手指戳戳第一行的第三个方框。KH，BD，RT。“RT 是我。罗比·特里赫恩。”

“你记得那天晚上发生过什么特别的事吗？”

特里赫恩摇摇头。“没有特别的事。”

“我能看看登记簿吗？”

“搜查令呢？你难道不应该有搜查令吗？”

凯文敢打赌，罗比·特里赫恩实际上和看起来一样愚钝。“你如果只是拿给我看看，就不用搜查令。”

“哦。好吧。”他放下漫画书，把桌子上的电脑显示器转过来，让凯文也可以看到。罗比的手指惊人的灵巧，在键盘上飞舞，然后一个页面出现在屏幕上，页面顶端是日期。房间入住情况。六个房间被列出，附带名字、地址、汽车信息和付款方式。六个当中有三个是现金支付。

“你验证了客人入住时给你的信息吗？”

"怎么验证？"

"比方说，他们需要展示身份证吗？你有没有核对车辆登记信息？"

特里赫恩看着凯文，好像他是一个外星人。"我只需确定信用卡有效。谁他妈管他们假姓名和假地址？"

"是啊，但你为什么还保留准确的记录呢？"凯文的讽刺对男孩不起作用。

"没错。它没什么用，还给我添了很多麻烦。"

"你能打印一份给我吗？"凯文问，"他们填了登记卡吗？"

"是的，但是我们把细节誊到电脑上之后就把登记卡扔掉了。"他露出得意的傻笑。"报歉，不能给你DNA，警察先生。"

凯文觉得这地方越来越像自己要找的地方。任何来过这里一次的人都确切地知道这里的布局多么完美，管理多么松懈。"我知道叫你回想有点强人所难，罗比。但是你记不记得任何员工或客人抱怨哪个房间潮湿？包括浴室。异常潮湿。"

"这他妈的是个奇怪的问题，"罗比抱怨道，"浴室里都是水。浴缸、淋浴器、马桶和洗脸盆。都是湿的，你知道吗？"

凯文有孩子。他无条件地爱他们，无论他们做了什么，说了什么，变成什么样。但他不太相信有人爱罗比·特里赫恩。"我说的是'异常潮湿'。"他说，竭力保持耐心。

罗比用食指挖挖耳朵，然后检查食指。"我不知道是哪个晚上，好吗？我在下午茶时间来值班时，卡尔问我是否知道五号房间发生了什么奇怪的事。因为女服务员说所有的毛巾都湿透了。湿答答的。房间里的地毯湿透了，从浴室旁边开始的。你是想知道这种事吗？”

“正是。”凯文说，又看一眼屏幕。一个付现金、名叫拉里·盖特林的人那晚入住了五号房间。这个名字对他来说毫无价值。但这至少是个开始。“我需要跟这个女服务员谈谈。”

“她明早六点过来。”

“她今天一整天都不上班？”

特里赫恩吃吃地笑，轻柔的、令人不安的笑声。“我不知道她住在哪里。也不知道她姓什么。我们叫她‘水桶’。”

凯文没理解，厌恶地皱了皱眉。“你叫她‘水桶’？为什么？因为她是清洁工？你不屑使用她的名字？”

“布——克特[①]，不是水桶。这是她的名字。她是土耳其人。”特里赫恩好像很高兴能挫败凯文。“我没有她的手机号码。你要和她说话，只能在她工作时过来。六点到十二点，她的工作时间。你可以在这条走廊的地毯库房碰到她。她有时晚上八点到十点会在那儿清洗地毯。”

凯文对此并不满意，但无能为力。“好的，”他说，“我会回来的。她最好在这里，罗比。否则你和你的老板会有各种各样的麻烦。”

---

① 英文“buclcet”原意为水桶。

35

万斯在利兹和伍斯特之间六次进服务区。他在每个服务区都买个五升的塑料桶，并用之装满汽油。他在最后一个服务区进入大楼，买了一包香烟和一只打火机。在伍斯特的郊外，他摆脱傍晚严重的交通堵塞，入住一家不起眼的汽车旅馆。这是漫长的一天，他累了。疲惫的人容易出错，但万斯无法容忍自己在某些事情上出错。

接待员仅仅瞥了他一眼，完全专注于与同事聊天。“早餐时间是六点半到十点，”她机械地拖长音调说，递给万斯一张长方形塑料卡片。“控制灯的卡片，你要把它放在门边的卡槽内。”又一个新奇的玩意，万斯想。

他进到房间，拉上窗帘，踢下鞋子，脱得只剩CK内裤。他钻进被窝，打开电视，转到新闻频道。双重谋杀成为第二条新闻，排在关于阿拉伯世界的新闻之后。没有查到凶手身份，当然。一个带有浓重约克郡口音的警察谈到这件惨案和相关调查情况。换句话说，万斯想，他们完全没有抓到他什么把柄。一定会有法医取证，当然。他并没有掩盖踪迹。他不在乎他们知道他对此负责。重要的是在游戏中保持领先，这样他就可以完成计划要做的事，然后离开这个国家。

关于万斯逃狱的新闻出现在节目的结尾部分。新闻称他仍旧在逃。电视里那位警官看上去非常愤怒。他是个大家伙，头剃得光光，浓茶色的皮肤，肩膀在制服里绷得紧紧的。他看上去更适合处理争吵，解决不了任何需要策略和智慧的事。万斯觉得自己如果只需要对付这种人，那么不用担心会再次被捕。

他给手机设好闹钟，然后闭上眼午休，为下一个复仇行动做准备。他醒来时外面都黑了，夜晚显得肮脏灰暗，低云堆满天空，油腻的雨敲打着窗。万斯打开笔记本电脑，调出一组监控画面。爱德华七世时期巨大的别墅依然没有生命的迹象。如他所愿。住在那里的杂种此刻有太多的事忙。但是万斯必须小心为上。

他想知道谷仓现在情况如何。警方的调查应该正在进行。然而，他会稍后来了解这事。他想继续今天余下的任务。万斯穿上一条牛仔裤和一件连帽运动衫，随后去拿车。

卫星导航已经得到地址，靠近 A38 高速公路的一条安静街道，旁边就是盖鲁维尔特公园那块黑暗的空地。他把车直接驶入那栋房子的砾石车道，那栋他感兴趣的房子。他开心地想到此刻自己正出现在摄像头里。这是一栋中间开门、两侧开窗的房子，用色彩柔和的红砖建造，有宽大的凸窗和壮观的淡黄色门道。可以看见厚重的窗帘绑在窗户边缘，花园看上去受到悉心照料。这是许多人都会嫉妒的房子，万斯想，但他们不会嫉妒太久了。

他调转汽车，让车头朝向街道。接着他三次走到屋子后面，每次都拎两桶汽油。最后他带上一捆在服务区拿的免费报纸。后墙放着交叉的木头格子，铁线莲经由木头格子爬到楼上。这里可以作为引火点。

特里为万斯雇的这个不择手段的私家侦探提供了警报系统的详细情况。但令他失望的是，私家侦探没能发现让警报失灵的代码。不过这并没有什么大不了的。这只是让他的工作变得复杂了一点。万斯回到车里拿了一个背包出来。他透过窗户确定房间。他的首选是起居室，里面有着大量易燃家具和堆满唱片和CD的木头书架。火一旦烧起来，这些东西将成为充足的燃火材料。还有一个选择是摆满书架的书房，书架上塞满精装书和平装书。这些东西也是完美的燃料。

万斯拿出一个末端带有吸盘的活塞，把它牢牢固定在书房窗户的一个小窗格上。然后他拿出一把玻璃刀，小心地沿着框架切割玻璃，用假肢紧紧地握住活塞。他轻松地切开玻璃，接着通过缺口倒入两桶汽油。他在起居室的窗户上重复这一操作，随后把剩下的汽油倒在木头格子和铁线莲粗壮的根茎上。他把几叠报纸捆起来，整捆硬塞进窗子，然后点燃报纸。靠窗的汽油“呼”地喷成火焰，沿着地毯立刻蔓延开来。

万斯开心地笑起来。他在格子和植物的茎中塞进报纸，然后点着报纸，观察一会儿，直到火烧起来。最后，他点燃书房，享受火焰随汽油飞溅沿着地板迅速蔓延的景象。

他很想留下来，但这样太危险。他要回汽车旅馆，从监控录像里看火势。他这次不打算打电话报警。他不希望消防队太快到达，而火灾肯定会被人发现。还要过一会儿——后面着火的房子不容易被看到——这正合万斯心意。烧毁房子内部就够了。

他轻快地走回汽车，镇静地把车驶出托尼·希尔家的车道。

卡罗尔在半小时内经历两次险情后，终于对自己承认，她可能不应该开车。但是她别无选择。这是一个只能由她宣布的消息。她绝不能让父母从一个陌生人那得知这个消息。不管从何种意义来说，这都是她不得不承担的责任。她在下一个服务区停下，要了一杯热巧克力和一个蓝莓松饼，提高血糖来克服难以消除的震惊状态。

她不由自主地搅动饮料，想不起曾经有这么凄惨的感觉。她以前被强奸后，确信自己不能再当警务人员时，觉得自己不可能更惨了。但她现在的感觉更糟糕。过去，她决心从施加给她的伤害中恢复过来。这一次，她仍然会很坚定，但救不回兄弟和他的女朋友。

卡罗尔从不需要很多朋友。她总是很满足于一小群密友，少数几个她在要紧事上能信任的人。迈克尔总是其中之一。他们只相差几岁，他们的亲密关系不同于许多兄弟姐妹。他和露西在一起后，卡罗尔一直担心会失去跟弟弟分享自己事情的机会。她一直害怕她和露西会为了吸引他的注意力而成为竞争对手。起初，二人关系并不好处理。一个高级警官和一个辩护律师之间总会有些磕磕碰碰。但是她们见面次数越多，越觉得彼此志趣相投。她们的职业生涯都是靠对正义的渴望支撑；时光流逝，好像已经没什么能把她们俩分开。因此露西最后也成为她的亲友圈一员。而现在，她一天之内失去两个最爱的人，把第三个放逐了。

她拿起松饼，手指颤抖着撕开。她从未对托尼如此生气。托尼应该意识到万斯可能会采取不同于以前的犯罪手法复仇。万斯的想法太复杂了。没理由认为监狱已经改变这点。她不是心理学家，所以现在才明白这一点。但托尼应该从一开始明白。

卡罗尔喝完饮料，重新上路。车速真是慢。没人会选择在周五晚上驾车在 M1 高速公路上行驶，除非不得已。不常堵的地段也堵塞，接着堵塞突然消失，于是每个人猛踩油门，前往下一个拥堵路段。车灯照亮的脸都显得疲倦、愤怒或是厌烦。没有人看起来快乐。

她驶过去往诺丁汉的拐弯处时，想起可怜的老猫尼尔森。她今晚绝对不可能到家，而十七岁的尼尔森年纪太大，不可能待在家里一整夜，没有新鲜的食物和水。通常，她会让托尼去照顾它。但是现在她不想再和托尼说话。她想到办公桌抽屉里有一把备用钥匙。宝拉值得信赖，进入卡罗尔的公寓不会到处窥探。宝拉以前或许会。卡罗尔相当确定，宝拉在很长的一段时间里有点喜欢她。但是宝拉后来和埃莉诺在一起了。现在她相信宝拉只会去喂猫。

她疲惫不堪，在汽车电脑屏幕上向下翻到宝拉的电话，点击鼠标。宝拉在第二声铃响时便接通。“总督察，”她说，“我们都很难过。”她的真诚毋庸置疑。

“我知道，”卡罗尔说，“我需要你帮我做些事。”

“我们会去做任何事。任何可以让我们帮到你的事。”

“我今晚回不了家。我桌子的抽屉里有我家的钥匙，我想请你帮我喂喂尼尔森。”

短暂的停顿。“只是喂它？”

“喂点吃的和水就行。冰箱的塑料盒子里有些煮熟的鸡肉和米饭。地上的塑料桶里有些干猫粮。”

“卡罗尔……”宝拉柔声说道。卡罗尔吓了一跳。她不记得宝拉叫过自己的名字。

“什么事？”她的语气生硬。但是她不认为自己现在可以应付这种好意。

“有人说或许是万斯杀了迈克尔和露西。”

“是的。”

“我不想表现得偏执，但是……好吧，我会把尼尔森带到我们这里。你不用担心它。”

卡罗尔一时间说不出话。她的喉咙似乎堵住了，这是流泪的前兆。“谢谢你。”她说，声音不像她自己。

“没问题。你有猫笼吗？”

“在楼梯下的橱子里。你不介意吗？”

“我很高兴可以帮你做点事。你如果有别的任何需要，尽管说。我们都会帮你的，”宝拉说，“包括萨姆。”

卡罗尔差点笑出来。“我在去通知父母的路上。我不知道什么时候可以回来。我会尽快告诉你的，宝拉。谢谢你。”

不需再多说什么，宝拉很聪明，能明白。卡罗尔继续开车，反复想着她所知道的万斯和他的过去。但是想不出什么有用的信息。她上一次感到如此无能为力时，有几个月的时间在酒里寻找安慰。她现在很确定的一件事是，她一定不能再像那样了。

她离开高速公路时，交通已经不那么拥堵。她的父母几年前退休后去了牛津郡的一个乡村，希望对园艺和桥牌的热情能够得到满足。父亲喜欢观看村里的板球比赛，母亲乐颠颠地参加了妇女协会。卡罗尔对他们的行为很费解。他们突然之间变成了漫画里那种英格兰中部的中产阶级。卡罗尔和迈克尔和父母没有丝毫相似之处，卡罗尔上一次待在父母家时，刚开始根本找不到话说。

周五的晚上，村子里唯一的生命迹象就是光。茅草屋顶的酒吧在聚光灯下，草地周围大多数的房子窗帘和百叶窗后面透出不起眼的灯光。没什么街灯，也没有成群的青少年在街灯下鬼鬼祟祟地走着。在这里，最接近反社会行为的行为就是，空瓶子被垃圾运输车装走时会产生太多噪音。

卡罗尔转向通往父母家的那条窄巷。他们的房子是三栋里面的最后一栋。她把车停在房子外面时，车前灯照出一辆警车的反光标识，那辆警车隐藏在小巷深处的门道上。卡罗尔关掉引擎，下车，警车里的家庭联络官过来跟她碰头。

那个家庭联络官看上去和卡罗尔差不多年纪，但这也是她们唯一相似的地方。她是一个矮胖的女人，黑发里夹杂着几股灰白，捋到后面，扎成一个呆板的发髻，束在警帽下面。她的皮肤呈现出恶性粉刺的残余，而她尖挺鼻子两边的眼睛靠得很近。但是她笑的时候，脸因为善意而变得柔和，卡罗尔明白她为什么会选择这份没什么警员会喜爱的工作。“卡罗尔·乔丹总督察，是吗?”她说，“我是巡警爱丽丝·弗劳尔斯。我四点半就在这里待命了，没有人出现在房子周围。我可以看到居民四处走动，所以没必要担心在到达之前会发生什么事，”她的声音里有牛津郡微弱的粗喉音，这和她的笑一样让人安心，“我只想说，对于你弟弟的事，我很难过。”

卡罗尔轻拍一下自己的头，表示接受联络官的话。“我从来不擅长通知死亡事件。”她说。

“没有什么可羞愧的，”爱丽丝说，“我们把这件事情做完，好吗，长官?”

卡罗尔伸手到车里，抓起外套，匆忙穿上，竖起领子。她发出一声刺耳的叹气。“我们去吧。”她说，挺起胸。恳请上帝，让我撑住。

她们走上黄杨篱笆之间的石板路，父亲不断精心修剪这些篱笆，篱笆刚好达到膝盖的高度。小路上建起木头走廊，卡罗尔带路。卡罗尔按响门铃时，爱丽丝谨慎地站在卡罗尔身后几步之外。沉寂，接着是拖着脚走路的声音，然后她们头顶上的灯啪地亮了。

门打开，卡罗尔的妈妈出现，看上去是女儿的老年且不那么时尚的版本。她脸上微微的好奇变成诧异。“卡罗尔！真是个惊喜啊。你应该打个电话的。”她笑容绽放。接着，她看到卡罗尔脸上的表情，认出了站在女儿身后、穿着制服的警察时，脸僵住了。她的手捂住嘴。“卡罗尔?”她说，声音颤抖着，“卡罗尔，发生了什么事?”

36

凯文重重地坐上宝拉桌子的一角。宝拉正在看报告，没抬眼。“什么事?”她说。

“汽车旅馆的清洁工，那个报告说地毯湿漉漉的人。她晚上会在地毯仓库打扫卫生。我想跑一趟那里，听听她怎么说。你想和我一起去吗?”

“不，”她说，“我快要看完这些上门调查报告了，接着我要去总督察的公寓带回她的猫。它如果独自待在家里太久，会挨饿的。”

“噢，拜托，宝拉，”凯文哄骗道，“你知道你比我更擅长和女人打交道。”

“无论是什么女人。”克里斯在她的桌旁大声说道。

凯文假装生气。“我承认这点。她是土耳其人，宝拉。她可能是打黑工的。我会惊吓到她。你可以和她谈谈。”

宝拉咕哝道："我答应过要去接尼尔森。"

"埃莉诺在家吗？"克里斯问。

"她应该在。"

"那么我去接吧，"克里斯说，"我反正要去和那些站街女郎谈谈，看看她们之中是否有人见过接近那些死去女人的危险人物。我会带那只猫，然后把它交给埃莉诺。我也可以把它带回我们家，但我不认为狗狗们会欢迎它。"

"那么问题解决了。"凯文说，松口气。

"总督察公寓的钥匙在她的抽屉里。"宝拉说，认命了。她去拿夹克，然后跟着凯文。

地毯仓库就如同圣诞节一样冷清。百叶窗被放下来，遮住了前面的大橱窗，但是他们最后还是发现了一个藏在一边的小门。本来应该照亮房间的灯烧坏了，女工因祸得福。凯文捶打锁着的门，最后一个有着赤道非洲深黑色皮肤的瘦小女人终于来开门。"什么事？"她说。

"我们想和布克特谈谈。"宝拉说。

"这里没这个人。"黑人妇女说，摇着头以示强调。

"布克特在这里工作。她没惹任何麻烦。我们只是想和她谈谈。"

妇女半转过头。"不在这里。"

"我们是警察，"宝拉说，"我保证她没有麻烦。但是我需要和她聊聊。你必须让我们进去。"善意的小谎言，这是资深警察会说的谎言。

那个女人突然往后退，把门完全打开。“没有麻烦。”她说，消失在放有一排排地毯的巨大金属架子旁。他们可以听到远处吸尘器的发动机声。金属预制仓库的巨大回声击败这么多地毯的吸音性，使得他们难以弄清响声的来源。他们尽全力追踪声音，最终来到一片开阔场地，在那里，地毯样品放在木制的架子上。一个矮小丰腴、戴着头巾的女人正在挥舞着能量惊人的工业吸尘器。

宝拉走进那个女人的视线，向她挥手示意。那个女人吃惊得差点跳起来，然后摸索电源开关。发动机的声音消失，只留下微弱的回声。“你是布克特吗？”宝拉问。

那个女人瞪着黑色的眼睛向两边瞥，仿佛在寻找逃脱之处。凯文让她看见自己，露出一个他希望能让对方安心的笑容。“我们不是移民局的。”他说。

“我们不在意你在这儿是否合法，或者收到的工资是不是现金，”宝拉说，“我们是警察，但是你没有理由害怕我们。过来，我们坐下说话。”她指着前面放着几张会客椅的桌子。布克特肩膀低垂，跟着他们走向椅子。凯文不知道宝拉是如何做到的，但她每一次都能让不情愿的证人同意交谈。

“你是布克特吗？”宝拉柔声问道。

“是叫这个名字。”女人说。

“你也在日落大道汽车旅馆工作吗？”

眼神再次游移不定。橄榄色的皮肤显得更加苍白，她咬着下唇。“我不想惹麻烦。”

“我们不打算给你添麻烦。我们想问你不久前发生在汽车旅馆的一些事。可以吗？”

“我什么都不知道。”布克特立即说道。

宝拉兀自继续说：“你在打扫房间时，发现有个房间很潮湿。”

布克特的脸色开朗起来，如同经历可怕的救治之后被告知危险解除。“那个房间潮湿，没错。你只想知道这件事？”

“对的。你能说说这件事吗？”

“很多水。毛巾浸了水，重重的，到处湿淋淋。浴室的地面潮湿，大水坑。浴室旁边的地毯太湿了，水都——”她发出咽口水的声音，“水都漫过了脚。我告诉经理，我不想惹麻烦。”

“好像浴缸里的水溢了出来？”

布克特皱眉。“溢？”

“有很多水从浴缸里流出来？”

她用力点了点头。“从浴缸，是的。水干净，不脏，不是从马桶流出来的。气味还好。”

“你还记得是哪个房间吗？”

“五号。我确定。”

“你见过那天住五号房里的客人吗？你有没有可能在早上看到他们离开？”

布克特摇摇头。“我没看到有人从五号房出来。我看到了一个客人。但客人不是从五号房出来的。我把它留到最后打扫，方便客人睡懒觉，但我进去时，里面没人。”

宝拉看着凯文。“你还要问布克特什么问题吗？”

“还有她的姓和住址，”他说，对着布克特微笑，温柔而快速地说，“法医小组进驻五号房调查后，我们需要得到指纹和DNA以便将她排除在外。希望她走运。”

阿尔文·安布罗斯不喜欢周五晚上熬夜加班。孩子们晚上可以晚点睡。他喜欢带他们去游泳。这会让他觉得自己像个正常的爸爸，和孩子一起做事的那种男人。与孩子在一起的周末不应该被蠢人、毒虫和酒鬼破坏。

他更不喜欢独自待在办公室。帕特森现在对整个团队不管不问。他下午三点左右离开，交待安布罗斯继续干。因为没什么可以干的，安布罗斯已经让大部分警员回家，但随时待命。没人知道万斯会在何时何地被发现。他们必须准备随时行动。他派了几个警官去和越狱事件发生时不当班的狱警交谈，但除此之外，他真的想不到还有其他什么有意义的事可做。

有趣的是，根据安布罗斯的经验，发生在周五的事从来都不值得他们工作到很晚。这些年来，他已经取得不错的工作成绩，审问和抓捕的能力都很强。但他从没有在周五做过这些事。这也是安布罗斯痛恨在周五加班的原因。他也讨厌被一群该死的连标准英语都不会讲的疯狂纽卡斯尔人呼来唤去。

他被困在办公室，细细阅览诺森布里亚警方对特里·盖茨家和装着货摊工具的车库进行搜索的结果。安布罗斯本来想自己去那里进行调查，但上司说没这个必要，纽卡斯尔的警察知道怎么调查。换句话就是：“我没有让你闲逛的预算。”

所以他只能在这里等着来自东北警局的下一堆毫无意义的资

料。到目前为止，特里·盖茨并没有像托尼想得那么粗心。诺森布里亚扫描或寄给安布罗斯的所有文件都与盖茨自己的财务有关，不是私人的就是工作上的。然而，他有两台电脑。一台在车库，好像只是为了谈生意用，另一台更先进的在家里，显示出硬盘被清理过的痕迹。两台都在安全快递过来的路上，明天早上会到达安布罗斯这里。他联系本地计算机取证专家加里·哈尔卡普，让加里准备好检查电脑，但加里到现在还没有回复他。那个胖家伙可能太忙于玩网络游戏，不耐烦查看信息。毕竟，对于极客来说，这也是周五晚上。

安布罗斯正在考虑是否要收工时，电话铃响起。“我是安布罗斯警长。”他叹息道。

“啊，我是纽卡斯尔的鲁宾逊·大卫，”和安布罗斯一样深沉而又响亮的声音。

“你好，鲁宾逊。”“鲁宾逊”是个多么奇怪的名字啊，安布罗斯想，只有美国人才会沉溺于这种奇怪的习惯，把姓当名字用，但这似乎也是东北地区的一个特色。今天到目前为止，他已经和马修森与格雷聊过了，现在又来一个鲁宾逊。疯狂。“有什么信息吗？”

“我想我们可能有，阿尔文。有一个伙计发现一张SIM卡被胶带封在车库的桌子抽屉下面。我们查看卡里的通话记录。很奇怪，没有通话记录。它好像从没被用来打电话。但是我们有个姑娘熟悉这种事情，她发现特里使用了卡的日历功能。卡里排满了约会——时间，地点都在，约会地点大多在伦敦。卡里还有电话号码和电子邮件地址。”

这是第一条突破性证据，安布罗斯陡然来了精神，预感案子将有进展。“你可以把这部分信息给我吗？打印出来，或是用别的办法。”

“小姑娘说她可以上传到云端，你可以从那里下载，”大卫疑惑地说，“我不知道她是什么意思，但她说很简单。”

“太棒了。让她弄妥当后把下载说明用邮件发给我。谢谢，鲁宾逊，干得好。”

安布罗斯放下电话，笑得像个傻子。周五定律似乎终于被打破了。他认为应该庆祝一下。或许他有时间飞快跑到酒吧，赶紧喝上一杯，再等信息从纽卡斯尔传过来。不过他今晚应该不能根据这条线索做很多事。

他站起来时，一个穿警服的巡警冲进房间。他的脸通红，表情急切。一瞬间，安布罗斯猜想万斯可能在偶然的契机下被捕了。太多偶然被捕的连环杀手了——约克郡开膛手因为使用假车牌；丹尼斯·尼尔森因为他冲进马桶的人肉堵住了排水管；弗雷德·韦斯特因为他的一个孩子说了一个关于姐姐希瑟“在天井下面”的笑话。

“你和那个侧写师是好朋友，是不是？刚搬到盖鲁维尔特公园边大房子里的那个人？”他的声音很激动。

托尼给自己惹什么事情了，阿尔文纳闷，他已经帮托尼化解过一次尴尬。现在好像又出事了。“托尼·希尔？嗯，我认识他，怎么了？”

“是他的房子。着火了。巡逻的伙计说，现场完全就是地狱。”年轻警察突然意识到自己不该兴高采烈。“我想应该通知您，长官。”

他很紧张。

安布罗斯认识托尼·希尔的时间不长。他不算很了解这个人。但是他知道，从某个角度，这所房子对于这个奇怪的小个子心理学家来说意义重大，不仅仅是砖头和水泥。他把托尼当作朋友，不可能忽视这个消息。“该死的周五晚上。”他生气地嘀咕道。他拿上外套，突然停下来，脑袋里冒出一个可怕的念头。

他转过身，怒视年轻的巡警。“房子是空的吗？”

巡警惊慌失措。“我——我不知道。他们没说。”

安布罗斯的脸拧了起来。你认为事情不可能更糟糕时，事情往往会变得更糟。

37

克里斯早就知道卡罗尔住在托尼家的地下室公寓里，但不知怎么的希望事情不仅如此。她知道太多高级官员为了买套奢华房子，尽力争取最高额的贷款。卡罗尔·乔丹住在带有小厨房和浴室的三居室里，好像是临时状态，她似乎不确定自己是否喜欢布拉德菲尔德，并留下来。她们曾在伦敦做过邻居，不过当时都不知道。卡罗尔这种身份的人应该拥有高雅、宽敞、醒目的公寓。而不是这样的地下避难所，尽管那里也很吸引人。

克里斯责怪自己会像电视真人秀的主持人，找到楼梯下的猫笼，然后把尼尔森抱起来。她把它装进猫笼，带着它出来，把它放到旅行车的后面。然后再拿上它和食物就完成任务了。

她找到宝拉说的鸡肉和米饭，然后走到杂物间拿干粮。“最好保证够吃。”她低声说道，伸手去开盖子。

啪嗒一声金属响，接着一股气体和液体喷向她的整张脸。顷刻间，克里斯只知道脸湿了。灼热的痛苦袭来之前，她纳闷猫粮桶里为什么会有水。接着她感觉整张脸烧了起来。眼睛尤其被灼疼得厉害。她尝试尖叫，但嘴唇因为同样剧烈的疼痛而发不出声音。痛苦令她发狂，但理智告诉她不要用手去擦。

克里斯跪下来，挣扎着不让痛苦控制她的全身。她退后，希望能通过门口，远离扩散开来的酸性液体。现在，她的膝盖和小腿骨因为腐蚀性液体的灼伤而剧痛。

她呻吟着，尽力拿手机。感谢上帝，这是黑莓手机，你可以感觉到按键。她按下她认为是三个九的按键，克服可怕的极端痛苦，拼命向接线员吼出地址。

她再也无法支撑。昏迷如同神赐，她侧身倒在地上。

托尼提出要用一辆车时，富兰克林表现得好像他讲的是一种飞机、火车和汽车的合成品。富兰克林拒绝用警车送他去最近的火车站。“我的警员正在调查双重谋杀案，不提供出租车服务。”富兰克林哼了一声，抬脚离开。

托尼不知道谷仓的地址，更不用说为别人指方向，所以他就算有叫车电话，也没法叫车，他只能步行。他现在不宜走长路。前阵子，精神病院的一个病人发狂挥着消防斧横冲直撞。托尼为了保护其他人挺身而出，最终以破碎的膝盖换来大家的安全。外科医生已经尽力了，但他最后还是只能跛行，不过拒绝再接受手术，因为他觉得不做手术也能应付。现在他的膝盖每天早上都是僵硬的，而且一下雨就痛。卡罗尔今天并没有想到这点。

他一瘸一拐地在雨中走了大概一英里，来到一条狭窄的路上，左转，猜想这是去利兹的方向，他可以从利兹坐车到布拉德菲尔德。他竖起大拇指，然后继续走着。十分钟后，一辆路虎停下来。托尼爬进去，把一只不情愿的边境牧羊犬挪开。开车的男人戴着一顶扁帽，穿着褐色罩衫，典型的山区牧羊人。他开动车子前快速瞥了托尼一眼，说道："我可以把你带到下个村子。你可以在那儿坐公车。"

"谢谢，"托尼说，"悲惨的一天，不是吗？"

"这要看你处在什么位置了。"

对话到此为止。牧羊人把托尼放在一个小小的石制公车亭，根据时刻表来看，二十分钟后会有一辆去利兹的车。从利兹坐四十分钟的火车可达布拉德菲尔德。从火车站坐十分钟的出租车就可以到他停车的地方。

托尼在这么久的时间里什么也没考虑，光想着今天发生的事，现在忍不住想上床用被子蒙住头，一动不动。他不知道怎么消除烦恼。他要去伍斯特，因为两个理由。伍斯特是搜寻万斯的核心之处。他可以跟安布罗斯合作，分析已知信息，做些力所能及的事，帮助抓捕万斯。这一次要一劳永逸地解决问题。

伍斯特也是他找到了安宁的地方。他无法解释，但是埃德蒙·亚瑟·布莱斯留给他的房子解决了长期困扰他的不安。他之前从未感觉哪个是家。这很难理解。没错，布莱斯是他的亲生父亲，但是他们从未见过面，从未说过话，从未有过直接的交流。布莱斯只是去世后留给托尼一封信和一笔遗产。

托尼起初想忽略所有与那个男人有关的事。他在托尼出生前抛弃托尼和瓦娜莎。不过托尼明白，离开瓦娜莎是个很有吸引力的想法。他明白布莱斯决定离开时遭遇的情境。

然后他亲自去看了那个房子。从表面上看，那不是他会选择居住的房子。建筑风格不吸引他。家具很舒适，与房子相配，但太过时。花园是精心设计的，精致，因此完全超出他的能力。他每周要两次雇人修剪杂草。

然而，他觉得这个房子就像一块安全毯一样包裹着他。他似乎理解这所房子。它既没有意义，又非常有意义。因此今晚，他生命核心的关系破碎时，他想去那儿让他觉得自己是完整个体的地方。

他坐到方向盘后面。他无法摆脱一直盘旋在脑子里的想法。卡罗尔是对的。他是应该想到这些事的那个人。这不是因为他缺乏数据。他有万斯以前极端恶劣的案例作为参考。万斯实施连环谋杀的根源并不是欲望，而是因为他要对失去对其他人的控制、失去未来而复仇。这种复仇实际上是间接的。他终于被捕，犯罪本性暴露，但卡罗尔现在承担起万斯的罪，因为她确信，她如果没有挫败万斯，万斯不会再杀戮。她当然错了。万斯是精神病患者，这个世界没有顺从他的意志，他要用极端暴力来反击这个世界。

托尼了解这一切，本该想到万斯会如何策划复仇。在万斯看来，托尼、一小撮警察和前妻米琪破坏了他的生活。他不得不忍受这一点。在监狱的每一天，他都会想到失去的生活。因此，让仇人也不得不忍受损失，才是恰如其分的复仇。以眼还眼，以牙还牙。

卡罗尔从此将每天承担负罪感，万斯的方程很清楚：迈克尔和露西因为卡罗尔对他所做的事而死。他被捕是他远离所爱的生活，开始牢狱生活的第一步。现在，他复仇旅程的第一步是杀掉卡罗尔所爱的人。

万斯想出计划多久了？他做这件事需要准备数月，乃至数年。首先，他必须在监狱建立良好的行为记录。这对一个备受瞩目的犯人来说可不容易。囚犯要赢得地位，得跟一些大牌犯人作对。他罪行的性质也会大受其他犯人关注。绑架、强奸和谋杀少女的人几乎就是强奸犯。万斯要克服这些障碍，必须充分利用个人魅力，还要在监狱内外花很多钱。

当然，钱对他而言不是问题。万斯通过合法途径积累了大量财富，当局无力阻止他的精英金融团队变换花样转移他的财产。针对万斯的民事判决生效时，万斯的大部分财产已被稳妥地转到海外安全之处。他留在英国的财产只剩诺森伯兰郡那座改造过的小教堂，他从前把受害者囚禁在那里，直到她们死去。最后，教堂被卖给一个爱好恐怖事件的加拿大人，那人不在乎小教堂骇人的历史。所得收入都给了死者的亲属，但相比于万斯积攒的财富，这只是九牛一毛。

他需要钱行贿或给人好处时，有些渠道可以把钱送到他需要用钱的地方。所以万斯可以安全地待在监狱，为自己买来充当完美犯人角色的时间和空间。然后他来到一个容易被操纵的心理学家的面前，接着又进入治疗区牢房。

托尼希望有人能告诉他万斯在监狱里的经历。他上天入地都要把万斯抓回普通监狱中。托尼相信每个人都应得到赎罪的机会。但获得赎罪机会的条件并不是永恒不变的。每个人获得赎罪机会的条件也不一样，不应该给予万斯这样的危险人物第二次机会。

监狱里的所有计划都在进行时，万斯也在安排外面的事。也许要想逮到他，就必须弄明白他在越狱之前在外面安排了些什么事。他和安布罗斯已经知道，特里·盖茨明显就是落实这些安排的人。

万斯逃狱之后立即就需要安顿之处。特里不能把万斯安置在家里或是任何跟自己生意有关的地方，那样太危险。必须有别的地方。独栋房子，不是公寓，因为万斯需要在进出家门时尽可能不被注意到。不是城市街边的房子，因为城里人太多，或许会有看过他早期电视节目会认出他。也不可能是乡村，村里每个人都会知道他的每次到来和离开。或许是郊区庄园，郊外住宅区？那里没人认识邻居或关心紧闭的门后面发生的事情。特里是代理人，帮忙选房和购买。所以他们需要调查特里最近的购房行为。

下个问题是，万斯会选择这个国家的哪部分？他的主要目标是托尼、卡罗尔和他的前妻米琪。布拉德菲尔德，还是赫里福德郡？其他参与抓捕他的警察是他的次要目标——伦敦、格拉斯哥、温彻斯特。托尼认为万斯会避开伦敦，因为警察可能会认定他会去他熟知的地方。托尼斟酌几番，认为万斯会躲在北部。布拉德菲尔德附近的某个地方，不是城里。某个靠近机场的地方，方便他迅速离开这个国家。

托尼毫不怀疑万斯计划要离开这个国家。万斯不会在这拥挤的小岛建立新生活，这里的大多数人已经对他有了不好的记忆。因此他至少需要一个新身份。托尼在心里提醒自己：记得交代安布罗斯警告所有机场特别关注任何有假臂的人。最先进的假肢中装有电子设备，万斯会引得电子检测器狂叫。万斯在九·一一之前进的监狱；不知道当下机场安检的情况，这或许是他的致命弱点。

但是万斯如果考虑到这一点，会坐渡轮离开。从北部坐渡轮离开英国的路线并不受关注。他可以从赫尔坐船到荷兰或是比利时，也可以从霍利黑德或菲什加德坐船到爱尔兰、法国或西班牙。他一旦到了欧洲大陆，就会消失不见。

他的假臂或许可以拆卸，且不含金属成分。也许那条假臂只是看上去很好，其实并不能通过安检。托尼叹息。对付一个精明的对手时，有太多的可能性。

或许他应该把常规工作留给安布罗斯和他的同事们，专注于自己本应最擅长的事。找到一条路，走通扭曲心灵的迷宫是他的专长。他觉得自己好像丢失了技能，但必须试一试。

“你的下个目标是谁，杰克?”他大声问，驶入高速公路中间的车道，脱离刚才所在的卡车车道。他才注意到自己已经开车行驶了二十英里。

“你一直在做调查。你给了一些人一个名单。你打发他们窥探我们的生活，寻找我们所爱之人，你知道毁掉谁会带来最大的影响。你让他们安置好摄像头，你可以监视目标，选择最佳时机。你就是这样杀掉迈克尔和露西的。你不是偶然发现他们正在做爱。你早就在看着他们，等待机会。那是最佳时机。你可以在他们未察觉的情况下进入房间，可以悄悄来到他们身边，不等他们意识到发生了什么事就割断他们的喉咙。和已经死去的露西做爱对你而言只是锦上添花。这不是计划的一部分，你只是控制不住自己，是吗，杰克？”

他后面的车闪着车头灯，他这才意识到自己的速度已经降到五十。托尼啧了一声，踩下油门，直到车速回到七十五。“你的密探告诉你卡罗尔爱着迈克尔和露西。她会花些时间和他们一起在约克郡山谷散步。你如果想要让卡罗尔痛苦，杀掉这两人是最好的办法。所以一直有人刺探迈克尔和露西的生活，还有人在谷仓房里安置摄像头。”又一个需要安布罗斯调查的地方。或许他运气够好，能说服富兰克林进行涉及万斯的调查。“混蛋。”托尼喃喃自语道。

“所以接下来轮到我，”他说，“我爱的是谁？我曾经爱过谁？”托尼的脸因痛苦而扭曲。“只有你，不是吗，卡罗尔？”他叹息道，“我在人际关系上并不成功。我爱你，在做任何跟你有关的事时都会拼命。但他不打算杀了你。他要你受苦。或许他认为迈克尔和露西的事对你是双重打击。你每天都要忍受痛苦，我也要因为你的痛苦而痛苦。万斯的幸运就是我们的不幸。你也许会赶我走。也许那就是他的终极目的。那样我的生命就只剩下躯壳。”泪水意外从他的眼里涌出，他用手背擦掉泪水。“你的人如果做好功课，杰克，你会知道如何伤害我。通过卡罗尔，就是这样。”

还剩下米琪。米琪和忠实的贝齐隐居于赫里福德郡，低调，饲养赛马。托尼敢打赌，是贝齐在饲养赛马。贝齐是纯正的英格兰乡村人，那些女人依旧穿着粗花呢布衣服和羊绒衫，身后跟着拉布拉多犬。她们不知道，真的不知道世界将会怎样。托尼想起贝齐就笑，夹杂着银发的棕色头发用一条彩色束发带在后面扎起来，脸颊就像考克斯苹果，管理电视节目的方式与她妈妈管理当地村庄的方式如出一辙。他怀疑贝齐也管理米琪·摩根。米琪的世界崩溃后，电视台不肯继续聘用这个其丈夫因谋杀少女而入狱的杂志类节目主持人，无数粉丝在震惊中退缩，是贝齐无视这一切，带领她们俩走向下一个成功。

这下一件成功的事是养赛马种马。托尼此前对此一无所知，直到那天早上在电视里看到介绍。这件事非常有意义。赛马圈子有自己的一套规则，依然是贝齐这类上流女人的避难所。米琪与此正相合。漂亮得足以改善风景，但不会成为男人的包袱。优雅、迷人，是个好伙伴。让我们面对这样一个事实，托尼想，赛马圈里有许多人都有不堪回首的过去，但似乎都没有引起注意。贝齐又一次做对了。

但所有这些都使贝齐令万斯更加愤怒。而且正是她多年前促使万斯展开残忍的谋杀行动。她不是故意的，但是，形婚显然既保护了她真正的爱人，也保护了万斯。米琪和贝齐都快活地以为这样的谎言对她们有利时，这样的谎言也为一个连环杀手提供了可恶的不在场证明。后来，万斯被关进监狱，而她们依然在一起。托尼无法想象万斯乐意看到这样的事情。

他吓了一跳，通向伍斯特的出口几乎就在前面。他驶离高速公路，记住要提醒安布罗斯保护贝齐的重要性。她的死足以令万斯满足，因为这会毁掉米琪。又一个双重打击，和前一次一样。

托尼打个哈欠。这是漫长而又紧张的一天。他现在只想倒在床上，但是他知道自己必须先和安布罗斯谈谈。没关系。他至少可以坐在舒适的扶手椅上打电话，手中拿着一杯亚瑟·布莱斯收藏的上好阿马尼亚克酒。他转进自家所在的街道，惊讶地看到三辆消防车正堵在前面的路上。警车挤在消防车周围，车不可能再向前开。人行道上站满旁观者，伸长脖子，希望更清楚地看见别人的灾难。

托尼带着可怕的预感，下了车。烟雾的气味向他袭来，刺激又浓烈。他走到路中央，突然跑起来。他绕过弯道，看到火光冲天，喷射的水流正对抗火焰。烟雾让他的眼睛充满泪水，但是他依然无法看清火来自哪里。他突然又跑起来，无声地呼喊，泪水从他的脸颊淌下来。

一个粗壮的身体出现在他面前，紧紧地抓住他。“托尼，”安布罗斯说，“我很抱歉。”

托尼露出牙齿，发出原始的咆哮。“我他妈的从没想到，”他哽咽着挤出这句话，“我他妈的从没想到。”他用头撞着安布罗斯的肩膀。“没用的混蛋，”他喊道，“对卡罗尔没用，对自己没用，对任何人都他妈的没用。”

38

宝拉紧握医院装咖啡的杯子，因震惊不住地发抖。凯文坐在亲属等候室角落的地上，双臂抱着膝盖，目不转睛地盯着地毯的粗糙纤维。“我不停地在想，这事本应该发生在我的身上。”宝拉牙齿打颤，说道。

“不，这本应该发生在卡罗尔身上，”凯文说，嗓音又低又粗，“她才是他的目标。陷阱是针对她的猫和公寓做的。杰克·万斯再次展开袭击。上帝啊。”

“我知道他的目标是卡罗尔。但是为她挡子弹的人本应该是我，不是克里斯。”

“你认为那样的话她会开心一点吗？”凯文说，“她关心你们两个。她关心我们所有人。就像我们关心她。唯一该对这件事负责的人是万斯。”

“我们不要告诉卡罗尔，好吗？”

“我们不能对她隐瞒这种事。她一定会发现。媒体会争相报道这件事。”

“布莱克说他们此刻正把这件事当作一场意外发布给公众。不会提到万斯。卡罗尔已经焦头烂额，要处理发生在迈克尔和露西身上的事。她可以稍晚些再知道这件事。”

凯文看上去有点疑虑。“我不知道……”

“听着，我们可以先告诉托尼。听听他怎么说。他比别人更了解卡罗尔。托尼会知道我们是否应该告诉她。好吗？”

“好。”凯文同意。

他们再次安静，迷失在各自痛苦的思绪中。过了一会儿，凯文说：“希妮德在哪里？”

“布鲁塞尔。她会搭乘最早的航班回来。不过可能早上才到。你应该回家，凯文。我们其中一个需要去睡一下。”

凯文还没来得及说话，门开了，一个穿着消毒服的高个男子走进来。他的皮肤是信封般的淡黄褐色，眼睛仿佛不仅在看这两个警察。“你们是克里斯·戴文的家属吗？”他的声音听上去有些怀疑。

“差不多，”凯文说，爬起来迎接医生，“我们是警察。我们在同一个部门工作。我们就像家人一样。”

“我不能跟直系亲属或者近亲之外的任何人谈论她的病情。”

“她的伴侣正从布鲁塞尔飞回来。我们可以暂时代表他，”宝拉阴郁地说道，“拜托，告诉我们克里斯现在怎么样。”

“她的情况很严重，”医生说，“硫酸泼到了她的脸上。腐蚀严重，身体其他部分的皮肤还有大面积灼伤。但酸液烧伤会比火焰灼伤造成更严重的脱水。你们朋友的脸被严重烧毁。她会留下大面积的永久疤痕。她的双眼已经失明。”

宝拉哭出声来，用手捂着嘴巴。凯文走过去，紧紧地抓住她的肩膀。

“这些都不危及生命，”医生继续说，“但是她吸入了硫酸，这才是我们最需要担心的事。存在液体聚结于肺部的风险。我们会在未来几天时刻仔细观察。现在，我们让她处于药物昏迷状态。这让她的身体有机会开始恢复过程。这样也可以使她避免承受太多痛苦。”

“这种状态会持续多久？”宝拉问。

“难说。至少几天。可能更长，”他叹息道，“我没有什么其他事情跟你们说了。你们或许应该回家休息一下。短时间内不可能有任何变化。”

他转身离开，然后回头看着他们。“你们的朋友哪怕是想接近正常的生活，也将面临一条漫长而艰难的路。相比现在，她那时将会更需要你们。”他身后的门徐徐关上。

“他妈的，”凯文说，“你有没有看过关于凯蒂·派珀的纪录片，那个脸部被泼了硫酸的模特？”

“没有。”

“我不推荐你在最近这段时间看。”他嗓音嘶哑，房间里突然充斥他呜咽的声音。宝拉抱住凯文，他们一起站在这个阴森的小房间里，为失去的一切而哭泣。

这不是卡罗尔第一次宣布去世的消息。但这次绝对是最糟糕的一次。由她向父母传达如此灾难性的消息真是大错特错。但仍然比由陌生人扮演这个角色好，即使她知道母亲也许不会永远记得这个可怕的时刻，但肯定会永远对她关上家里的大门。

听到“迈克尔死了”，她的母亲晕倒在她怀中。简·乔丹霎时浑身无力，然后她全部的力量都集中到她嘴里，发出可怕的哀号。卡罗尔的父亲听到声音从厨房跑过来，无助地站着，不知道发生了什么事。

“迈克尔死了。”卡罗尔重复道。她每次说出这个消息都会胸口剧痛。大卫·乔丹一个踉跄，抓住客厅的桌子，桌子在他的手下快要倾倒。她的母亲依然发出那种可怕的声音。

卡罗尔想走过门口，但难以抬步。让她惊讶的是，爱丽丝·弗劳尔斯尽管胖，却灵活地穿过她们，从后面扶着简，让卡罗尔进来，关上门。她们一人一边，半拖半拉，把简弄进起居室，躺在沙发上。

大卫跟着他们，困惑又失落。“我不明白，”他说，“迈克尔怎么会死？我今早还收到他的邮件。一定是弄错了，卡罗尔。”

“爸爸，没有弄错。”她让爱丽丝在沙发上扶着妈妈，然后走向爸爸。她抱住爸爸，但他僵在那里，他一直以来，都这样面对家中女性成员的任何感情。你如果要找人玩或者找人帮你解决数学作业，大卫是个好爸爸。但他永远不是你碰到任何感情问题时会求助的人。但她仍然抱着爸爸，依稀觉得他变得瘦弱，变成一个苍白的仿制品，那个更有活力的他爸爸的仿制品。怎么会这样？我怎么没有注意到？一段无尽的时间终于过去。卡罗尔放开父亲。“我需要喝一杯，”她说，“我们都需要。”

她走向厨房，然后带着一瓶威士忌和三个水杯回来。她往每个杯子里都倒上相同量的酒，然后一口喝光其中一杯。她倒满空杯，然后递了一杯给父亲，他站在那里看着卡罗尔，好像以前从没看过喝酒似的。

简已经精疲力竭，靠着爱丽丝，脸上露出可怜而悲痛的神情。她伸出一只手拿威士忌，像卡罗尔刚才那样一口气干掉。“出了什么事？是车祸吗？”她说，嗓音嘶哑且衰弱，“是露西那辆可恶的跑车。我知道它很危险。”

卡罗尔挨着威士忌酒瓶坐下。“不是车祸，妈妈。迈克尔是被谋杀的，露西也是。”她最后提高声音，感觉到喉咙深处的泪水。她一整天都坚持控制自己，现在开始瓦解。她想这可能是因为她正和父母在一起。她是成年人，但不由自主地变成了父母的孩子。

简摇着头。“这不可能是真的，亲爱的。迈克尔在这个世界上没有仇人。你一定是糊涂了。”

“我知道这难以接受，但卡罗尔是对的。”爱丽丝·弗劳尔斯语气温柔且坚定，显示出家庭联络官的专业素质。

“发生了什么事？”大卫突然问道，跌坐在最近的椅子上。他试图喝威士忌，但是他牙齿打颤，所以他又放下杯子。“是窃贼吗？有人想破门而入？”

爱丽丝·弗劳尔斯再一次接过话。“我们认为是有人破门而入，是的。或许是个逃犯。”

简挣扎着直起身子，皱着眉头。“电视里的那个？那个可怕的万斯？是他？”

“有可能，”爱丽丝说，“警方依然在检查现场。目前下结论尚早。我们以后肯定会告诉您相关信息。”

“万斯？”简向卡罗尔投去指责的目光，“你逮捕了那个人。你把他送进监狱。这不是随意的攻击，是吗？这是因为你和你的工作。”

该来的终于来了。卡罗尔用手托着脸，手指用力抓着面颊。“有可能，”她叹息道，“他可能一直在找我。”或者他只是想把我的心掏出来放在火上烤。简憎恨地看着卡罗尔，卡罗尔明白为什么。她如果是妈妈，会做同样的事情。

“这不是卡罗尔的错，乔丹夫人，”爱丽丝说，“这是杀害您儿子和他伴侣的那个男人的错。”

“他说得对，简。”大卫说，声音压抑且沉闷。

“相信我，妈妈，我做了一切努力，不让这种事发生。我愿意为迈克尔挡子弹。你知道的。”卡罗尔无法停止哭泣。泪水从她的眼中涌出，顺着脸流过下巴。

“但他死了，”简双臂交叉抱在胸前，身体摇来摇去，“我的好孩子。我的迈克尔。我可爱、帅气的孩子。”

时间就这样流逝。一整晚，大家沉浸在悲伤、指责、泪水和威士忌中。卡罗尔最终在凌晨三点刚过爬上床，累得衣服都脱不动。爱丽丝·弗劳尔斯承诺待到早上，等同事来换班。她明白卡罗尔的忧虑，万斯或许不会满足于杀害她弟弟。

卡罗尔僵硬地躺在被子里，她仅仅睡过这床几次。她不敢闭上眼睛，害怕放松警惕后脑海中会出现的图像。最后，疲惫胜出，几秒钟后她沉入梦乡。

她在八点刚过时醒来，头有些痛，对家里的安静感到惊慌恐惧。她躺了几分钟，尝试让自己进入某种状态来面对这一天，然后吃力地坐起身。她坐在床边，双手抱着头，想知道究竟该如何继续她的工作和生活，面对父母。爱丽丝·弗劳尔斯错了。迈克尔的死是她的错。她对此负有直接责任。她没有保护好迈克尔。就是这么简单。

她这样认为之后，觉得无法继续待在父母的屋檐下。她穿上昨天的衣服，然后走下楼。父母和爱丽丝在客厅里。他们看上去没有移动过。"我要走了。"她说。

简勉强抬起头。她无精打采地说："你明知道——你总是这样。"

"你不能留下吗?"大卫说，"你应该和我们待在这里。你处于悲痛中时不应该和陌生人待在一起。我们需要你在这里，你的妈妈和我。"

"我会回来的，"卡罗尔说，"但是杀害迈克尔的凶手还逍遥自在，我不能安定下来。我最擅长的事就是找到凶手。我不能只是坐在这里，不然会疯掉。"她走向母亲，给母亲一个笨拙的拥抱。母亲闻上去有威士忌味和汗酸味，就像一个陌生人。"我爱你，妈妈。"

简叹息道："我也爱你，卡罗尔。"这句话像是从她的唇间挤出来的。

卡罗尔退了几步，蹲在父亲的椅子旁。“照顾好妈妈。”她说。他轻拍女儿的肩膀，点点头。“我爱你，爸爸。”接着她站起来，用脑袋向爱丽丝示意一下。

在门口的台阶上，她挺起身，回到人们熟悉的卡罗尔·乔丹总督察的角色。她感觉自己就像站在非常高的架子上。“我不想他们独自待着，”卡罗尔说，“万斯正在对参与抓捕他的人进行报复。我不相信他已经完成对我的复仇。所以我父母需要受到保护，也需要支持。清楚了吗？”

爱丽丝严肃地看了卡罗尔一眼。“我们会为你照顾好他们。我能问您要去哪里吗？”

“我要去伍斯特。当地警方正在追捕万斯。那是我现在最应该去的。”此外，愿上帝帮助托尼·希尔，别让他被我撞见。

39

码头笼罩在晨雾中，颜色鲜艳的小木屋就像梦之船，浮现在银白色的水面上。小木屋的屋顶并排延伸，就像刚犁过的黑土地。雾带的上方，砖砌红色旧瓷器仓库若隐若现，这些仓库是改造工程的一部分，最近才被清扫过并勾抹上墙缝。废旧仓库变成中产阶级的新圣城：可以观水景的阁楼式公寓。这里曾是底格里斯运河港，喧闹的工业基地，运送周围商品和原材料的中部枢纽。现在，这里是底格里斯码头，休闲娱乐中心。它更美了，这一点毫无疑问。这里仍然有可以玩保龄球的传统酒吧，人们可以坐在里面喝真正的啤酒，假装已经辛劳了一整天。

托尼坐在窄船顶部，喝着一大杯茶。他从未感到如此凄凉。两个人被害死，还有一个变成残废，全都因为他没做好他应该擅长的事情。他还失去了唯一让他觉得像家的地方。他终其一生，都想找到归宿。卡罗尔·乔丹是这个答案的一半；而神奇的是，房子是另一半。现在卡罗尔和房子都消失不见。卡罗尔蔑视他理所应当，房子被毁得只剩下空壳。房子里满是可燃物——书、木头、油画、精美的地毯——这一切现在都已变成灰烬。

他从不沉溺于自怜，他认为自怜毫无意义，而且他的生活中没有那么多值得怜悯的事。他此刻也不觉得自己可怜。他主要觉得愤怒，厌恶紧随其后。这一切都是万斯引起的。他是杀人犯，纵火犯，生活的破坏者。但是托尼本应该预见到会发生什么。他两次（而非一次）没弄清楚万斯下一步会做什么。没有任何理由否认万斯做的事影响多么巨大，否认他已经极端疯狂。托尼受训并受雇洞察万斯这样的人，弄明白是什么让他们作恶，阻止他们做一心想做的事。

大多数人搞砸工作不是什么大事。但是他如果搞砸工作，会有人死掉。一想到万斯待在某处，正在策划下一次虐杀，托尼感到浑身不舒服。托尼越来越觉得他至少在一件事上是对的——万斯正按着计划行动，他在越狱之前就已安排好计划。

昨晚安布罗斯把托尼拖离火灾现场后，让托尼在救护车后部坐下喝点甜茶。他一直陪着托尼，直到消防员扑灭火。屋顶的木材轰隆一声裂掉坍塌时，安布罗斯用一只胳膊搂住托尼的肩膀。托尼把罪行归于万斯时，安布罗斯连眉毛都没抬一下。托尼最终强迫自己镇定，回想开车来伍斯特的路上脑子里闪现的一些想法，安布罗斯把这些想法都记了下来。

午夜过后，他们告别，安布罗斯前往警局，向小组通报情况，开始行动。但托尼没什么可做的。他至少还有亚瑟·布莱斯精心装饰的运河小船。它无法像房子那样让他内心充满平静，但好过什么都没有。而且他带过房子里的几张照片回布拉德菲尔德，所以那个传给他基因的男人仍然留下了有形的图像。托尼尝试这样思考，寻求安慰，但是没有奏效。他依然觉得被掏空和被侵犯。

接着他收到宝拉的短信，意识到他完全没妥善做好工作。万斯似乎打算从他们身上夺取所有重要的东西。托尼有两种方式回应。他可以屈服于痛苦和损失，甩手不干，让余生充满失落和遗憾。或者对着天空大喊："去你妈的!"然后继续阻止万斯这样的人。托尼提醒自己，在卡罗尔进入他的生命之前，他独居许多年，又过了好些年，房子才成为他的一部分。他曾在情感荒漠中过得很好。他还可以这么做。

托尼喝光杯里的水，然后站起来。就像有人说的，你什么都没得到时，也不会损失什么。

40

劳累使人浑身酸痛，苦恼让人狂躁。宝拉靠在汽车引擎盖上，点燃一支烟。“我可以抽一支吗？”凯文问。他的脸色比往常更加苍白，眼睛周围的皮肤几乎是绿色的。他看上去跟宝拉一样，没怎么睡。希妮德午夜后才到，他们陪了她几个小时，试图给予安慰，然而毫无作用。然后宝拉回家，躺在床上，盯着天花板，一只手搁在埃莉诺的两手之间。

“我以为你已经戒了。”宝拉说，把烟盒递过去。

“我是戒了。但有些日子……”凯文身子发抖。宝拉知道他是什么意思。有些日子，最坚决的不吸烟者也会渴望尼古丁的支持。他熟练地点燃烟，像一个完全没忘记吸烟乐趣的老手。他贪婪地吸。他吐出烟时肩膀放低了一英寸。“比如昨天……你认为你已经搞清楚一切。然后你看到了那个。”

“那个”是一个硬纸箱装的东西，放在斯肯比高楼区附近一家冷冻食品商店后面。它在黎明前被这家店的一个员工发现，他自称为晨间送货来开仓库的。纸箱大约一米长，半米深，半米宽。它放在仓库的中间，原先用来装烤薯片的袋子。但现在里面装的东西明显很异样，从纸箱上暗黑的污点和流出来的红棕色液体能看出这一点。这个员工缺乏经验，未加思索就打开箱子，然后立即倒下去。他的头撞在混凝土上，昏了过去。送货司机到达后发现这个仍然未醒的员工，旁边的箱子里装着被肢解的尸体。司机吐了，彻底破坏了犯罪现场。

到达现场的第一批警察直接就打电话给重案组，主要是因为箱子顶部一只手臂的手腕上面有“我的”文身。宝拉和凯文到达时，医生正在宣布箱子里的人正式死亡。“你还有什么信息?”凯文问。

“病理学家才能给你们明确的答案。”医生说。他在灰色的曙光中看起来有点苍白和瑟缩。“我不能给你们其他信息，只能告诉你们尸体被切成了大块。躯干，头，两条手臂，两条腿。”

“上帝。”凯文说，转眼不看。

“它是有慢慢地被肢解还是被劈开的?”宝拉似乎无法把眼睛从这可怕的景象移开。

“了解这个对我们没什么用处，”凯文尖刻地说，“你观看烹饪大师休·弗恩利·惠汀斯托尔的节目，也能学会屠宰。”

医生摇摇头。“他的技术没那么好。我猜测——这只是猜测，请注意，不要告诉格里沙·沙塔洛夫我是这么说的——凶手用了圆锯之类的东西。你可以在骨头上看到切割的痕迹。”他用笔指着股骨的顶部。“这是机械弄的。”

“上帝，”凯文说，“知不知道她死了多久？”

医生耸耸肩。“不长。血液没有渗出，尸斑刚刚形成。考虑到温度……我想说可能不超过几个小时。但不要说是我说的，判断死亡时间不是我的工作。”

“知道死因是什么吗？”医生准备离开，宝拉跟着他。

“你真的得等到格里沙来了再问他。”他说，走向自己的车。

所以宝拉最终只得与凯文在一旁吸烟，犯罪现场人员则带着相机、胶带和化学品干活，当地警察挨家挨户地寻找证人。在这附近不可能发现什么有用的线索。几家单层带拱廊商店孤零零地坐落此处，像是被淹在廉价住房中的一座孤岛，店家勉强维持生计。没有人会看到什么。即使看到了什么也不会说。

“他的手法这一次有所变化。”凯文说。

“我希望托尼能想出什么办法。但他显然有更紧迫的事情要考虑。”

“你跟总督察说过了吗？”凯文问。

“没有。我希望我不用。很难瞒住她什么事情。我只想跟她说猫在我们这儿，很安全，蜷缩在散热器下面。”

“这是真的吧？”

“是的，一个警员发现它被装在购物袋里，放在克里斯的车上。埃莉诺后来把它带回家了。”

“我告诉你，我如果是万斯，而且被卡罗尔独自找到了，我会害怕。”

“她不会做任何破坏法律程序的事，”宝拉说，相信自己比凯文更了解卡罗尔，“她一心追求正义。你知道的。”

“是的，但这是她弟弟，”凯文争辩说，“你如果不想让万斯受罪，你就不是人类。”

“想想看，凯文。万斯这样做，是因为卡罗尔是逮捕他的人。他太憎恨被关进监狱，所以杀掉两个人，报复他认为应该为他坐牢负责的人。然后他又对卡罗尔设置了那么可怕的陷阱。更可怕的是，被陷阱伤到的是克里斯，克里斯也是把他送进监狱的人之一。所以你不认为送他回监狱，是卡罗尔能让他遭受的最大痛苦吗？你不觉得总督察很聪明，已经想到这一点，并为此而努力吗？”

凯文扔掉烟头，用脚跟碾熄。他把夹克领子竖起来。“那么，”他说，“我们如何辨明这个受害者的身份？如果她的指纹不在数据库里，你有什么好主意？我不认为我们像制服警察那样转悠，可以问到什么……”他对宝拉眨眨眼。黑色幽默能让他们办案时保持理智。外人永远无法理解。

“我会尽力的。”宝拉把烟头扔在排水沟里，拿出手机。“那么，你早餐想吃什么？我会让萨姆在他来的路上带些吃的。熏肉？香肠？鸡蛋？”

凯文咧嘴一笑。“我选熏肉三明治。多加番茄酱。我喜欢番茄酱从边上渗出来。”

“变态，”宝拉说，转身看到佩妮·伯吉斯走近他们，“又来一个变态。”

他们互相看了一眼，拔腿向犯罪现场的边缘跑去，制服警察正在有效地管理现场。他们快速跑过去，任凭佩妮哀怨地叫他们的名字。宝拉回望一眼愤怒的记者，用肘轻推凯文的肋骨。“你如果激怒媒体，这个早上就不是彻底失败，是吗？”

她的话不知怎地打破了他们自昨晚以来陷入的痛苦僵局。他们像孩子一样咯咯地笑，完全忽略佩妮针对托尼·希尔房子被烧为灰烬的大声提问。

安布罗斯正在向老板汇报时，卡罗尔·乔丹面无表情、眼神空洞地走进警队室。斯图亚特·帕特森仅仅转过头问候一声。卡罗尔看起来好像被压抑得厉害，无视都停下手中的事、转头看着她的警官。

“阿尔文，”她说，拖过一把椅子，坐到安布罗斯的桌子旁边，“关于万斯，现在事情怎么样？”

安布罗斯吓了一跳，看着帕特森，寻求帮助。帕特森督察小心翼翼地躲开他的目光，拿出一包口香糖，打开一片。“这是我负责的案子，乔丹总督察。”

“真的吗？”卡罗尔的语气介于有礼和无礼之间，“那么，帕特森督察，情况怎么样？”

“警长？也许你可以让乔丹总督察了解一下案件进展，以表示对同仁的礼貌？”

安布罗斯看着帕特森，就像看着顽皮的孩子。“我们都为发生在你弟弟和他女朋友身上的事感到震惊，”安布罗斯说，“我非常难过。”

“我也是，”帕特森说，片刻间为自己的粗鲁感到羞愧，想起卡罗尔失去了什么，“我以为你休丧假，陪着父母。”

“我可以给予家人最好的支持就是，调查这个案子。我知道富兰克林总督察不一定这么想，但我相信万斯是凶手。所以我出现在这里。”

安布罗斯只能想象卡罗尔付出多大的努力才能承受住打击。有些人可能会谴责她在这样的时刻不跟家人在一起，但安布罗斯理解这种不可抗拒地想要做点什么的愿望。他还意识到卡罗尔这样做要付出代价。“对于他可能在哪儿，我们仍然没有确定的线索。”安布罗斯说。

帕特森哼了一声。“我们知道他他妈的昨晚在哪儿。”他说。

卡罗尔眼睛放光。“你知道？他昨晚在哪儿？”

“就在伍斯特的中心位置。就在我们的眼皮底下。”帕特森看起来很厌烦，像闻到了什么臭味。

卡罗尔身子向前倾。“你怎么知道？”

“我们知道得不确切。”安布罗斯说，阴沉浑厚的声音中透出警示。

帕特森转了转眼珠。“还有什么人对托尼·希尔有那么大的仇恨？”

卡罗尔的眼睛惊恐地睁大。“托尼？托尼发生了什么事？”

“他没事。”安布罗斯说，希望老板显示出他引以为豪的敏感，对卡罗尔小心说话。“好吧，身体上没事。但他很难过。昨晚有人烧毁他的房子。”

卡罗尔好像被抽打了一般惊跳起来。“他的房子？他漂亮的房子？烧毁了？”

帕特森点点头。“纵火。这点毫无疑问。现场有汽油。火从房子的后面烧起，一开始没人看到。等有人注意到的时候，火已经完全失控。消防队没有机会扑灭火势。”

“这房子里满是漂亮的东西，却像一根罗马蜡烛被烧掉，”卡罗尔说，手捋过头发，“你没派人查吗？上帝，这肯定又是万斯干的。”

“我们也这样认为，”安布罗斯说，“我派了一个小组去检查交通摄像头，看看能否发现可疑车辆。但是他如果稍微有点脑子，现在已经丢弃那辆车，换了另一辆。”

“而且他会改变外貌，”卡罗尔说，“我们不知道他的样子。”

此时门被人用肩膀推开，一个制服警察抱着一个电脑机箱进来。接着又有一个警察抱着机箱进来。“你想要这些东西，是吗，老板？”第一个警察喊道。

帕特森看起来有点困惑。“这些是什么？”

第一个制服警察拙劣地隐藏不耐烦。“电脑。台式机的机箱，配有硬盘驱动器。”帕特森没心情容忍制服警察的粗鲁。“我看得出来它们是什么。但是把它们放在这里干什么？”

“从诺森比亚来的。夜间加急速递。你想把它们放在哪里？”

“这些是特里·盖茨的电脑，”安布罗斯说，“我要来的。托尼认为盖茨没有聪明到已经完全清除电脑里的信息。”他指着靠墙的一张桌子。“请放在那里。”

帕特森的不满情绪加剧。“没人告诉我这件事。我猜你现在打算花一大笔钱在加里·哈尔卡普身上?”

安布罗斯表现出不驯的样子。“我如果我能联系到他，会找到他的。他是专家。我们需要专家处理这些东西。”

“你如果把预算花在胖子加里身上，总警司会勃然大怒，”帕特森说，“而且加里似乎没那么快。等他从这些硬盘里获得信息，万斯已经跑到世界另一头。”

卡罗尔清了清喉咙。“加里·哈尔卡普是谁?”

“他是我们的电脑专家。他的收费非常高，他看起来像头熊，而且他像熊一样不容易对付。”帕特森说。

“我会比他做得更好。”卡罗尔说。

“你是电脑专家吗?原谅我，乔丹总督察，但是我看你不怎么像怪胎。”帕特森真是烦人，安布罗斯想。

卡罗尔没理帕特森。“我的电脑专家，斯黛西·陈，是个天才。她能做到会把其他怪胎弄哭的事。”

“那很好，但她是布拉德菲尔德警局的警察，不是西麦西亚的。”

“她是个警察。并且是专家。这是最重要的，”卡罗尔说，一边拿出手机，“我可以把她调拨给你用。”她疑惑的眼光对上安布罗斯的目光。“她是最好的。”

“我不打算拒绝。”安布罗斯说。帕特森明显不悦地转身离开。

卡罗尔调出斯黛西的电话号码。“我让她马上动身。”

"她没在做别的事吗？我想你的人正在处理一桩连环谋杀案？"安布罗斯问。

"事情有轻重缓急，"卡罗尔说，"我的小组明确知道当务之急是什么。"

41

把被毁得面目全非的东西重新装起来需要找到下手的地方。托尼打开电脑，给自己泡了杯茶。他坐下来，打开宝拉发来的最新一封邮件，是宝拉一个小时前用手机发来的。托尼听到第四人受害后很难过，挫败感更强。但是他的工作中没有表达个人感情的余地。表示同情，可以，但是流露情感，不行。

对尸体的陈述比之前更奇怪。肢解尸体并不像人们认为的那样常见。职业杀手这么做是为了阻碍识别死者。但根据宝拉所说，所有的肢体都在现场，所以这和阻碍识别尸体无关。托尼如果孤立地看这个案子，也许能有效地推测肢解的用意。凶手可能是想表明对死者完全的控制。“她如果没有腿，就不能离开。”他说。这也可能是惩罚。“她很邪恶，需要被拆开，再重新组装。”

托尼用手指尖擦擦头皮。“但这些都不是原因，”他说，“凶手以前的手法完全不同。当然，这与控制有关。连环杀人总是与控制有关。但这不是重点。”他的手甩向空中。他想踱步，但船太小。“面对现实吧，托尼，肢解可能完全没有意义。随机的。最先窜到凶手脑子里的想法而已。”

也有可能是可笑的失误。你没制定好周全的计划就出去杀人，周全的计划包括假车牌号码，棒球帽，躲避摄像头，然后在某个晚上随机地选择一个受害者。这一系列案子中有一些东西是安排好的，但托尼想不清楚是什么。他越试图确定，似乎越不得要领。

托尼喝着茶，望着舷窗外如镜的水面，任由思绪飘散。他自从得知迈克尔及其伴侣被杀，凌乱的思绪一直难以平定。也许看看现场照片会有所帮助。

他回到电脑前，打开文件。他提醒自己，这个世界有时会按照你希望的方式运行。托尼按顺序看着照片，从第一起谋杀到最近这起，所有图片如同拼图玩具依序排列。突然，他明白自己看到的是什么。以这种方式看图片，图片有一种特别的意义。

“《迷宫之人》。”他轻声说。这是一部美国九十年代的电视剧。托尼·希尔和另外三个人一起看过这部剧，这是第五频道深夜会播出的那种节目。这是低成本电视连续剧，讲述一个经常提及“心灵迷宫”的心理侧写师，反复谈论罪犯在迷宫迷失，走错方向，屈服于弥诺陶洛斯[①]式的灵魂。托尼如果有脸书主页，深夜不看这种剧，肯定会失眠成病。看这么可笑的东西会导致他血压上升，他会记得

① 希腊神话中著名的人身牛头怪物，居住在克里特岛的一座地下迷宫中。

自己还活着。

无休无止的愚蠢情节和主人公不合逻辑的结论使这部剧早早夭折，只出了一季。可能有一些卫星频道深夜仍在播这部剧，但托尼并没有看到。然而，托尼如果是对的，杀害性工作者的那名男子没有错过观看。

托尼兴奋地搜索《迷宫之人》，点击其 IMDB[①] 条目。1996 年出了二十四集，由拉里·盖特林和乔安娜·迪韦尔主演。托尼几乎不记得女主角，普普通通的加州金发女郎，但盖特林的脸令人难忘，托尼对盖特林深思时的下巴、颧骨和宝蓝色眼睛周围的皱纹记忆犹新。托尼记得他的这个表情经常在插播商业广告前出现。盖特林的名字似乎是种提示，但托尼想不明白，使用谷歌后也没得到任何结果。

但是他知道自己对这个名字有印象是有原因的。本着任何事都值得一试的工作原则，他调出斯黛西的案件索引系统。这个系统存储了每个案子的扫描或普通电子文档。他输入“拉里·盖特林”，立即发现系统里有这个名字，高兴得几乎弄翻椅子。拉里·盖特林就是住进日落大道汽车旅馆五号房间的人使用的名字，那个房间的地毯和毛巾在苏兹失踪的那天晚上湿透了。这是真正的联系，不是疯子侧写师的臆想。

他返回谷歌，一集一集按顺序搜索这个连续剧，只找到阴暗的低分辨率屏幕截图，全都是俄克拉荷马某个倒霉混蛋编辑的，这人

---

① IMDB：Internet Movie Database，互联网电影数据库。

相信《迷宫之人》的价值被严重低估。托尼今天要感谢这个人，这个奇特的小网站证实在过去的几天里一直困扰他的一件事。看似不可能，但发生在本地的四起谋杀案完全对应《迷宫之人》前四集的罪案。

说这些杀人案跟性欲或性无关是绝对正确。托尼也没想过案件这一系列跟暴力有关。这是非常特别的案子。凶手的动机罕见。凶手杀人，不是因为想看女性死亡，或恨她们。凶器对他并不重要，他没能想出会持续使用的杀人方式。他好像在尝试不同的方法，看能否找到对他适用的。他使用电视连续剧作为连环谋杀的模板。托尼从来没有遇到这类事情，所以这个连环谋杀案显得离奇。

那么，谋杀的动机究竟是什么呢？答案可能在于受害者。但会是什么呢？

他有些信息要告诉别人。他打电话给宝拉。宝拉刚一接听，托尼就说："我要说的事听上去可能比较奇怪。"

"我刚要给你打电话。"宝拉说。

"你暂停查案，正在休息吗？"

"不，托尼。我想打电话给你，是因为我刚听说了你房子的事，我想表示慰问。"她耐心地说。托尼不懂如何跟人交流。他不知道该说些什么，所以什么也没说。

"这是朋友该做的事，"宝拉说，"我真的为你房子的事感到难过。"

"我也是，"托尼说，"对卡罗尔的弟弟和他的伴侣。还有克里斯。顺便问一句，她怎么样了？有什么消息？"

“没什么变化。他们说这是好现象。”

“我希望自己能做些事情，尽快让万斯重回监狱。但是我目前没法评估万斯，所以看了看斯黛西今天早上发给我的东西。”

“是我发的。斯黛西正在去伍斯特的路上。她事情办得顺利的话，可能还会给你买杯咖啡。”

托尼吃了一惊。他对此毫不知情。“斯黛西来这儿了吗？为什么？发生了什么事？”

“总督察命令她去伍斯特研究旧电脑硬盘，电脑硬盘是从一个叫做特里·盖茨的怪人那儿找来的。显然——”

“我知道特里·盖茨是谁，也知道我们希望从电脑上找到什么。我只是不知道斯黛西参与进来了。我以为西麦西亚警局有自己的专家。”

“安布罗斯联系不到他们的专家。不管怎么说，总督察决定——”

“你刚才说过了。卡罗尔怎么会牵涉进来？我以为她在父母家。”

“根据斯黛西所说，卡罗尔是在西麦西亚警局总部发出命令的。她好像履新得有点早。”

现在，托尼的胸口好像压了重物。他知道卡罗尔相信自己能够开展调查，但他不认为她可以。她需要时间和空间处理发生的事情及其可能的结果。她如果不这样做，当不可避免的崩溃到来时，她会摔得很重，很远。托尼见过她身上发生过这样的事，托尼不知道自己能否忍受第二次，而他要对这次负很大一部分责任。“厉害，”他沉重地说，“我想没人胆敢叫她放弃，对吗？”

宝拉哼了一声。“那不太可能。”

“她不应该这么做。”

一阵长久的沉默。然后宝拉说：“那么，你给我打电话有什么事吗？”

“依你的年纪，你知不知道一部叫《迷宫之人》的电视剧”？

“我不知道。我老吗？我没听说过这部剧。”

“在第五频道播放过。”

“我从没有特意看过第五频道。”

托尼咯咯笑了。“你一点也不喜欢电视剧。他们只做过一季。是关于侧写师和警察的——”

“有点耳熟。那个女警是金发？”

“你真无趣，宝拉。这部连续剧很扯谈。但我看了大部分，因为它糟糕，让我感觉自己像个侧写天才。就是这样。你们碰到的这四桩谋杀——与《迷宫之人》前四集的谋杀案完全一样。”

“你确定？”

“我确定。掐死。淹死在浴缸，再丢到运河。倒十字架和割喉。还有肢解和硬纸盒。但关键点是：他使用扮演心理学家的演员名字，拉里·盖特林。他用这个名字住进旅馆，是吗？”

“上帝。真恶心。”

“我给你发一个网站的链接。在美国一个不起眼的地方，有个家伙是《迷宫之人》的狂热分子，他把每一集都截用了。我现在忽然想到……你也许应该和他谈谈，看看他认不认识其他喜欢《迷宫之人》的呆子。因为我们的杀手也是个狂热分子。据我了解，这个连续剧从未发行过DVD，也不能在线观看。我们的这个家伙在1997年肯定录过像。他肯定还留着录像。”

“也许他的录像机刚损坏录像带，所以他决定自己重新创作。”

“我有没有告诉过你我有多么讨厌警察的幽默？”托尼说，“听着，宝拉，这真的很重要。连环杀手之所以做他们所做的事情，是因为他们做事过程中的某种东西，他们做事的方式，或这件事本身，触发了他们身上的按钮。他们残害乳房，因为他们有与女性相关的问题。他们带着刀强奸，因为他们性能力有问题。他们剜掉眼睛，因为他们有过被监视的问题。诸如此类。但这家伙——他身上没有启动按钮。或者他还没有发现它。他好像在尝试各种杀人手法，看看哪一种更让自己舒服。这种方法适合我吗？我这次兴奋吗？”

“什么？你的意思是，他想成为连环杀手，但还不知道怎么做才能享受这件事？”

“差不多是这样。或者他每次做完都感到厌倦，所以下次换一种去式做。”托尼踱着步。朝一个方向走三步，转身，再朝另一个方向走三步。“他杀人有原因。但原因不是杀人本身。他用文身传达一个信息，他在说：‘看着我，这些是我的成就。’宝拉，他如果能找到一种不杀就能实现目标的方法，他会尝试。”

“这真是一次奇怪的分析，托尼。”

“我知道。但最糟糕的是，我不知道该叫你如何去找这个家伙。”

“你可能是对的，在过往中寻求线索，”宝拉说，“你说他可能会接触喜欢《迷宫之人》的怪胎——这是个好想法。他们可能有个论坛之类的东西。我们可能有办法获取网站所有访问者的信息。斯黛西会全身心地干这件事，在北区获取硬盘数据太无趣。我们很快就会让她回来，她很快就会干这件事。托尼，我知道把你拉进来是对的。”

“我今天早上也有这种感觉，谢谢你。我很高兴有事情可以让我分心，不然我可能会跳运河。”

“你不是认真的吧。”她尴尬地说，不适应托尼说出这么私密的话。他们的交往中不常出现这种情况。

“当然不是。”他撒谎道。

“那么，你关于《迷宫之人》的想法如果正确，接下来谋杀案是什么样子？”

托尼清了清喉咙。“她会被剥皮。她的脸没事，但她身上的皮会被剥掉。”

宝拉感到无力和恶心。“我喜欢这个工作，”她说，“因为总有新鲜事发生。”

42

卡罗尔知道安布罗斯和帕特森烦她，但她不在乎。他们认为她是追踪万斯的第二人选。安布罗斯给她找印了特里·盖茨的日程表。“我派了一个能干的小伙子查这个，但我们没有多大进展。因为星期六，没人接听办公电话，”他说，“我想你也许想看看，这个东西也许也激发你的灵感。”

卡罗尔认为安布罗斯只是想让她到一边待着，但是她不在乎安布罗斯这么想。她感激有事可做。卡罗尔不能无所事事。这种品性使她第一时间出现在伍斯特。她并非无法应对父母的悲痛和指责。她以后一有闲时间，肯定会想到迈克尔。接着她就会饮酒浇愁。这一次，她真的不想走这条路。她不想自己的生活变成灾难。她不知道能否第二次找回自己。

她开始看这份日程表。她很快就意识到，可以将这份表格分成三次伦敦之行和一次曼彻斯特之行。第一次伦敦之行包含三个约会。有电话号码、地址和三次约会对象女生名的首字母。帕特森不情愿地为她配备了一部手机和一台电脑，然后她访问谷歌，找到一家提供全伦敦办公室租户信息的网络。特里·盖茨写下的三个地址中的两个出现在网站上，网站上有这两处办公地址里面全部租户的完整列表。但第三处地址不在这个网站上。

她随即又查到，这两个公司有自己的网站。它们专门提供在金融监管系统不那么透明的国家注册皮包公司的服务。卡罗尔打印出两家公司的关键信息，放在一边。

她拨通附在那天第三个约会记录里的电话，发现自己听到威斯敏斯特市档案中心的录音信息。她感到好奇，进入他们的网站。她刚将网站列表浏览到一半，就认为自己明白了盖茨的目的——英国注册总局的索引。万斯要使用新的身份，就得有身份证件。过去情况更糟糕，罪犯如果希望使用新身份，只需去圣凯瑟琳之家，或者伊斯灵顿的家庭历史中心，那里保存着所有人的出生、婚姻和死亡记录。他们在那里寻找已经死亡的同龄人，能找到早夭者最好。接着他们找到死者的出生证明，搞个副本。

有了出生证明，做各种其他身份证件就容易多了。驾照。护照。公用事业账单。银行账户。信用卡。罪犯可以以这个全新的身份在机场或渡轮码头通过检查。

但恐怖主义兴起之后，许多这样的门路被堵死。再想办个证件就难得多了。你只能查到附带索引号的基本证件信息。而你要想办什么证件，必须先有这个索引号。要想骗过这套系统，需要足够的时间和耐心，而且会留下书面记录。卡罗尔迅速打出周一早上的行动建议，将文件转发给安布罗斯。某个幸运的家伙将联系注册总局，询问特里·盖茨是否申请查询出生、婚姻或死亡证明。往这个方向追查，也许能查到万斯可能使用的假名。

当然，如今没人愿意耐心 走过层层关卡，顶替死人的身份。伪造技术已经很先进，只要给伪造者提供名字、出生日期和照片，他们就能拿出一整套的文件，那些文件看起来完全很像真的。但你如果害怕检查，最好使用真实的原始信息。卡罗尔敢用一个月的薪水打赌，特里·盖茨去过威斯敏斯特索引中心，为杰克·万斯寻找可信的身份。也许不止一个。

利用互联网资源和警察可以访问的数据库检查特里·盖茨 SIM 卡里的细节非常快捷。卡罗尔现在几个小时内做到的事情，在几年前需要几个警探花数天的时间，到处询问周旋于法律边缘的人。而她如今只联系反欺诈警队的老朋友一个人，就清楚地知道了特里·盖茨做了什么。公司组成、身份文件、私人银行、狡猾的私人调查公司和前律师，这位前律师专门混进土地登记局，获取房产信息，出售给下流的小报写手。这些行为表明了两个目的。创建新的身份建立渠道让万斯能重新动用他的钱，这是第一个目的。第二个目的是追踪一些人。可能是万斯的仇人。警察如果到周一早上还没有找到万斯，那他们之后会非常忙碌。他们至少会清楚地看到万斯的计划有多么庞大。

斯黛西·陈走进来时，卡罗尔快要写完那份给帕特森的详细报告。斯黛西看起来像从周末增刊走出来的人物，穿着完美搭配的定制休闲装，拖着一个亨克牌旅行箱。卡罗尔用谷歌搜索过，这种高级黑色碳纤维旅行箱售价超过一万英镑。有一段时间，她想知道斯黛西是否干私活。她稍微探究一番，发现斯黛西在过去五年里业余开发的软件中的一个就能为她带来一百万的年收入。

卡罗尔问斯黛西为什么还来警局工作。“我如果以普通公民的身份做我在警局做的那些事，我会被捕。我喜欢合法地去挖掘别人的数据。”斯黛西说。她还面无表情地瞥了萨姆·埃文斯一眼，萨姆就是她的反面。

斯黛西看见卡罗尔，走过来。“谢谢你来。”卡罗尔说。

“这里的案子好像比布拉德菲尔德的案子有趣得多，”斯黛西说，“到目前为止，那边只在做常规工作。不过宝拉已经有了一些想法，我很快就得挖数据。”

“真的吗？”在过去的二十四小时里，重案组已经完全被卡罗尔遗忘。斯黛西的话让卡罗尔想到自己还要为重案组负责。“宝拉什么都没跟我说。”

从斯黛西的脸看不出任何端倪。“我们都认为你已经自顾不暇。而且这是一个奇怪的想法，宝拉想先核实清楚，免得小题大做。”

“这个案子到底有什么进展？”她需要能转移她注意力的事，即使是似乎发生在一百万英里外的案子。

“又出现一具尸体。你知道这个情况吗？”

卡罗尔摇摇头。“应该有人告诉我。”

斯黛西对卡罗尔概述新案子。“这案子太独特，太怪异，但毋庸置疑与先前的案子有关，”她总结道，“九十年代末，美国人拍了部不太著名的电视连续剧，这部剧叫《迷宫之人》，而这四起杀人案与该剧前四集的谋杀案雷同。有个俄克拉荷马人建了这个剧的粉丝网站。宝拉会打电话给这个人，看他是否认识英国粉丝，但我告诉宝拉，他会一声不吭。这些呆子通常非常保护彼此，认为自己是孤独的英雄，正在反抗潮流。”斯黛西抬起眉毛。“我们是潮流。怪胎。总之，我觉得应该由我先看看这个网站。他们也许有论坛，或访客留言簿，或推特。我会逛逛，看看能找到什么。”她笑了，不再那么严肃。“总有后门。”

“很有趣。宝拉自己想到这些的吗？”

斯黛西忙着摆弄旅行箱，然后把旅行箱举起来放在桌子上，打开。“显然。”

如果说这话的是其他人，卡罗尔会认为这是个试图逃避话题的回答。但她不能确定斯黛西是否正在逃避。不过，她直觉地认为斯黛西有点不对劲。“我如果说这听起来很像托尼大脑的产物，你会不会认为我疯了？”

斯黛西看了卡罗尔一眼。“宝拉是托尼的拥趸，你知道的。也许托尼对她有些影响。”

卡罗尔知道自己遇到了口风严实的主，问不出什么来了。“特里·盖茨的电脑在那儿。”她指着桌子。“看看能做些什么。也别忽略布拉德菲尔德的案子。凶手的作案周期明显在缩短。”

斯黛西耸耸肩。“我可以在盖茨的硬件上运行程序，我等待结果时可以处理另一件案子。我如果幸运，今天晚些时候就会有东西给你。最迟明天给你东西。”

卡罗尔此时需要的正是斯黛西让人放心的能力。知道别人正在做什么是好事。但她想知道托尼·希尔是否介入了布拉德菲尔德的案子。她弟弟被杀证明托尼不再像过去那么出色。她不认为自己会再与他合作。卡罗尔最不愿意做的事就是被托尼误导。“谢谢，斯黛西。”卡罗尔含糊地说，去找安布罗斯，再做其他事。托尼·希尔究竟在哪儿？

43

万斯如果需要任何证据证明报复计划是对的，深沉无梦的睡眠可以为证。没有噩梦困扰他，没有辗转反侧，没有盯着天花板为入眠祈祷。他完成了想对托尼做的事后，把中式快餐带回酒店房间吃，上网浏览新闻频道，直到感觉困倦。他不仅对自己做的事感兴趣。他已经很长时间没有充分接触媒体，所以他想看看在他离开期间，媒体发展得怎样了。

他不禁感到遗憾。这个多媒体的世界简直就是为他而存在的。他会在推特和脸书上如鱼得水，他会比那些受到公众崇拜的白痴强得多。这是他被卡罗尔·乔丹、托尼·希尔以及前妻贱人剥夺的又一样东西。他也许应该创建个推特账号嘲讽警察。“在逃的万斯”，他可以用这个用户名。他必须放弃这个诱人的想法。如果说他在监狱学会了一件事，那就是你在网上的一切活动都会留下痕迹。他已经忙得不可开交，没空费心隐藏在网上藐视当局可能留下的踪迹。他们知道他逍遥法外、自行其是就足够了。

他醒来时差不多是上午十点，他很高兴地发现，本地一个新闻网站登出火灾的几张照片，并怀疑这是纵火事件。呵，废话。新闻没有提及万斯，但这篇不知道是谁写的报道，居然发掘了很多关于“屋主托尼·希尔博士”的事，托尼本人对火灾不予置评。这件事使万斯有所警觉。他从一张照片的背景中看到一直在电视上谈论他逃跑事件的那个警察与众不同的脑袋。黑亮的脑壳，警惕的眼睛，一张看起来常年被拳头打的脸。这个警察也在火灾现场。

有人在往正确的方向调查。万斯不以为然。随便他们连接细节，他总是领先一步。现在的情况就是例证。这个国家中对他而言最安全的地方是伍斯特。因为他们相信他已经走得很远，不会想到他就在伍斯特。他眉毛都不需抬就可能穿过教堂广场购物中心。他想到这里，开心地笑了。

他在这里安全，但他无意闲逛。他要去很多地方，要见很多人。他没有一件轻松事。但他首先必须做好最后的准备。他去查看了摄像头。装在谷仓的摄像头不复存在，警方想必发现了一部摄像机，然后拆下了所有的。所以监控托尼·希尔的房子和米琪农场的摄像机被装在了外面——警察将往错误的方向寻找。他又做对了。

万斯检查赫里福德郡养马场的一组画面，那是他前妻和她爱人开始新生活的地方。他跟米琪结婚给米琪与贝齐带来了巨大的好处。围绕米琪的流言蜚语一直阻碍她的电视生涯上升到巅峰。他们结婚后一切流言收场。她一定是直女，不然万斯为什么要娶一个女同性恋，他可以挑漂亮、性感的女人嘛。玩世不恭的人试图造谣万斯也是同性恋。但没人相信。他一直是异性恋 ，从没显出摇摆的迹象。

这场婚姻是个骗局。米琪从一开始就清楚能从中获得什么。她如此渴望接受这些好处，选择不去质疑万斯想要婚姻的理由。万斯使米琪相信他只是想获得保护，不被粉丝跟踪。他让米琪相信，他喜欢和高级妓女之间那种没有任何附加条件的性满足，并承诺绝不会让她受到俗气的爆料人的骚扰。这些事比真相更容易让人相信——真相是，他想掩盖另一种身份：诱拐少女的连环杀手。他从不曾让米琪知道这个真相。

他保持交易状态下的立场。他希望她按照默契给予回报。但事情变得棘手后，米琪非但没有提供他需要的不在场证明，撇清关系的速度比彼拉多[①]还快。万斯最讨厌不懂回报之人。他总是信守诺言。他唯一未能实现的诺言是，他向英国人民发誓他将把奥运金牌带回家。但是他们并没有视之为辜负，因为他情有可原。

他希望他们也能理解他的其他行为。他做了应该做的事。大多数人可能不会视之为应该，但他不是大多数人。他是杰克·万斯，非同寻常。这意味着他是个例外，不受其他人都赖以为生的琐碎规则约束。他们需要这些规则。他们没有这些规则就不能好好活着。但他能。他做到了。

万斯检查一幅幅画面，专心地看着，找准地方，尽可能地放大

---

① 钉死耶稣的古代罗马犹太总督。

画面。很容易就能看清安保措施。警察在监视从两边往马场的道路。车道还是被一辆运马车占据着。一辆路虎警车停在后车道的入口处，车里有三个警官。四个戴着便帽、佩着枪支的警察在房子周边巡逻，将 HK 自动步枪举在胸前。

院子里也有专人守卫，那群人似乎是用管道清洁剂、钢丝和橡皮泥制造出来的。有几个人的胳膊上挂着猎枪。万斯感兴趣的是，他们穿着相同的服装，但衣着略有差异。平帽，上蜡的短风衣或棉夹克，牛仔裤和马靴。这些警察中无论谁走出屋子都不向四周多看一眼，直接走向马厩。从马厩出来后亦然。

如果他的目的是进入这所房子，这件事值得关注。但是他的计划非常特别。从安保情况来看，他的计划非常有可能成功。万斯洗完澡穿好衣服，他还有半小时空闲时间。他身上没有什么引人注意之处。

他把车停在一条小街上，那里离汽车租赁公司有一小段距离。帕特里克·戈登已经订了今天的车辆，那样的 SUV 非常适合乡村。按照他指令，车上装了一个拖车球。他把 SUV 开到前一辆车旁，从前一辆车的行李箱取出汽油罐、电脑包和手提袋，向赫里福德郡出发。他在路上要停一下，他有充裕的时间。他驶离伍斯特后意识到，今天天气很好。

他要好好利用这一天。

托尼和往常一样，在思考时没有注意到时间匆匆而过。他的胃隆隆作响、抗议错过了早餐和午餐时，他才意识到有多晚。船上厨房的橱柜里有各种罐装和袋装食品，但他不能在这种时候费神做饭，今天不行。所以他锁上船，登上岸。他想去酒吧，但随即又抛弃了这个想法。他没有准备好见别人，即使是陌生人。

他走下几条红砖街道，在一个角落快餐店完美地解决了吃饭问题。他匆忙赶回“铁人”，带着包好的香喷喷的鳕鱼和薯条，食物还热得烫指尖。他这时候想到，并非一切都是狗屎。

他走向船停泊的浮桥，快到时停下脚步。一个熟悉的身影站在“铁人”的尾部，双臂合抱，靠着小屋，浓密的金发被风吹乱。他一下子精神振奋，好像看到了和解的可能性。然后他明白了卡罗尔的肢体语言，明白卡罗尔不是来和解，也不是来与他讨论如何对付万斯。

他想知道她究竟想干吗。但互相盯着不能解决任何问题。托尼好像担心被攻击，小心翼翼地走下浮桥，上了自己的船。“可能够两个人吃的。”他说。

卡罗尔慢慢拍了拍膝盖。“我可没打算在这儿逗留那么久，还跟你吃饭。”她说。

他从来都说服不了卡罗尔。“随便你，”他说，“但我需要吃东西。”他踏上船，瞪着卡罗尔，直到她移到一边。他打开门，往下走。卡罗尔如果想要和他说话，只能跟着他。

他从搁物架上取出一个盘子，把鱼和薯条拿出来倒在盘子上。卡罗尔小心翼翼地走下台阶，托尼退回主舱，把文件和笔记本电脑推到一边，好在桌边吃东西。他从外套口袋里拿出一罐可口可乐，放在盘子旁边。“也许有人会说，与我刚刚失去的东西相比，这里的一切更适合我。”他说。

“我听说了房子的事，”卡罗尔说，“我很遗憾。”

“我也感到遗憾。我知道这件事跟迈克尔和露西的事相比微不足道，但它仍然伤人。所以我为我的愚蠢付出了一点代价。”他尽量不流露出痛苦的声音。但他从卡罗尔缩紧的瞳孔看出，他失败了。

“我来这儿不是为了指责你让他们失望。”她靠着厨房门，双臂合抱，明显表露出痛苦。托尼很多次想象卡罗尔出现在这里，跟他像其他人那样乘着小船出去游荡，放纵他们的小幻想。他在开玩笑吧？他们俩都不正常。他们即使活着脱离这种生活，也不会变成那种拿退休金的老人，沿着运河闲逛，给水壶画上城堡和玫瑰，讨论柴郡运河区哪家酒馆做的牛排馅饼最好吃。

托尼往嘴里抛了根薯条，热土豆烫嘴，让他倒吸一口气。“哇！热！”他咀嚼着逐渐变凉的土豆，吞下。“抱歉。”倒霉的笑容，微微耸耸肩。他认为他在跟谁开玩笑呢？他从来都没有足以让他摆脱麻烦的魅力，跟卡罗尔在一起时尤其如此。“那你为什么来找我？”

她往前走了几步，打开待机状态下的笔记本电脑，拿起放在电脑旁潦草的笔记。屏幕渐亮，出现一张犯罪现场的照片，照片里，打开的纸板盒里露出被肢解的尸体。她大声朗读笔记上的字。“‘《迷宫之人》。1996 年。在 HBO 播了一季。根据加拿大作家詹姆斯·萨罗诺的小说改编。网站 www.maze-man.com. 脸书？推特？’还有许多诸如此类的内容。这他妈的是怎么回事？”

他想要撒谎。想要声称是他强迫宝拉提供这些信息，因为他想弥补卡罗尔。但他这样做等于是渴求怜悯，而他在漫长的夜晚已经决定，他在将来要尽可能做得更好，不用被人怜悯。“你的团队爱你。他们不想让你走。所以他们想做出成果，作为告别礼物送给你。他们知道你原则上反对我无偿工作，可能也明白我对你弟弟的死负有难以推卸责任。尽管如此，他们要求我帮忙。因为他们认为我能帮忙。我想我帮到了。”他指着卡罗尔手里拿的文件。“我想出了《迷宫之人》。”

“你认为这样对调查有帮助吗？牵强附会。案子跟一部不出名到连 DVD 都没出过的电视剧有联系？就算这是真的，而不是胡思乱想，又有什么用？”她怒火中烧。托尼不认为她的发火与杀人案有多大关系。在正常情况下，她可能已经带着懊恼离开，之后再对宝拉唠叨几句。这次她发火的顺序不同。

他不慌不忙撕了一块鱼吃。“犯罪现场几乎相同。凶手用演那部剧的明星的名字预订旅馆房间，他可能在那个房间溺死了第二个受害者。似乎有十几个人定期在一个网站的论坛上发帖。如果其中一个住在布拉德菲尔德，这个人可能就是你要找的杀手。或者他可能认识你要找的杀手。总比一无所获好，你的团队在我给出建议前，所获不多。”

卡罗尔砰地把文件放在桌子上。“你怎么能分神做这些呢？杰克·万斯还逍遥法外，你怎么能关注怪物杀死妓女的烂事？你是万斯的目标，和我一样。你应该与安布罗斯和帕特森合作，尽快找到万斯，而不是在这里他妈的瞎操心不关你的事。”卡罗尔大喊大叫，声音颤抖着，抑制住托尼知道她无论如何都不愿意掉落的眼泪。“你显然不关心我，但你不关心自己吗？”

托尼直直地盯着她。“实际上，你把话说反了。我可能不关心自己，但真的关心你。而且万斯知道这点。这可能就是克里斯现在躺在医院的原因。”这些话刚滑过嘴唇，他就咒骂愚蠢。

卡罗尔就像被他甩了一巴掌。“克里斯在医院？我不知道这件事。她究竟发生了什么事？”

托尼不敢看卡罗尔的眼睛。“她代替宝拉去接尼尔森。万斯先前进到你的公寓，在猫食桶里设置了陷阱。克里斯满脸都被泼了硫酸。”

“噢我的天哪，”卡罗尔虚弱地喊道，“陷阱是为我设的。”

“是的，我想是这样。让你承受更多痛苦，也要我痛苦。”

“什么——她怎么样了？”

“不好。”他已经开了个头，很难再撒谎。“她双眼失明，脸被烧毁得厉害，他们还担心她的肺部。她处在药物昏迷中，医生说这样可以保证她情况稳定，而且无痛。”托尼伸手想碰卡罗尔，但是她退缩了。“我们没有告诉你，因为我们认为你要应对的事情已经很多。”

“上帝，”她喊，“你们这样做只会让我感觉更糟。你在做什么呢？你为什么不处理万斯案？”

“我已经给了阿尔文我能提供的所有帮助。他如果需要我，会找我的。”他觉得自己哽咽起来，清了清嗓子。“我不能创造奇迹，卡罗尔。”

“我曾经以为你能。”卡罗尔说，脸垮下来。她咬着嘴唇，转身离开托尼。

托尼的嘴露出一丝笑意，但脸上没有笑意。“很多人就是这样愚弄别人一段时间的……对不起，卡罗尔。我真的抱歉。我认为他接下来会去伤害米琪。这可能意味着贝齐有危险。阿尔文动用了大量当地警力，他们对米琪的地方采取了武装保护措施。不知道你听了这些话会不会感觉好受些。”托尼用手指戳戳食物，食欲消失了。“我不知道我们还能做什么。是的。我他妈的害怕他计划做的事。”

“可笑，不是吗？我们在保护那个包庇万斯犯罪事实那么多年的女人。他们的假婚姻方便他绑架、囚禁、折磨、强奸和杀害年轻女性。你和我，阻止他的人，却成了受损失的人。她将再次毫发无伤地走开。”卡罗尔说，怒不可遏。

“这太不公平。”她跌在托尼对面的大皮转椅中，终于耗尽精力。

“我知道。但你在这里是安全的。”

“你什么意思？”

“我不认为他知道这个地方。我认为他派了人调查我们的生活，观察我们去哪里，做什么，见过什么人。隐藏在谷仓的摄像机——”

“什么隐藏的摄像机？为什么没有人告诉我？”她释放出最后一点愤怒。“你是怎么知道的？”

“在我离开之前，技术人员发现了摄像机。富兰克林没有告诉你吗？”

“富兰克林告诉我的没有你告诉我的多。”

托尼不想再谈这个话题。他从来都不喜欢和卡罗尔争执。“反正，我不认为他知道这艘船的存在。我好久没有来过这里了。酒吧的索尔为我看着船。我昨晚来这里时，阿尔文带了个技术人员为我扫描了一圈。没有摄像头，没有窃听器。所以我认为万斯没有监控这里。这是安全屋。”

“万斯在监视迈克尔他们？”

“万斯入门的时机堪称完美。他在他们最不可能注意到时走到他们身边。”

“混蛋。”卡罗尔说。她闭上眼睛，头垂下，落在手上。

“前面有个小舱，”托尼说，“里面有舒服的床。亚瑟喜欢舒适。你可以在上床睡觉前在那儿舒服地躺上几小时。”

她身子晃了晃，站起来，又很快坐下。“哇噢，我还没有晕船。谢谢你，但是我——”

“你不需要去任何地方。你的团队知道怎么开展行动。阿尔文·安布罗斯和斯图亚特·帕特森需要机会向你证明他们自己，在你真正成为他们的老板之前。他们如果确实需要你做什么事情，会有人打电话给你。”他从未像现在这样努力让她信任自己。这种努力哪怕只能让她睡几个小时也好。

卡罗尔四处看看，思索着。“那你呢？你看起来真狼狈。你昨晚睡了吗？”

“我从来都睡得不多，”他说，“多一个晚上不睡有差别吗？”这话并不完全对。他成年以后大部分时间睡眠糟糕，但他住到亚瑟·布莱斯平静的房子后，睡眠大有好转。这是他喜欢那所房子的原因之一。但是他从来没有告诉任何人这件事，现在也不能告诉卡罗尔。不然他会像个绝望地乞求怜悯的人。“去睡吧，卡罗尔。你醒来以后可以再跟我吵一架。”

“我会的。”她说。她没有再争辩。托尼看着卡罗尔走了几步，去前舱，他的心从来没有这么沉重。他不由自自主地认为，他们之间发生了非常要命的事。

44

你现在可以在联合王国租到任何东西，万斯想，在过去，一切都是出售的。现在，似乎一切都是出租的。你如果不能拥有它，可以假装拥有它。而且你能在互联网找到可以满足你任何需求的人。

下午晚些时候，他弄到一辆四轮摩托车，将其挂在 SUV 后面的拖车上。他还从那家农业商店买了一大袋种马饲料块。多么讽刺啊，一对女同性恋者经营一家赛马种马场？不过他去那儿不用太在衣着上费心。他买了绿色棉马甲、羔羊毛毛衣、斜纹软呢帽和一双马靴。他已经穿戴完毕。

他在离米琪的农场两英里的地方把车开离次级公路，驶上一条穿过林地的小路。他把车开到看不见路的地方，卸下摩托车，解开拖车，把 SUV 转个向，以便稍后快速离开。他第一次换上伪装，把上唇的胡子修剪成狭窄的牙刷状，把帕特里克·戈登的眼镜换成护目镜。他把饲料袋放在摩托车后面的纵火工具上面，出发。

他开着摩托车，行驶了大约一英里，验证从地图和谷歌地球搜到的信息，然后开到路右边一个农场入口。他穿过一条宽阔平整的草地，很高兴最近没有下什么雨。远处是另一个大门，门后面是牧场，万斯绕过牧场边缘，六七匹马抬起头漠然地观望。他现在可以看到米琪的农场，还可以看到马厩区和干草仓后面的住宅。

万斯接近那栋住宅时，能感觉到心怦怦狂跳。他承担很大风险，已不那么愉悦。但他决心让米琪为她所做的事付出代价。他曾想暂时不管她。等到警察厌倦了保护她再行动。让她恐惧和担心几个月，不知道他什么时候会来找她。他看着米琪焦虑一定会感到一种满足。但他更想杳无影踪，轻松自在。他想尽快离开英国。他得尽早完成复仇。付清账单，走人。

所以他来到了这里，朝着米琪该死的完美生活前进。他希望米琪能享受这最后一晚的安宁。

地上的影子越来越长，他通过最后一道门，开向谷仓。他快到谷仓时，一个马夫从马厩旁走过来，示意万斯下车。“米琪叫我卸饲料块。”万斯轻松地说，尽量用上流社会的口音。“发生什么事了？这个地方他妈的到处是警察。”

“你知道从监狱里逃出来的那个万斯吗？在逃的那个？”从口音判断，马夫应该是爱尔兰人，这太完美了。他不可能像当地人那样，认识附近所有的农场主。“他是米琪的前夫。他好像要杀她。”

万斯低声吹口哨。“太倒霉了。米琪现在肯定很难过。还有贝齐，可怜的老东西。不过我说过要把这些放在谷仓。”

马夫皱起眉。“这不是我们常用的牌子。”

“我知道。我用这些，效果很好。可以真正改善牲口的状况。我对米琪说过要顺便带一些过来，让她也试试。”万斯露出请求原谅的笑容。“我答应昨天带过来的，但我一直跑来跑去，像只无头鸡。”小伙子走到一边。万斯把摩托车挂上挡，继续开。

这个老式木制谷仓里放着马的食物，在马厩区的后面。一边堆着麦秆，另一边放着饲料袋和饲料包。万斯对这个地方很感兴趣。他驶到谷仓另一端，把摩托车转向，下车。他把饲料拖下摩托车，然后开始工作。

万斯把一捆麦秆拖到仓库后面，充当木墙和饲料包的连接物。然后他把麦秆竖起来，斜靠在墙上，留一个楔形空间在下面。他把汽油倒在麦秆上，然后他在木墙和麦秆形成的空间里塞进泡沫碎片。最后，他点燃了半打香烟，把它们插进泡沫中。他在狱中结交的纵火犯跟他说的如果是实话，泡沫会闷烧一会儿，然后淋着汽油的麦秆会烧着。仓库是易失火建筑物，火会蔓延到马厩的屋顶，烧毁屋顶，然后屋顶掉在受惊的马身上。

这个计划唯一的缺陷是，他没空看到这场面。一个人在乡村总比在城市显眼。万斯跨上摩托车，返回来时的路。这一次，没人拦他。刚才跟他说话的马夫只不过挥了挥手。

人们很容易被蒙骗。动作敏捷的手总能骗过眼睛。万斯仍然是个优秀的魔术师。米琪很快就会承认这一点。

45

宝拉坐在斯黛西的位置上，象征性地负责重案组的计算机系统。斯黛西走时留下烦人的禁令，她什么都不能动。宝拉可能会绕过卡罗尔·乔丹，冒险行动，但她知道最好不要对斯黛西使用这一招。在六台电脑中，她有三台不能进入。它们不断在处理信息，但她不知道它们正在处理什么信息，警队是否应该知道那些信息。斯黛西说她会远程监控系统。宝拉觉得这样挺好。

她在另外三台电脑上工作。北区把所有的数据输入了电脑，与重案组即刻共享信息。当然，这是假定北区上传了一切信息，并没有对信息自作主张。她也希望没有哪些蠢蛋认为自己可以成为独行侠，留下了一些信息。萨姆有这种倾向，至今也未能完全改正过来。

她通过电脑成为第一个获知第四个受害者信息的人。凶手这一次没那么谨慎，把受害者的手提包就丢在抛尸处拐角的垃圾箱。宝拉从电脑提出包的图片，看到一个染色的、带子细长的带串珠小包。包里装的东西被放在旁边：一打避孕套，一个装了 77 英镑的钱包，一支口红和一部手机。这些东西就像人生悲伤的句号，宝拉想。

手机的注册地址是在斯肯比地区，属于一个名叫玛丽亚·德姆查克的人。初步调查显示，这个女人是从乌克兰非法进入的，可能是被贩卖来的，和十几个年轻女性一起住在一栋连排房屋中，受一位前职业拳击手保护，拳击手的妻子以前跳艳舞，是俄罗斯人。宝拉觉得国籍并不代表什么。

“有意思。”宝拉说。凯文·马修斯，唯一留在警队室的警官，过来看了一眼。“这个女人似乎有个皮条客。”宝拉说。

“他越来越大胆了。”凯文说：“前三个受害者都独来独往。她们外出站街时没有人照看她们。但有皮条客的妓女不好意思。这个混蛋认为自己是不可战胜的。也许我们快要抓到他了。”

“我希望你是对的。他也变粗心了。我们没有在其他三个死者身上发现任何身份信息或手提包。托尼说他可能把东西作为纪念品留下了。”

“我告诉你，他这是以公开的方式告知大众有第四个受害者，”凯文说，“在那个拱廊商场购物的每个人都将听到血淋淋的细节。会出现很多个穷追猛打的佩妮·伯吉斯。全国都会知道。不，何止全国。全世界都会知道，就像几年前的伊普斯维奇案。”他咯咯地笑了。“我当时在西班牙度假。你不知道西班牙新闻播报员在念伊普斯维奇这个名字时多费劲。我告诉你，万斯案和这个案子将使我们闻名全球。”

“总督察不喜欢这样。”

“她不在这里。她没有发言权。彼得·里基会出现在新闻记者会上，我不认为里基会退缩。面对它，宝拉，我们明天将被女王陛下这些卑鄙而冷血的记者围攻。但我们他妈的压根没什么能透露给他们的信息。”

就在这时，斯黛西桌上的电话响了。两人都伸手去接，但宝拉速度更快。“我是麦金太尔警官，”她说。

“我是斯黛西。”

“嗨，斯黛西。我们确认了第四个受害者的身份——”

“我知道，我跟你说过我在监控电脑。我从俄克拉荷马人的网站上找到些东西。”

宝拉笑着朝凯文竖起一个大拇指。“你真是个天才，斯黛西。你要告诉我们名字吗？”

“我才有头绪，”斯黛西压低声音说，“没有英国人在论坛发帖子。但我从后门进入该网站，又进入网站邮箱。大约一年前，网站收到一封电子邮件。我已经把这封邮件发送到我一号显示器的系统收件箱去了。我在追查发件人，会尽快告诉你们更多信息。”

“谢谢。那里一切怎么样？总督察精神如何？”

“我现在手忙脚乱，宝拉。我有相关消息后会立刻告诉你。”电话挂了。

“寄居蟹的社交技能啊。”凯文说。

“我以为她变好了，但我现在必须承认：这个女孩永远不会坐着闲聊。看看她给了我们什么东西。”宝拉已经打开电子邮件。她把邮件放大，让其覆盖整个屏幕，读出来：“嗨，喜欢《迷宫之人》的人。爱你们的网站。我是一个英国人，这里似乎没人记得这部剧。我有整套录像，但录像有点损坏。你们知道英国谁有完整又清晰的录像吗？我想拷贝一套？祝好，《迷宫之人》粉丝。”

后面是斯黛西的备注。“请看回复：‘对不起，《迷宫之人》粉丝，没有英国人访问过这里。祝你好运。’看邮箱名。我正在我的系统上挖掘有克里·弗莱彻的数据，稍后发给你更多信息。”

宝拉转过身和凯文高高击掌。“这是个好开始。”宝拉说。

“不止如此。这是个名字。一个可靠的线索，到目前为止，我们一直严重缺乏线索。希望我们能在老大从伍斯特回来之前了结整件事。”他摇摇头。“该死的伍斯特。我六个月前几乎都没听说过这个地方。我现在不摔一跤都不能摆脱它。”

宝拉的手机响了，她看着手机屏幕，做个鬼脸。“我要告诉你一件关于伍斯特的好事，”她说，“该死的佩妮·伯吉斯在那儿吃不开。”

卷须般的烟袅袅升起，汇聚成一股，然后分离成薄薄的一缕缕，消散到逐渐变浓的空气中。黄色和红色的火星从每束干草上冒出来，绽放成小火焰，大多数火焰发出噼啪声后就灭了。但是有些火焰幸存下来，汇聚成更大的火焰，好像爆米花。它们发出啪啦作响的爆裂声，把干草变成喷火管，烈火向上和向外飞溅。

烈火迅速燃烧，短短几分钟后便加倍猛烈。然后几秒之间，仓库后面的饲料包就变成了火焰之墙，烟雾在屋顶下聚集，加厚。火舌舔着木制的屋顶横梁，顺着屋梁烧，就像水洒在平地上。此刻，还没人注意到发生了什么事。

屋梁刚好连接到马厩区。这些木梁伸展到马厩的屋顶，两栋建筑以此相互支撑，都变得更加牢固。但此刻火爬上坚固的托梁，受到砂浆的阻碍，但能顺着托梁进入马厩区。

马比人先闻到烟。它们不安起来，在马厩里跺脚喷鼻，摆头翻眼。一匹灰色母马踢着单间马厩里的墙，高声嘶叫，眼白鲜明地映出眼睑边缘。第一束火焰冲破马群上方的干草棚顶，不安变成了恐慌。马蹄嗒嗒响，马的嘴角显出泡沫。

到这会儿，大火快速蔓延，一路碰到易燃材料。木材、干草和麦秆被迅速吞噬。受惊的马尖叫着踢马厩的木门。马夫们就在外面四周巡逻，守卫着老板。当他们发现出了什么事时，火已经掌控一切。

第一个到现场的马夫约翰尼·菲茨杰拉德冲进地狱般的现场，打开最近的马厩门。背上落着一溜火焰的马暴跳着尖叫着，它们不停甩着的蹄子对任何救助者都是凶猛的武器。

约翰尼不在乎，大喊："火！火！叫消防队！"他跑向一匹戴着白色面具的栗色母马，他那天早晨还骑过这匹马。他停下来，抓住挂绕在门边钩上的缰绳。"法利尔的朋友"是他最爱的马之一，一匹性情温和的母马，从国家狩猎场栅栏里的观光马变成了欲望的子弹，跑在赛马场的前列。约翰尼走近母马，压低声音，不断重复单调的话。它仍在原地站着，头向两边摆动，眼珠滚动，喷着鼻，哼叫着，团团火焰落到它的背上，又从它的身侧掉落在地，在地上又形成一道火流。热火猛烈，在约翰尼向前移动时灼烧着他的鼻子和喉咙。马的嘶叫和燃烧着火让他痛苦不堪，恐惧和怜悯在他心里涌起。他爱这些牲畜，但感觉毫无办法，这些马非死即伤。

约翰尼迅速尽可能接近马，把缰绳套上马头，扯开马厩门的门栓。“来吧，我可爱的姑娘。”约翰尼说。“法利尔的朋友”不需要催促。它向外冲，在冲进院子时差点把约翰尼撞倒。

此刻，所有人都疯狂地动起来。火势集中在马厩区一端，马夫们和警察在四处尽一切可能阻止火势蔓延，解救马匹。约翰尼花了宝贵的几秒钟，尽量安抚栗色母马，然后把缰绳交给警察。他脱掉毛衣，在一个水槽里浸湿。他用湿毛巾包住头，返回火场。

情况之前已经很糟糕，现在更是凶险万分。他几乎不能忍受炙热，但强迫自己走向下一匹马。“午夜舞者”，黑美人，身体条件让这片地区每个养马场都嫉妒。现在，她光滑黑亮的两肋被烟雾、灰尘和汗水熏暗，它的尖叫像一把刀，撕裂着约翰尼被烟熏得晕乎乎的大脑。他抓最近的缰绳，手被钩子烫到，但随后抓到了绳子。

几乎不可能给马上套索。摆动的头，露出的白牙，抽搐的耳朵都表明，它现在是危险的。约翰尼轻声地咒骂，试图让诅咒听起来像表达友善。他突然意识到旁边有个人。他通过浓密的黑烟，认出贝齐·索恩那熟悉的面孔，这是他的老板和导师。“我有水，”她喊道，“我把水往它身上泼，吸引它的注意力，你拿缰绳套住它。”在火焰的噼啪声，马蹄的嗒嗒声和刺耳的尖叫声中很难完全听懂她的话，但是约翰尼抓到了要点。

贝齐把水泼向“午夜舞者”的一瞬间，马静了下来。约翰尼抓紧时间甩出缰绳。绳子套住马的耳朵，滑下它的后颈。贝齐去开门栓。哐当一声巨响，然后是刺耳的咯吱声。他们俩抬头一看，一节橡树托梁脱离屋顶，像巨大的燃烧弹，直接砸向他们。

约翰尼没有片刻犹豫，丢掉缰绳，扑向贝齐，他虽然很瘦，但身体的重量足以把贝齐推开，不被落下的梁砸到。贝齐爬起身，转过来，看到约翰尼和“午夜舞者”都被压在燃烧的椽条下面，已无生还可能。贝齐听到头上又响起吱嘎吱嘎的声音，迅速爬过屋梁和死掉的马夫，朝矩形的灰色门爬去。

她跌跌撞撞地走到院子里，米琪把她拥进怀里。贝齐推开米琪，滚热的呕吐物从她的胃里喷出来，溅到院子的人字形砖上。眼泪从她的脸上流淌下来，这不止是烟熏出来的眼泪。贝齐镇定下来，一只手放在没着火的微凉的墙上，消防队的车子摇晃着开到院子里，在从屋顶激射出的红色火焰里闪着蓝光。

贝齐喘着气，双腿突然疲软。她就在这种感觉中想到了杰克·万斯。她想到杰克·万斯后，又是一阵呕吐。

46

船摇晃起来，托尼的心脏在胸腔里猛跳。有人上船来了。他试图站起来，但高背椅和桌子之间的空隙太窄。他惊慌地挣扎着想抬起脚，突然听到安布罗斯的声音，欣慰得几乎哭出来。安布罗斯在喊："我能下去吗？"

"他妈的，"托尼说，"你差点害我心脏病发作。"

安布罗斯出现了，双腿先下来。"你需要装个门铃。或者像有些人那样，装那种黄铜铃铛。做地道的水上人。"他看了看四周，注意到笔记本电脑和散落的文件。"乔丹总督察在找你呢，"他说，"我告诉她，你很可能在这里。"

"谢谢，"托尼说，"我有没有对你提过，她认为她弟弟的死是我的错？"

"啊，"安布罗斯回答，"她什么都没说。我想……"

“在昨天之前的任何一天，你可能都想对了。”

“她来了吗？”

托尼头向船首示意。“她正睡着呢。”

安布罗斯露出已婚男人讨人厌的微笑，好像知道这是咋回事。“这么说，你已经解决问题了。然后呢？”

托尼摇了摇头，尽量不表现出他是多么不安。“达成了暂时停火协议，我想只能这么说。在紧要关头，疲惫战胜了愤怒。”

“至少她跟你说话了。”

“我不知道这有什么好处。”托尼苦笑着说。他没做解释，因为看到舱门打开。

卡罗尔出现了，看起来有点脏兮兮的，头发凌乱。“你这儿有没有——噢，安布罗斯警长。我不知道你在这儿。”

“刚到，长官。我以为你在这里，就来找你了。我有新消息告诉两位。”他说，摆出公事公办的姿态，因为他未来的老板在这里。

“等我一分钟，”卡罗尔说，“托尼，你在这里是怎么解手的？”

“左边的门。”他说，指向右边。卡罗尔愤怒地看他一眼，消失在船头。“那是个像样的浴室，”托尼对安布罗斯说，“会让她印象深刻。”

安布罗斯有点怀疑。“你说是就是。”

“这个新消息——不是好消息，对吗？我看出来了，你刚才没看我们俩。”

安布罗斯瞪着托尼。“你既然知道了，就不要问。”他四下赞赏地看了看厨房。“挺可爱的，这船。我想要一艘船。我和妻子及孩子们会在这么一艘船上玩得很开心。”

“真的吗？”托尼尽量不表示困惑。

“是啊。为什么不喜欢？你是自己的老板，没有交通堵塞，轻松地干活，但仍然有舒适的家。”

“你可以借去，你知道。”托尼在空中张开手，挥舞着。“我很少用。你不妨用。”

“你是说真的？”

“当然。相信我，阿尔文。这里不会变成我的家。我只是短期住在这儿，因为我今天早上意识到这里比布拉德菲尔德安全。”

卡罗尔出现，刚好听到最后一句话。她已经抚平衣服上的褶皱，看起来清新和机敏。“我希望你早点考虑到安全。”她说，然后精神十足地给了安布罗斯一个欢迎的笑容。托尼不明白她为什么这么快就恢复精力，继续猛烈抨击他。“那么，警长，重要到不能在电话里说的大事是什么？”

安布罗斯撇了撇嘴角，露出像是微笑的表情。“老实说，我是想出来走走。调查不顺时，你身上会积蓄一种能量。这不是有益的能量，你必须抛弃它。我需要找回魔力。所以我利用了这个告诉你们新消息的机会。”他叹了口气。“我想这不是好消息，尽管没有先前那么恶劣。”

“米琪？”托尼问，“万斯去找她了？她还好吗？贝齐好吗？”

安布罗斯点点头。“她俩都没事。”

“出了什么事，警长？”卡罗尔插嘴，冷静而坚定，又变成职业警察。

“万斯穿过了安全警戒线。”他惊讶地摇头。“他骑着一辆四轮摩托车，载着一袋种马饲料块什么的。穿得像当地士绅。一个马夫拦住他，但是万斯编了一些废话，让马夫相信，他答应送米琪这种特殊的饲料。他直接把摩托车开到饲料仓库，点起可以缓慢燃烧的火。然后他开着该死的四轮摩托，从警察的眼皮底下离开。他离开当地后，人们才发现谷仓着火了。”

“有人受伤吗？”

“一个马夫小伙在企图救贝齐·索恩时死了。贝齐差点被一根从屋顶掉下的梁砸到。如果不是死去的马夫把她撞开，她就会被砸中。还有几个马夫有轻微烧伤。他们认为真正的目标是马厩区。万斯意在烧马。”安布罗斯看起来有些抱歉。“如同托尼所说：万斯要对付的是他的受害者重视的东西。他们必须忍受他忍受的那种后果。”

卡罗尔的脸僵硬得像是戴着坚固的面具。

“马怎样了？”托尼问。这是他想到的第一件事情。

“死了两匹，其他的要么在外面的马场，要么被马夫们救了。现场的警察说，这些马夫勇敢得不可思议。”

“而他们没追到万斯？他只是骑着摩托车。”卡罗尔说，又气又恨。

“他们在树林附近发现了这辆摩托车。还有一个拖车。从轮胎痕迹看，他似乎开着一辆SUV了。西米德兰兹警局已经获得拖车租赁公司的信息，他们希望查出他开的是什么车。但是那里星期六晚上没人，所以只有上帝知道何时能有收获。”

“他昨晚开的不是SUV，对吗？”托尼问，“你的一个人告诉我。

有个邻居在火灾发生前看见一辆福特轿车停在车道上。”

“是的，我们追查交通摄像头，认为那是他开的车。不过，没有拍到他的清晰照片。我们在离你家大约一英里的地方失去他的踪迹。他肯定是走小巷，远离主要公路。”

“所以他将那辆车丢弃，租了一辆 SUV，”卡罗尔说，“你查过这个地区所有租车的地方吗？他必须在某个地方换车，他不会还开着福特，没必要。那车被警方盯上了，得丢掉。”

安布罗斯看起来有点震惊。“我想我们还没这么做。”他说，声音有点焦虑。他应该焦虑，托尼想。

卡罗尔的蓝眼睛冷冷地盯着他。“你真的不习惯这种规模的行动，是吗，警长？你没有太多协调追捕的经验？还在努力适应首要原则，是吗？”

“我在离开办公室之前，我们刚刚查到涉及的 SUV，”安布罗斯说，“我估计到这会儿行动已经部署下去。但我不知道，因为我不在那里。我们不是无能之辈，长官。”

“对。我相信你不是。”卡罗尔叹口气。“是我多心吗？你是不是也觉得，米琪在整件事中很轻松？我是指跟我和托尼？当然还有克里斯，她正在替我受罪。”

“你怎么看？”托尼抢先问，以免安布罗斯说出什么会被卡罗尔斥责的话。

卡罗尔用力眨眨眼，眯起眼。“米琪是万斯多年的帮凶。旧习难改。托尼，你不是经常这样对我们说吗？万一这把火只是万斯放的烟雾弹呢？万一特里·盖茨不是万斯在外面唯一的帮手呢？”

47

星期六晚上，希思罗机场依旧那么繁忙，只有保安人员会注意旅客。没人诧异为什么一个黑发、褐色眼睛、戴眼镜和留八字胡的男人进了男厕所，出来的是个完全不同的人：一头深金色的头发，明亮的蓝眼睛，不留胡须。现在，帕特里克·戈登的证件被放回到箱子中，取而代之的是马克·柯伦的证件，从诺丁山来的某个公司的董事。

他把SUV停在长期停车区，不到半小时又开出一辆福特，这次是一辆银色的福克斯房车，车上音响放着刺耳的布鲁斯·斯普林斯廷精选辑里的歌曲。真是美好的日子。他今晚要睡在自己的床上，回到文顿伍兹。他明天可能歇一天。耶和华也在第七天休息。他有更多的复仇行动要实施，要编排和展现更壮观的死亡。然后掸掸脚上的尘土，离开这个陈旧、令人厌倦的国家。他起初以为加勒比海地区适合他开始新生活。但现在阿拉伯世界是变革的熔炉。有钱人在迪拜或吉达那样的城市可以生活得很好。波斯湾地区有些地方生活成本还不是太高，一个男人在那里可以不受干涉地满足欲望，只要有些钱。更重要的是，这些地方与英国之间没有引渡协议。而且大家都说英语。所以他在好几个地方都购买了房产。

万斯几乎可以感觉到照到皮肤上的温暖阳光。到了他索取自己真正想要的东西的时候了。他为成功拼命努力。伪装那么好，对那些无关紧要的人假装友善，隐藏蔑视，好像他就是他们中的一个。容易亲近，他们这样评价他。是吗。他其实只想接近他们，打得他们毫无知觉。

从这个层面来说，入狱是一种解脱。当然，他还得向当局表现出虚假的一面。但他有很多机会去掉虚假的面孔，让人们看到真正的杰克·万斯，完整地展现原有的力量。所谓的硬汉意识到他不是他们认定的那种弱者，惊恐地瞪大眼睛，收紧嘴巴。他们意识到，他们要对付的人超越了人类的极限。他喜欢看到他们的反应。但他们理解的极限还不是极限。是的，监狱成了他磨炼技能的完美之地。

是时候把一切丢在身后了。开始新的生活，集中精力干自己想干的事。他驱车在黑暗中行驶，打开新闻电台收听整点新闻播报。他袭击米琪种马场的消息这会儿应该已经成为头条新闻。他仔细听着乱糟糟的新闻提要：阿拉伯街头抗议，联合政府削减预算，妓女在布拉德菲尔德被杀。然后他听到自己想听的新闻。

“前电视明星米琪·摩根的赛马种马场今晚成为一起纵火事件

的攻击目标。有一个马夫在试图把马从燃烧的马厩营救出来时葬身火海。还有两匹马在火灾中丧生。火从一个干草仓库烧起。马夫们的迅速行动使得剩下的十五匹良种赛马获救。马场受到重要破坏。警方拒绝评论此次袭击是否与摩根女士的前夫、前运动员和电视节目主持人杰克·万斯本周的越狱事件有关联。但是一位与摩根女士关系密切的人说：'我们屏气凝神，一直在等待那个恶人来袭击米琪。攻击无助的马是无比卑劣的行径。'我们将在半点新闻中报道更多相关消息。"

万斯的手猛击在方向盘上，汽车突然偏离当前道路，后面汽车的喇叭嘟嘟响。"两匹马和一个马夫？"他喊道，"两匹该死的马和一个毫无价值的马夫？承担所有的风险，做了所有的准备工作，就为了两匹该死的马和一个马夫？"得不偿失。太得不偿失。他的目标不是爱马的米琪，而是贝齐。他原本希望马厩彻底被毁，贝齐的第二人生被毁，米琪无力逃脱痛苦。也许那个纵火犯的说法有误。要不就是这个狡猾、贪婪的混蛋故意骗了他。

愤怒似洪水席卷他的身体，提高他的体温，使他感到坐在车里如同被困笼中。万斯驶下下一个出口，把车停在紧急停车带。他下了车，开始踢塑料垃圾桶，咒骂黑夜。他在袭击米琪农场的过程中持续紧张的心情突然猛烈地爆发出来。"贱人，贱人，贱人！"他向天空喊道。

最后，他筋疲力尽，背靠车，仍然淹没在愤怒和痛苦中。他做到计划中的事情才会满足。他应该得到满足。但米琪又一次击败了他。他不能允许这种情况发生。现在要加快进度。他今晚将完成明天的任务。幸亏他醉心于应急计划，带着所有需要的东西，以备不时之需。之后，他可以回到文顿伍兹躲几天。他可以激活其他监控系统，想出办法突破其他安保。然后他可以回来寻找第二次机会，让米琪付出应该付出的代价。

不再考虑其他事情。

米琪·摩根的粉丝仍然喜欢她，尽管她上次出现在电视屏幕上是很多年前。他们不在乎她浓密的金发中夹杂着几根银丝，蓝色眼睛的周围生出几条皱纹。她体形没变，美貌依旧，依旧是那个在一周四天的午餐时间对着他们的客厅微笑的女人。不断骑马锻炼让她始终保持体形，标志性的修长美腿看起来仍然像以前一样棒——贝齐经常这样安慰她。

但今晚，米琪压根不关心自己的容貌。贝齐差点为了米琪心爱的马而丧生。如果不是约翰尼·菲茨杰拉德机智和敏捷，贝齐可能会被压在焖烧的木梁之下，而米琪可能会失去唯一使自己的生活值得过的人。她们在一起十五年多了，米琪不能想象没有贝齐的生活。她们的关系超越了爱情；它包括共同的价值观和乐趣，互补的技能和缺陷。而她今晚几乎失去了一切。

如此这般的想法和恐惧不停地在她脑海盘旋，让她觉得其他一切事情都无关紧要。她清楚地知道贝齐安然无恙，正在楼上的浴缸里泡着，把头发和皮肤上的烟味洗掉。但是米琪内心依然翻腾不止。她真的没太关注不停向她提问的警官，她也不知道答案。

是的，她认为这是杰克干的。不，自从杰克逃狱后，她没有听到过他的消息。实际上，她这么些年一直没有听到过他的消息，这正合她意。不，她不知道他可能在哪里。不，她不知道谁可能会帮助他。他从不热衷交朋友。只喜欢利用别人。不，她那天晚上没有看到或听到任何反常的事。警报拉响时，她和贝齐正在跟几个从附近村庄来的朋友打桥牌。

米琪想起当时的情景还会发抖。贝齐最先起身，把牌掷在桌上，跑向门口。警方保护人员试图不让她们离开。但他们显然没有预料到中年女人贝齐比他们都强壮，用胳膊一把推开他们。米琪想追赶贝齐，但有个警官很沉稳，抓住她的腰，粗暴地把她按回室内。“放火可能是个诡计，放火，”警察朝她吼道，“他可能想引你出去，乘乱枪杀你。”

“他不用枪，”米琪也吼着回应那警察，“你瞄准射击需要两只手。他不会做自己不擅长的事。”

这个想法从何而来？她不知道。在万斯越狱前，她已经很长一段时间没有想到万斯。但万斯逃脱后，好像就不断出现在她的世界里，似乎一直站在她的肩膀上，长时间看着她，叫她等着瞧。警察来到她家，告诉她他们认为杰克想干什么时，她立刻相信，她在万斯要报复的人员名单的最前面。

如果不是为了贝齐和那些马，她可能已经逃走。和她们打桥牌的朋友达夫妮曾经建议她离开。“亲爱的，他是一个畜生。你不能让自己被他的怨恨伤害。贝齐，告诉米琪。她应该去一个杰克找不到她的某个地方。”

但这是不可能的选择。她不能离开贝齐。另外，她应该离开多长时间？警察如果在一两天内抓到他，很好。她可以回来。但杰克诡计多端。他会详细而精确地计划逃亡。他可能潜逃好几个月。甚至永远。那她怎么办呢？不，逃跑不是一个好法子。

警察问了句什么，米琪努力振作精神，请他重复一遍。“我问你能否告诉我们，谁可以来带走你的马。”

“我能做这件事。”贝齐边说边走进房间。护理人员告诉她身体无碍后，她做的第一件事就是打电话给周围地区的人，他们问是否有多余的马厩，她要为心爱的马提供栖身之所。“对不起，我应该告知你们细节。但我迫切地想要摆脱身上的烟味。”

“我理解。”警察说。

贝齐已经在一张便条纸上用小巧的字体写上几个名字。她把便条交给警察，一只手搭在米琪的肩膀上，让米琪安心。“如果事情已经结束了，请让我们清静，不胜感激。”她说，迷人而坚定。只剩她们时，她抱着米琪的头，靠在自己乳房上。松软的乳房外罩着非常高贵的格子呢睡袍。“我不希望再有这样的夜晚。”她说。

“我也不想，”米琪叹气说，“我不能相信他竟然企图害死马。为什么？”

“我想是为了伤害我们。”贝齐理智地说。她松开米琪，给自己倒了一杯苏格兰威士忌。“你想来一杯吗？”

米琪摇摇头。“如果是这样，我庆幸他选择对马下手，而不是你。”

“噢，亲爱的，别这么说。不要忘记，约翰尼把命搭进去了。还有那些可怜的马。它们死前肯定极度恐惧和痛苦。我对此很愤怒。可怜的老‘午夜舞者’和‘旅行者酒吧’。动物是无辜的。我过去没有指责过杰克，但是伤害这些光荣、无辜的动物，真是太卑鄙了。”

米琪摇摇头。“他为了满足野心，什么事都干得出来。我们应该早就意识到这点。”

贝齐蜷在米琪对面的椅子中。“我们没办法知道他的秘密生活。”

“也许没办法。但是我们一直知道他有另一种生活。”米琪摆弄着头发，用手指绕着一缕。“你没事，我真的很开心。”

贝齐轻声一笑。“我也是。有那么可怕的一刻，我在想：‘就是这样了，贝齐，你完蛋了。’然后约翰尼来救了我。”她的表情变得肃穆。

米琪身子颤抖。“我们不要谈这个了。”她正说着，听到客厅里有声音。听不清说的是什么，但应该是一个男人和一个女人。

门开了，一个女人走进来。米琪觉得她面熟——短短的金发厚而齐整，中等身材，灰蓝色的眼睛，姣好的外表因为疲劳和熬夜而憔悴——但米琪不确定她是谁。从衣着也看不出线索——深蓝色套装，剪裁体面但不奢侈；淡蓝色开领衬衫，轻便的皮夹克下摆垂到大腿上。她可能是律师或记者。她看到米琪和贝齐时嘴唇收紧，在她们的农家厨房里放松下来。“你们不记得我了，是吗？”她说，冷冷地瞪着她们俩。

“我记得，”贝齐说，“你是逮捕杰克的那个警官。我记得你在中央刑事法庭出庭作证。”

“杰克？这个男人企图烧毁你们的生计，而你们还叫他杰克？”

米琪看向贝齐，寻求指引。贝齐表情僵硬，眼睛里有一丝戒备。“我们一直叫他杰克。这只是习惯。”

“是吗？真的只是这样吗？这是你的真实想法吗，索恩女士？”这女人的声音听上去很压抑，她似乎正在努力控制自己。

“你在理，我们不争论。对不起，我不记得你的名字。”

“你应该记得。我的名字这周在新闻里出现了很多次。我是乔丹。卡罗尔·乔丹。卡罗尔·乔丹总督察。迈克尔·乔丹的姐姐。”

卡罗尔说完后，三个女人之间的空间被不断膨胀的沉默填满。最后，贝齐先打破沉默。“我很抱歉。发生在你弟弟和他妻子身上的事不可原谅。”

“伴侣。露西是我弟弟的伴侣。不是他的妻子。他们没结婚。现在，感谢你的前——”她朝米琪点点头，“他们永远结不了婚。”

“我无法告诉你我有多难过。”米琪说。

“你可以试着说说。”卡罗尔说，眼睛好像在冒火。

“我们也是受害者，你知道，”米琪说，“贝齐差点就死在燃烧的马厩中。”

“但她没死，对吗？她神奇地逃脱了。”卡罗尔把背包扔在餐桌上。“我们这行的人，总觉得奇迹般的逃脱是可疑的东西。这不是哈利路亚、赞美耶和华之类的事。你看，通常来说，奇迹般的逃脱是计划好的。为了转移怀疑对象。”她的眼睛始终在她们两人之间移动，看她们的反应，运用多年来从托尼·希尔那样学来的技巧。

“这是一件相当骇人的事情。我们的一个雇员因救我而死，”贝齐说，神色平静安详。不过，米琪清楚地知道，贝齐也许会赶走卡罗尔·乔丹。

“真的这么骇人？我看过万斯其他复仇行为。托尼·希尔的房屋被烧成灰烬。那是这个世界上唯一让他觉得像家的地方。但你们的马厩只是失了点火。我弟弟和他的伴侣被残忍地谋杀了。我从未在犯罪现场见过那么多的血。但是你们只不过死了两匹马。还有一个你们不屑提到其名字的马夫也死了。你觉得这样的复仇模式合理吗？”

“事情原本可能会糟糕得多，”贝齐说，“消防队说，马厩的木料如果没有被抗燃的化学物质处理过，整个屋顶会掉下来。杰——万斯显然不可能知道这件事。”

卡罗尔耸耸肩。“对，除非你们告诉他。”她转而瞪着米琪。

“我们为什么这样做？我们为什么要帮助他？因为他帮助过我们？他的行为毁了米琪的电视生涯。”贝齐现在说话很快，压抑着愤怒。

“这样不是更好吗，是不是？让我们正视这点，贝齐。电视从来都不是你想要的世界，对吗？乡村粗花呢和马。上等人的口音和高帮皮马靴。我得说，万斯的丑行帮了你们一个忙。”

“不是这样的，”米琪说，语气里带着恳求，“我们饱受歧视，用了好些年才重建生活。”

“你是他的帮凶，他的面具。也是他的同谋。他躲在你后面多年，绑架和折磨少女。你一直知道他瞒着你一些事。我为何要相信你没有帮过他呢？有人帮助他安排这一切。为什么这个人不可能是你呢？你曾经关心他。”

“这些话让人忍无可忍。”贝齐说，声音像刀片，切断卡罗尔的滔滔不绝。

“是吗？为什么不能忍，贝齐？我没有大房子也没有一群马要关心，所以就得失去弟弟？”

卡罗尔突然跌落到旁边的椅子中。“我的弟弟。”

这几个字如同呜咽。她把脸埋在手中。这是布莱克向她透露这个消息以来，她第一次哭。她哭得好像一生从来没有哭过，所以要尽情哭一场。她的整个身体因为抽泣而抖动。

米琪看着贝齐，一副“我们现在怎么办？”的样子，但贝齐没理她。她往房子中间走过去，搬来一张椅子，坐下来，把卡罗尔抱到身边，仿佛卡罗尔是她的孩子。贝齐抚摸着卡罗尔的头，卡罗尔哭出声来时，她发出模糊的声音安慰她。米琪不知所措，走到橱柜旁，倒了三大杯威士忌。她把酒放在桌子上，然后去取厨房卷纸。

最后，卡罗尔停止哭泣。她抬起头，打了几个嗝，然后大口吸气，用手背擦擦脸。米琪扯了几张厨房卷纸，递给卡罗尔。卡罗尔用力抽鼻子，擤了擤，拿纸擦擦，然后看见威士忌。她猛地一口吞下威士忌，然后深吸一口气。她看起来极度脆弱，米琪想。“我不后悔我说了那些话。”卡罗尔说。

贝齐赞赏地对卡罗尔一笑。“当然，你不用。我认为你是一个跟我志趣相投的女人，乔丹总督察。也许从你的立场来看不是那么回事，但我们的确也是杰克·万斯的受害者。请你相信我。我们跟你唯一的区别是，你刚刚加入这个受害者俱乐部。”

48

卡罗尔旋风般离开游艇后，阿尔文也回到总部。托尼通常会很高兴别人任由他自行其是，即使是他喜欢的人。但是现在，卡罗尔每次离开他，他都会心怀恐惧，担心这也许是他们最后一次相见。卡罗尔来游艇并不是为了和解，托尼知道这一点。她来，是因为她需要从托尼这里得到些东西，这种需求胜过了她不想让托尼出现在视线中的愿望。当前这一切都结束之后会发生什么事？托尼的心里充满悲观情绪。

他厌恶独自一人待着时，他知道的唯一解决办法就是工作。于是他回到电脑前，试图将卡罗尔·乔丹忘掉。但这并不容易。他始终记得卡罗尔的痛苦。托尼讨厌看到她痛苦，尤其是这种痛苦可能，至少部分是因为他。最糟糕的是，她已愤然离去。他不知道卡罗尔在哪里，不知道该如何帮助她。

托尼试图集中精神，但是不管用。舱内他没吃完的鱼和薯条散发出的气味让他心烦。他把垃圾袋从水槽下的桶里拉出来，打个结。然后他爬出去，来到船尾，走上浮桥，把垃圾丢到最近的垃圾桶。他让舱门开着，这样夜晚凉爽的空气可以让船内清新一些。“如果这是一部惊悚电影，”他大声说道，“坏人现在已经潜入船舱。”他往回走，注意到船一动不动。“但我没有这样的运气。”

他回到船上，斜靠着船尾的扶手，眺望码头。一艘艘船的顶部看上去像一群黑色的甲虫，排列成行。有几艘船亮着灯，一片柔和的黄色灯光荡漾在黑色的水面上。远处，一个男人遛着两条苏格兰西高地白猎犬。一群年轻人离开酒吧，他们乱糟糟的说话声响彻码头。曾经的旧仓库如今变成可欣赏运河流域景色的公寓，长短不一的灯光照亮黑暗的外墙，将其分割成各种不规则的形状。

“动机，”他对着一只游过的野鸭说道，“这是区别心理学家和警察的要素。我们不能没有动机。但是警察并不真的在乎动机。只要事实，女士，他们只要事实。法医证据，目击证人的证词，其他一些他们认为你无法伪造的东西。但是我并不为事实所动。因为事实就像风景。你看到什么，取决于你所站的角度。”

鸭子停止向前划水，回来听他继续说。“我需要知道这些谋杀案的动机，”托尼说道，“人杀人不只是为了取乐，尽管有些杀人犯是这样说的。在他们看来，他们所做的事是有意义的。目前这个凶手杀害性工作者，但动机与性无关。动机也跟杀人产生的快感无关，因为他每次杀人的方式都不同。会因杀人而产生快感的人都有非常具体的触发他们快感的作案手法。能触发我快感的东西并不能让你产生快感。”他叹口气，鸭子对他失去兴趣。“我不是在责备你，伙计。我有时也厌烦自己。”

他站起身，跳上浮桥。他找到一个可以踱步的地方。他低着头，走到尽头，然后折回来，再走一遍。他的跛脚和大脑渐渐放松。“所以，你不是因为杀人而产生满足感，那你从杀人中得到了什么？你试图得到什么？我不相信是为了恶名。你想要恶名而又得不到，会发邮件给佩妮·伯吉斯这样的人。你如果想让某些人知道，那他们已经能接收到这个信息。”他转过身，再次走下浮桥，这次速度更慢。

“我们来想想受害者。不管怎样，动机与受害者有关。性工作者。你不是个试图清理街道的宗教狂热分子。一个有使命感的男人不屑用这些精心设计的电视剧内容。重要的是净化，而不是传达神秘信息。”

“你所做的事会有什么影响？有什么成效？”他突然停下，仿佛曙光出现。“你想把她们从街上吓跑？对吗？”他感觉自己正在接近一些启示性的东西，一些使他研究的信息变得有意义的东西。“不是她们，是她，”他缓慢地说道，“你想让她停下来。你需要她离开街道。回家去。”

他飞也似地跑回“铁人”。他好像在追着一个想法，他如果不把想法告诉别人，想法就会溜走。他回到船上，抓起电话，迅速打电话给宝拉。宝拉一接听，托尼就说：“他试图吓跑某人。”

“是你吗，托尼？”

“是我，宝拉。你查的杀人犯——他试图吓跑某人。”

"他吓到了很多人，托尼。"宝拉的声音听起来很恼火。托尼想象得出，没有卡罗尔掌舵，直接引导他们，这对他们来说是漫长的一天。

"我明白。但是他想吓跑某个特定的人。他试图让她害怕得不敢站街接客。他想让她回家去。你可以看出谋杀在升级。他从最低贱的妓女开始，接着往上找条件好一点的下手。他说：'你不管站在哪一层梯子上，坏事情仍然会落到你身上。'他想让她明白这一点：她不管从哪里跑出来，她跑出来的地方总归好过街上。"

"有道理，"宝拉叹了口气，"但是这对我有什么帮助？"

"我不知道。联系一下扫黄组怎么样呢？他们还在追查街区里新出现的妓女吗？至少他们知道可以去哪里询问。你们找一下某个很久都没有出现在街上的女人。她可能在第一起谋杀案发生之前的几周内出现过。看看可以找到什么。名字，背景，尽可能多找些信息。你一旦找到她，就会找到那个男人。那个想让她回家的男人。"

"他为什么不带她回家呢？他已经把其他那些女人从街上带走了。"

"他需要欺骗自己，她是自愿回去的。记住，宝拉，他并不用我们的方式看待世界。通过变态方法实现自以为正常的目的。他想把她吓回家，告诉自己，他才是她想在一起的人。"

"我有时很为你担心，你知道，"宝拉说道，"你理解这些变态心理，钻到了他们的脑子里。"

"我也担心自己。顺便问一下，斯黛西在《迷宫之人》网站上有什么进展吗？"

“有一点。英国站点上没有固定的访问者，不过她发现英国有个家伙发邮件给网站，试图找到有全套视频的英国人。他用的是hotmail邮箱，所以很难得到任何可靠的数据。但是斯黛西通过技术发现，那个邮箱主要从布拉德菲尔德发出邮件。她也正在查那个车牌，已经把他的活动范围缩小为斯肯比的一个区域。那里只有些高层公寓和几条街道。”

“这是朝着正确的方向又迈进一步。希望我们好运。随后告诉我你跟扫黄组合作的情况。”

“我会的。你和总督察有联系吗？”

托尼瞬间闭上眼睛。“我刚才见过她。她突然出现，发现我在研究你的案子。”

“噢，该死。”宝拉说道。

“她现在有更重要的事要担心。她正逃避情绪。她如果最终被这些情绪控制，事情就不妙了。”

“至少她的心里还有你。”

托尼感到喉咙里有眼泪流过的刺痛感。“是的。无论发生了什么事。不管怎么说，你得继续跟进。随时联系我。”

他结束通话，回到电脑前。一败涂地之后，跟机器说说话。

斯黛西专心地盯着监视器，时不时敲几下键盘或点一下鼠标。安布罗斯坐在她后面，目光越过自己的屏幕，偷偷观察斯黛西，对她工作中表现出来的绝对专注感到钦佩。他希望他们的队伍中也有一个她这样的警员，不需要再依赖那个不可靠的加里·哈尔卡普。

加里能力很强，但你需要他时他并不能总在你身边，而且他显然不能像这个女人这样搞定所有事。安布罗斯不确定斯黛西的探查方式完全合法，但他并不在意，只要她能找到让皇家检控署及法院都满意的证据。

他还在观察，斯黛西从屏幕上转过身来，正好发现他。“有结果了。”她说道，丝毫没有其他人在这种时刻的炫耀口吻。

“真的吗？”安布罗斯站起来，走过去，凝视着屏幕。“文顿伍兹？什么东西？”

“布拉德菲尔德和利兹之间的一个高级社区，交通便捷，”斯黛西说道，“属于西约克郡。我猜那里要么是富兰克林总督察的管辖区域，要么离他的管辖范围很近。我从特里·盖茨硬盘中部分被删的材料里找到了一些名字简写，全方位搜索过去六个月中在土地注册局换了户主的房产。有几处可疑房产，但这栋房子最适合万斯。”她点击键盘，屏幕上出现房产经纪人提供的仿维多利亚时代建筑的具体信息。“它被一个注册在哈萨克斯坦的公司买下。由一个在开曼群岛设银行的列支敦士登信托公司付款。解开所有谜题需要几周时间。但我觉得万斯会藏在这样的房子中。”

“我相信你，”安布罗斯说，“但这也太复杂了。”

斯黛西耸了耸肩。“我们知道万斯在被捕后把所有的现金都转移到海外，那是很大一部分资产。一座这样的房子是完美的基地。他也许只在这里待几个星期，但可以完全控制避难所，并获得一项需要时可以处理掉的资产。”

“我相信你，”安布罗斯说道，“我只是想不通有人会为了复仇这么费尽心思。”

斯黛西转身对他宽容地一笑。“这么做相当合理，警长。”

“我得赶过去。”他说道。

“我们不应该让当地警察先赶过去吗？你至少要用两个小时才能到那里，即使你开着急救车。”

安布罗斯摇摇头。“这是我们的工作。从你上司对富兰克林的描述来看，我相信他是荣誉的追随者，肯定会带领大队人马出动。但这件事需要谨慎处理，我认为我们有权力主导这件事。我会和一支精心挑选出来的小组一起去那儿。我们一旦弄清楚情况，就会请求当地支援。”他轻拍斯黛西的肩膀。“你很棒。我保证让上司知道是谁取得了这个突破。只是别对富兰克林说起这件事。还有西约克郡的任何其他警探。”

宝拉希望在星期六这么晚的时候，扫黄组的办公室还有人值班。她希望大多数不当班的警察在星期六晚上愿意干活。当班的人可能都在出外勤，因为这是一周里性交易最繁忙的夜晚。她的运气不错，虽然接电话的警察听上去好像只剩最后一点精力。“我是布赖恩特警探。你需要什么帮助？”

宝拉表明身份和单位。“我需要一些信息。”她最后说道。

“宝拉·麦金太尔？你就是那个在那次卧底行动中暴露的人，是吗？”他的语气中含着指责，就好像在某种程度上，她的同事搞砸事情，差点要了她的命是她的错。宝拉想起这件事就会后颈冒汗。

“但那个让我暴露的警探是你们部门安排的，但我不打算跟你作对。”她厉声回应。

“你没有必要报复我们，”他嘟囔道，“你想知道什么？”

“有人在搜集新站街女的情况吗？”她问道。

“哪一类情况？”

“名字。背景，请如此类。卖淫多久。或者你们知道她们干这行多久了。”

他大声地吸了口气。“你知道，我们不是他妈的社会工作者。”

“相信我，我从没这么想过。你有没有这样的情报？”

“警长存着一份档案。但她今晚不当班。”他用的是要结束对话的语气。

“你们能找到她吗？这件事真的重要。”

“你们重案组要做的事都很重要。”

“到目前为止，已经他妈的发生四起谋杀案，布赖恩特警探。我真的不愿意因为你傲慢态度劳烦总督察，但是如果这是让你们采取行动必要的手段，我会这么做。那么，你想打电话给你的警长，还是让我的上司打给她？”

“你需要冷静一下，警探。”他说道。宝拉可以听到他声音里的笑声。“我会打给她。但是别期望太高。”电话那头发出嘟嘟声。

“混蛋。”宝拉说道。她想知道是否有办法绕开扫黄组，但她一个办法也想不出来。她在星期六的晚上想不出办法，她认识的社会服务领域的人此刻都坐在电视机前，吃着外卖咖喱饭，看着《急诊室的故事》。她只能等着布赖恩特赶紧行动。混蛋，一点没错。

斯黛西看着安布罗斯和帕特森督察坐一起商讨。她担忧安布罗斯对可能是万斯避难所的地方提出的攻击手段不能奏效。她理解他渴望成为抓获万斯的那个人，毕竟是他们做了所有的前期事务。他们应该得到媒体的正面报道，让他们的孩子在电视上看到他们，并感到骄傲，这样才公平。但他们的行动方案不一定能让万斯落网。如果行动失败，斯黛西会觉得可能是她的错。

她打电话给上司。卡罗尔现在心理状态异常不佳，但她相比那些非常优秀的男人，仍然可能会更好地评判行动方案。那些男人希望处理，但几乎没处理过布拉德菲尔德重案组经常解决的那种级别的案子。卡罗尔在电话里的声音很奇怪。她好像得了感冒什么的。

“嗨斯黛西。有什么消息吗？”

斯黛西向卡罗尔汇报发现了文顿伍兹这个地址，以及安布罗斯提出的行动方案。卡罗尔听着没有打断，最后说道：“我也不相信富兰克林。他开始时对凶手可能是我们的老相识这个想法是完全排斥的。我们与其让他半心半意地去参与，不如暂时不让他知情。”她停顿了一会儿。“我马上去那里。我如果现在出发，应该可以抢在大家前面。我可以弄清状况，知道该做出什么选择。谢谢你告诉我，斯黛西。”

然后卡罗尔挂掉电话。斯黛西盯着电话，没有感到丝毫安心。她感觉得有些事正在快速变成灾难。因为这些事是杰克·万斯引起的，所以唯一确定的一点是，所有参与者都必须全心全意地继续参与此事。

49

斯黛西打来电话时，卡罗尔差不多已经能控制自己。她感到疲惫和愧疚，但也知道她心里的重压已经变质。她能重拾自我，掌控目前的任务。也就是阻止杰克·万斯造成更多的伤害。

她刚才站起身，走到远离贝齐的地方，和斯黛西讲话，下意识地把自己和这两个女人分隔开。她知道自己并不想让她们知道她的计划，因为怕万一她对她们仍然忠于万斯的判断是对的。卡罗尔结束通话，说："我得走了。"

"我认为你现在不适合去任何地方。"贝齐说道，声音温和地，并不专横地。

"谢谢你的关心，"卡罗尔说道，"但是其他地方需要我。我在布拉德菲尔德的团队需要指挥官。你的前夫不是唯一意图破坏社会稳定的人。"她拿起包，一只手拂过头发，感到额头有些汗。她猜想自己发烧了。这样的后果不足为奇。“我自己能出去。”

卡罗尔并不后悔自己在这里的行为。贝齐表现出能让人解除防备的友善。然而贝齐对于被万斯攻击的人类受害者非常冷淡。冷淡抵消了友善，正合卡罗尔之意，因为她并不想解除防备，尤其是在米琪·摩根面前。她还是不相信这个女人真的已摆脱万斯。卡罗尔相信她们之间还有些事没有解决，不管这是出于恐惧还是直觉。

她到了外面，在车里坐了一会儿，集中思想。她要去击垮万斯。他的复仇名单上有她的名字。没有人比她更有权利拥有那个时刻。安布罗斯要组建队伍，应该还没有离开伍斯特。她可以抢先一步。她打赌安布罗斯不会特意从伍斯特闪着灯鸣着喇叭到文顿伍兹。安布罗斯和帕特森都不是热情高涨的人。她把蓝色的警灯从杂物箱中拉出来，啪地一拍，装在车顶，发动车，沙砾从转动的车轮下溅出。

今晚她要么死，要么击败万斯。

托尼想知道宝拉和扫黄组联系的情况。扫黄组总是我行我素，跨越令人尊敬和声名狼藉之间的模糊地带。他们如果不能与他们监管的至少一片分区建立和谐关系，就无法从事那份工作。和谐关系总是与方便、肮脏的腐败并存。有许多扫黄组的警察变坏，变坏的形式各异。他们应对扭曲的现实，所以犯罪的危害性不那么直接。

宝拉和他们有一段过去。托尼想知道愧疚感是否会让他们愿意帮助她，或者她的出现会让他们想起自己宁愿忘记的过去。

他的电话响起，屏幕上显示“未知号码”。他忽然想到这是万斯，打来幸灾乐祸。但万斯绝不是夸耀自己罪行的那种人。他不是因为渴望关注而杀人。他为获得关注几乎做了所有其他的事，除了杀人。

要知道答案，只有一个办法。托尼按下接听键。“希尔博士？是你吗？”一个女人的声音，挺熟悉的，但太轻了，无法辨认。

“你是谁？”

“我是斯黛西·陈，希尔博士。”

嗯，有道理。她可能在使用电子设备掩饰声音。她一向对周围环境持怀疑态度。“有什么可以帮你，斯黛西？顺便说一句，你查网站的任务完成得很好。”

“只是捣鼓数字，”她不以为然地说，“只要有合适的软件，任何人都可以完成。”

“你对克里·弗莱彻的追踪进展如何？他出现了吗？”

“老实说，我比较沮丧，尽管我不喜欢因为电脑系统而灰心丧气。他不在选民名册或地税登记名单上。他没有公布财产，我在相关年龄人群的医疗记录中也找不到这个名字。不管他是谁，他的生活无人察觉。”

“我能想象你有多沮丧。”

“我会成功的。博士，我并不确定是否应该打电话给你。但是我有一点担心，而我认为你是唯一能帮忙的人。”

托尼露出微笑。“你确定？这些天我总是给出错误答案。”

“我想我已经找到万斯在不犯案时的藏身之处。”

“太棒了。在哪儿？”

“那地方叫文顿伍兹。在利兹和布拉德菲尔德之间。到达山谷地区之前的最后一片林区。”

“在富兰克林的辖区？”

“是属于西约克郡警区。”

“你打电话给富兰克林了吗？”

“这就是问题所在。我发现这个地址时，安布罗斯警长也在，所以我告诉他了。他决定由西麦西亚执行逮捕行动，命令我不可以告诉富兰克林或者西约克郡其他任何警探。”

“我想你当时一定很尴尬。”托尼说道，仍然不清楚斯黛西为什么要把他牵扯进来。

“一点点而已。所以我认为应该告诉乔丹总督察，让她来打这个电话。”

“只是，她也不会打电话给富兰克林，我说得对吗？”

“非常对。她现在正往那里去。我不知道她是从哪里出发的，但她可能会赶在西麦西亚警察前面到达那里。我担心她自不量力。万斯是个非常危险的人，希尔博士。”

“你说得没错，斯黛西。”他说话时，伸手去拿外套，在口袋里摸索车钥匙。他把一只手套进袖子，然后把电话换到另一只耳朵。“你打电话给我是对的。把这件事交给我吧。”

“谢谢。”斯黛西发出一种奇怪的声音，她好像想说什么，但考虑一下，还是不说为好。然后她匆忙说：“照顾好她。”电话断线了。

他把另一只手塞进袖子，跨上台阶，用挂锁把船锁住。托尼觉得斯黛西说那四个字，好像重案组所有人扼住他的喉咙大喊道：“她如果发生任何不测，我们会杀了你。”

“我会照顾好她，斯黛西。”他对着夜空说，跑上码头，冲下船坞，直奔停车场。他没有停下来思考，直到进入高速公路才意识到自己其实不知道要去哪里。他也没有斯黛西的号码。“你这个蠢货，”他对着自己大叫，“你这个白痴。”

他觉得只能打电话给宝拉。电话直接进入语音信箱，他在听提示音的整个过程中都在咒骂。哔哔声之后，他说：“这件事真的很重要，宝拉。我没有斯黛西的号码，而我需要她发短信给我，告诉我怎么去她刚才说的地方。请不要问我们俩是怎么回事，否则我会哭。”

这不是无聊的威胁。托尼已经决定保持情感疏离，但还是开始担忧，维系情感的绳索似乎正在磨损。他很容易就想到卡罗尔在他的生活中是多么重要。他已经习惯于他们在一起，习惯了两人偶尔交流时他产生的愉快心情。卡罗尔的存在是保持他感情持续稳定的力量。

他在成长岁月中从没学会与他人建立爱和友谊。他的母亲瓦娜莎冷酷无情，一言一行都经过精确的计算，以获得她想要的东西。这是个拿刀对着未婚夫埃迪·布莱斯的女人，因为当时这似乎是最能获利的事。托尼是幸运的，因为母亲没有计划杀死他。但母亲把他吓跑了。

托尼还是个孩子时，瓦娜莎忙于建立事业，不愿戴上为人母的枷锁，几乎把托尼丢给外祖母，而外祖母也是个冷酷的人。外祖母憎恨他剥夺自己应该无拘无束的晚年，而且她让托尼明白这点。瓦娜莎和外祖母都没把社交生活带回家中，所以托尼从来没有多少机会看到人们正常的交往方式。

他回顾童年，会看到一个被损害生命的完美模板，这个被损害的人最终成为临床医师和侧写师。没人爱，没人要。因为正常的童年恶作剧或随便什么事情受到严厉责罚，远离成长和发展所需要的正常交往。从未出现的父亲和咄咄逼人的母亲。他面谈那些成为他病人的精神病患者，听到如此多与他自己空虚童年相似的经历。他想，这就是他如此擅长这份工作的原因。他理解他们，因为他差一点就变成他们。

爱拯救了他，给了他同情心这件无价礼物，这也是唯一能拯救他这类人的东西。它来自最意想不到的地方。

他不是一个讨人喜欢的孩子。他记得，所以知道这是真的，因为别人一直以来都这么说他。他没有很多客观证据。几乎没有照片。有几张老师给的班级照片，因为老师强行要求瓦娜莎订购一张，不过如此。他只知道哪一个是他，因为他的外祖母指给他看。外祖母通常还要加一句："任何看到这张照片的人都会知道谁是最没用的杂种。"然后她用因关节炎而凸起的手指戳着照片。

小杂种托尼·希尔。短裤有点太短和太紧，露出瘦削的大腿和突出的膝盖。肩膀蜷着，手臂僵硬笔直地落在身体两侧。脸窄窄的，顶着一头蓬乱的卷发，似乎从未有过女人兮兮的设计师替他修过头发。小孩子的谨慎表情，像是不确定下个耳光来自哪里，但是知道它会来。但即使在彼时彼地，他的眼睛也引人注意。眼里闪烁的蓝光被身上其他一切衬得明亮。这双眼是还没有完全屈服的精神的外观。还没有屈服。

他在学校总是被欺负。瓦娜莎和外祖母赋予了托尼明显的受害者气息，很多人一眼就看出他无人保护。你可以猛揍托尼·希尔，知道他的母亲第二天早上不会出现在学校，像卖鱼妇一样对着校长大吼。他总是最后一个被选中参加集体体育活动，第一个因为任何事受到嘲笑。他就这样在痛苦的状态中坎坷地度过学校生活。

他总是最后一个出现在食堂。他懂得这是唯一可以吃到一点饭的办法。他如果让所有的大孩子在他之前吃好，就可以守住自己的盘子，碎屑和蛋奶沙司不会“不小心”掉在炖肉和水果布丁上。没有一个小孩这时还有兴趣绊倒他或在往他的薯条上吐口水。

他没怎么注意过管饭的阿姨们。托尼习惯把头低着，希望大人们不会注意到他。所以一位管饭的阿姨某天在他靠近热腾腾的桌子时对他说话，让他吃了一惊。“你怎么了？”那个阿姨说道，浓重的地方口音使得这个问题听起来像质问。

他转过肩膀看，惊恐地发现一个捣蛋鬼偷偷摸摸地来到他身后。他吓了一跳，意识到阿姨正看着他。“对，你，你这个傻大小子。”

他摇摇头，上嘴唇因为恐惧而噘起，牙齿露出，好像一条紧张的小猎狗。“没什么。”他说道。

“你说谎，”阿姨说，舀了一勺超多的奶酪通心粉到他的盘子里。“到后面来。”她招招手，用头示意通向厨房的边道。

托尼现在真的害怕，确信没有人在看着，从旁边走向通道。他把盘子紧紧抓在胸前，站在厨房门口，就像一块水平放置的盾牌。那个女人走向他，把他带向后厨角落，阿姨们工作的地方。四个女人正在冒着热气的深水槽里洗大罐子。还有一个斜靠在后门柱子旁，抽着烟。"自己坐下来吃。"那个女人说道，指着工作台旁边一个高脚椅。

"又一条该死的需要被拯救的小狗吗，琼?"抽烟的女人说道。

饥饿战胜焦虑。托尼把食物大块大块地塞进嘴里。那个女人，琼，满意地看着他，手臂环抱在胸前。"你永远是最后一个来的，"她说道，声音很友善，"他们故意刁难你，是吗?"

他感到眼泪涌出眼眶，几乎被滑溜的通心粉噎住。他低头看着盘子，什么也没说。

"我养了狗，"她说，"我得在放学后遛狗。你喜欢遛狗吗?"

他不喜欢狗。但他想和琼这样跟他说话的人在一起。他点点头，但仍然没有抬头。

"那就这么定了。放学铃响后，我在后门等你。你需要告诉家里人吗?"

托尼摇摇头。"我外婆不会在意，"他说，"我妈妈从没有在七点前回过家。"

这是这样开始的。琼从不询问他的家庭生活。托尼明白可以信任琼后对她诉说自己的事，但她从不深究，从不评判。琼有五条狗，每一条都个性显著。托尼从不像琼那样关心那些狗，但学会了假装关心。并不是以无礼的方式，因为他不想让琼失望。琼没有试图成为托尼的母亲，或是哄骗托尼，从而让自己在他的生活中更重要。她是个没有孩子的善良女人，对托尼痛苦的关注就好像在动物救助站关注那些狗一样。“我总是想认识性情好的人。”她会对托尼夸耀，也会在停下来跟其他遛狗者聊天时这么说。

她鼓励托尼。琼不是个聪明的女人，但能认出聪慧的人。琼告诉托尼，他忘记那些折磨他的事，才能想到和看到其他事。他通过考试后琼会拥抱他；他气馁时，琼告诉他能做到。托尼十六岁时，琼告诉他不能再来看她。

他们坐在她厨房里那张塑料贴面的桌子旁，喝着茶。“我不能再让你过来了，”琼说，“我得了癌症，托尼小伙子。癌细胞显然已经他妈的扩散到全身。他们说我只有几个星期可活。我明天会把狗带去兽医那里安顿。它们太老了，无法适应其他家伙，而且我觉得你外婆不会收留它们。”她轻轻拍着托尼的手。“我想要你记住我现在的样子。如同以往的样子。所以我们现在要说再见。”

他吓坏了。他抗议琼的决定，声称愿意陪在琼身边，直到最后。但是琼坚持己见。“都已经安排好了，小伙子。我已经安排好一切，我会住进临终安养院。我听说那里的人很好。”

然后他们都哭了。托尼很难接受，但还是尊重琼的愿望。五个星期后，另一个管饭的阿姨把他叫过去，告诉他琼已经死了。“非常安详，真的，”她说，“她留下了一个该死的大摊子。”

他点点头，不相信自己能说出话。但是他发现琼已经教会他如何弄妥一个该死的大摊子。他不再是那个琼曾经帮助过的小男孩。

多年后，他攻读研究生，探究人格障碍和心理变态问题时，明白了琼为他做的事所具有的力量。说琼把他从晚餐队伍中抓出来是拯救了他，不让他受到接下来的伤害并非夸大其词。她是第一个对托尼表现出爱的人。一种率直、冷静的爱。这是真的。那就是爱，他即使没有经验，也可以辨认出来。

然而尽管有琼的介入，托尼还是从没完全掌握和其他人随意沟通的艺术。他学会假装——他称之为“假装是人”。他不像那些与他共事的男人那样有很多朋友。他也不像他们那样，有女朋友和爱人名单。所以他在乎的为数不多的几个人对他来说都意义重大。他想到会失去卡罗尔·乔丹，心口作痛。患上心脏病之前是不是有相似的感觉？

失去她的方式不止一种。卡罗尔曾经清楚地表示不在乎是否再也不见托尼。但总有希望改变卡罗尔的这种想法。而其他失去的方式无法改变。处在目前状态中的她几乎不看重自己的生命。托尼可以想象她决定独自对付万斯，他担心卡罗尔那样做只会有一种结果。

然后他领悟到他可能不是唯一能拯救卡罗尔的人。他伸手拿手机，打电话给阿尔文·安布罗斯。“我现在有点忙。”警长接起电话后说。

“那我简单说一下，”托尼说道，“卡罗尔·乔丹正在去对付杰克·万斯的路上。”

50

宝拉看着手表，闷闷不乐。她想要放弃等扫黄组的人，回家。她本可以坐在厨房里，喝着红酒，看着埃莉诺·布莱辛医生用外科医生的手艺切羊腿。宝拉希望在客人吃饱后羊肉还会剩下一些。她打了个呵欠，头趴在桌上，枕着交叉的胳膊。她会再多等他们五分钟，他们如果还不就来，让他们见鬼去吧。

她猛地惊醒，因为有人站在她旁边。台灯照得她眼花，她在昏暗的大办公室只能看到一个人的轮廓。她猛地挺起身子，又跌回椅子里，赶紧站起来。来人一声轻笑，她现在可以看到这是一个女人。中年，中等身材。黑色的头发扎成马尾。脸有点像花园小精灵的，上面有圆形的鼻子和玫瑰花蕾似的嘴。“抱歉打扰你小憩，”她说，“我是迪安警长。来自扫黄组。”

宝拉点点头，把头发从脸上捋到后面。“嗨。抱歉。我是警探麦金太尔。我只是趴五分钟……”

“我知道你是谁，亲爱的。”这是东北部的口音，说话者因多年在外而口音生硬。“没必要道歉。我知道你深陷案子中是什么样。有好几周，你怀疑你的床只是一个梦中的东西。”

“谢谢你过来。我并不想让你放弃周六夜晚。”

“我认为我过来会更轻松。我丈夫和两个小家伙去森德兰观看最新的开球赛，他们在比赛结束后会享用咖喱，到十一点才会回来。所以你让我摆脱了垃圾电视节目。布赖恩特说的事听起来很有趣。想知道他说了什么吗?”迪安警长舒服地坐在克里斯·戴文的写字椅中，鞋跟架在垃圾桶上。宝拉尽量不让自己介意她的行为。

宝拉对扫黄组这位警察明显表现出的兴致有点警惕，尽可能解释了托尼的推断，然后一脸歉意地笑了笑。“希尔博士的问题是，他的想法听上去可能……”

“完全疯了吗?”

宝拉轻笑一下。“差不多。但是我和他一起共事这么久，知道他经常把事情估计得毫无偏差。这一点很恐怖。”

“我听说他很棒，”迪安说道，“他们说这是卡罗尔·乔丹破案率如此之高的部分原因。”

宝拉愠怒。“不要低估总督察。她绝对是个出色的警探。”

“我肯定她是。但我们时不时都需要帮助。这就是我出现在这里的原因。别的警探对我的地盘感兴趣时，就是我需要投入个人热情的时候。我们都不希望我们良好的关系被不必要地损害。”

迪安已经摆明态度，宝拉在她面前感到舒畅了些。“当然，”她说，“那么，你能帮我吗?”

迪安从牛仔裤口袋里拿出一个优盘。“我会分享我能给你的材料。布赖恩特说你对新来的姑娘们很感兴趣?”

“是的。我听说因为经济不景气，所以有很多新面孔。”

“对的，但是她们大都在室内接客，不是站街女。你对多新的姑娘们感兴趣?”

“第一起谋杀案发生前一个月。”

“我时刻关注这方面的事。”迪安说道，从牛仔裤口袋摸出智能手机。“我也不喜欢把没必要放在电脑里的东西放在电脑里。尤其是涉及弱势年轻妇女的信息。”她摆弄手机，满意地哼了一声。

“对付大街上的垃圾，没有固定不变的方法，”迪安说道，浏览着一份名单，“你或许会说我们的方法有点特别。新面孔出现后，我们尝试和她们沟通。有时一点点的威迫也是必需的，你知道吗?尤其是对那些或多或少还算正派的人。跟她们说留下犯罪记录会搞砸从照顾孩子到信用评价的所有事情，而且事情会恶性循环。但这种方法极少奏效。她们开始站街，说明已无其他道路可走。所以我要获得原始资料。然后只是保持关注，你明白吗?”

“然后祈祷不要有尸体出现。”

“是的，好吧，我认为我们最好在事情恶化之前介入。但我的帅小伙们告诉我，我是痴心妄想。但我至少尝试取得她们的名字以及背景。如果有事情发生，我们至少能知道要在她们的脚上贴什么标签。”

“那么我们有些什么资料?”

“布拉德菲尔德警局管辖范围有四十四平方英里。辖区内大约有九十万人口。在任何时间，大约都有一百五十个女人在卖淫。大约百分之五十的男人承认嫖过妓，你可以想象那些姑娘为了生计该有多么他妈的拼命。”

“但挣的钱不够为生。”宝拉说。

“够她们吸毒的。她们至少不用担心该做什么赚钱满足下一次毒瘾发作。”迪安摇摇头。“我只能说，我真他妈希望能让小伙子们对女人的态度好些。”她把脚从垃圾桶上放下来，坐直。“有三个名字符合你的时间范围。”

“我真高兴没超过三个。”

“快到夏天了。夜里更亮了，嫖客在路边寻欢会更容易被认出来。”

“我从来没想过卖淫还有季节性。”

“只有街头卖淫有季节性，亲爱的。室内卖淫全年无休。你如果对室内卖淫活动感兴趣，我可以提供十几个名字。那么，我们开始吧。蒂法尼·塞奇威克，拉蒂莎·马洛和克里·弗莱彻。”

宝拉不敢相信自己的好运气。“你说克里·弗莱彻？”她说，激动得心跳加快。

“这个名字让你想到了什么？”

“克里·弗莱彻是女人？”

迪安似乎觉得宝拉失去了理智。“她当然是女人啊。你没有问我关于男妓的事。怎么？这个名字意味着什么？”

“这个名字在早先的调查中出现过。我们根据当时的情况，以为这是个男人。克里，这可能是个男人的名字。”她皱皱眉。“不然说不通。”

迪安笑了。“你可以自己去查查看。你会发现她大多数晚上都在坎皮恩街的尽头活动。靠近环状交叉路口。”

“你知道关于她的事么?”宝拉潦草地把名字记在笔记本上，打开电子邮箱，给斯黛西写邮件。

“我只知道她告诉我的事。谁知道其中有多少事实呢？她们都在编故事。好事或者不幸。她们需要让自己感觉良好。”

“那克里告诉你什么故事了?”宝拉和任何人一样，喜欢进行与工作相关的聊天，但她现在只对克里·弗莱彻感兴趣。

“好吧，她是个本地姑娘。我猜这一点是真的，因为她有明显的布拉德菲尔德口音。她出生在托克斯泰斯路，那个地方大约在斯肯比的高层公寓后面。”

宝拉点点头。她知道托克斯泰斯路。当地警察说那儿野狗成群。那也是斯黛西根据车牌确定的地区。“荒芜的街道。”她说。

“完全正确。她五六岁时，他们家搬到一个在十六层的公寓。她的母亲从那以后就不可救药了。从他们搬进去那天开始，她母亲就没离开过公寓。克里不确定那是因为母亲有幽闭恐惧症、广场恐惧症还是害怕埃里克——克里的父亲。不管如何，她母亲在自己家中成了一个囚犯。”警长为了戏剧效果暂停一下。她明显喜欢讲故事。

“母亲成为埃里克·弗莱彻完美的武器，”迪安继续说，“埃里克从克里八岁时开始对她实施性侵害。她如果没有确切按照被要求的那样做，埃里克就会把气出在她母亲身上。他会打她母亲，或者把她母亲推到阳台上，让她待在那，直到饿得神志不清。而小克里爱妈妈。”

宝拉叹口气。她听过太多次这种事的各种版本，但是每次听到都和第一次听到时一样震撼。她忍不住想象如此无力的感觉是什么样。忍受爱之体验的缺乏，意味着这种缺乏爱的体验是一个孩子对爱唯一的理解。你有了这种想法，如何相信其他事呢？你在电视节目上看到亲情，肯定会觉得那像霍格沃茨[①]一样虚幻。“克里当然只得就范，”迪安说，“她有什么办法？最后她开始鄙视自己。”

迪安看上去有点生气。毕竟是她在讲述。“而这种情况仍在继续。在她离开学校、开始在斯肯比路的加油站工作以后也仍在继续。她没有自己的生活，被埃里克看得死死的。”她敏锐地看宝拉一眼。“你们的托尼·希尔会说，人们在自己受害时成为施害者的同谋。”

“你知道克里·弗莱彻的很多事。”

迪安谨慎地瞥宝拉一眼。“我把这个当作我的职责，尽可能了解关于她们的事。一杯咖啡和母亲般的态度在肮脏的街道上可以起到相当长时间的作用，宝拉。”

“那么后来发生了什么事？”

“她母亲去世了。据我了解，这大约是四个月以前的事。克里过了几周才明白，她终于自由了。”

“所以她成了站街女？不做那份加油站的工作了？”

---

① 小说《哈利·波特》里的魔法学校。

“克里明了情形后幡然醒悟。她不仅想要自由，还想让埃里克·弗莱彻难堪。埃里克不能再随意得到她，她还要让别的男人为曾经被埃里克占有的身体付钱。”

宝拉吹声口哨。“埃里克对这事是什么态度？”

“态度不好，”迪安冷淡地说道，“他不断出现在克里站街的地方，求她回家。克里断然拒绝。她说在街上卖身比在埃里克家安全。我们好几次警告他离开，他成了街头一景，渐渐被所有人讨厌。据我所知，他后来一直保持低调。”

“她说在街上比在他家安全，”宝拉重复道，“这听上去非常符合托尼的推论。埃里克一定使用了克里的邮箱。他肯定是这么干的。”宝拉现在劲头十足，轻敲着电脑键盘，发一封紧急邮件给斯黛西，叫她寻找一个住在斯肯比公寓、叫埃里克·弗莱彻的人，此人大概住在十六楼。

她发送邮件时，注意到有一封来自格里沙·沙塔洛夫医生的邮件。“稍等一下。”她说，暂时分心。邮件写道：“宝拉，我们从最近那具尸体上找到一块断裂的指甲，指甲嵌在外露的肉中。指甲与受害者的手指情况不符。几乎可以确定这是凶手的，我们应该可以测定DNA——通过短串联重复序列和线粒体DNA识别。希望这个消息可以让你在周六晚上振作起来。向卡罗尔表达我的慰问，如果你比我先看到她。格里沙医生。”

有时案子进展到某一步，就像钥匙扭动，打开了复杂的锁。一个锁栓解开，接着是另一个。然后你感觉锁栓和钥匙必然匹配，随后门就打开了。此时此地，在这周六的深夜，宝拉知道重案组自豪地终结这个案子只是时间问题。卡罗尔可以昂起头离开这里，带着团队创造的奇迹。而布莱克只会坏事。

他们会享受那个时刻。

安布罗斯的嗓音高得像怒吼。“她在干什么？谁他妈的告诉乔丹万斯藏在哪里的？”

“斯黛西，当然。”托尼说，声音听上去比他预计的更加耐心和理智。

“她妈的在想什么？这是机密信息。”

“卡罗尔·乔丹是她的上司，你不是。她用专业知识为卡罗尔处理这个问题，不是为你。你不应该诧异她对给她机会发光的人如此忠心。”

“你需要阻止乔丹，”安布罗斯说道，声音强硬且粗暴，“我不希望她把这件事搞得一团糟。单独对付万斯太危险。你必须阻止她，不能让可怕的事情发生。”

“这就是我此刻在高速公路上狂奔的原因，”托尼说，保持语调平静，尽力使局面缓和，“你什么时候动身？”

“五分钟以内。她是什么时候出发的？”

“斯黛西在跟你说完之后直接把情况通报给卡罗尔。然后斯黛西又告诉我。而我是十五分钟前离开的。”

“妈的。真是一场噩梦。”

“你能做一件事。”托尼说，进入快车道。

“什么？”

“你可以打电话给富兰克林，让他拦截卡罗尔。”

安布罗斯哼了一声。“这就是你想出的解决办法？我们会看到乔丹和富兰克林对峙的局面，而万斯会从后门迅速逃走，越过山岭，逃得无影无踪。”

“随便你，”托尼厉声说，“我只是试图救她一命，就这样。”他结束通话，不顾引擎的抗议将时速又提高五英里。“噢，卡罗尔，”他呻吟道，“不要逞能。不要试图逮捕他。只要静静地等待。拜托。”

萨姆·埃文斯一向喜欢在街上和人说话。他没有宝拉在会见室的技巧，但是擅长在对话中吸引人，弄清楚该在什么时候哄诱和施压。他可以轻易恢复工人阶级口音，应付社会底层的人。萨姆一张嘴，人们就把他想象成既不高人一等也不妄加评判的人。

宝拉向萨姆转告从扫黄组警长那儿得到的消息时，萨姆立刻去找克里·弗莱彻，希望把她带回来。宝拉需要留在办公室，汇总、整理任何可能会令他们找到埃里克·弗莱彻的信息。

周六晚上的坦普尔场挤满了人。变装皇后，漂亮男孩，带文身和穿孔的假小子引人注目，Lady Gaga 的模仿者养眼，也有许多样貌传统的人在街边鳞次栉比的男同酒吧和餐馆享受愉快时光。这片区域在九十年代从赤裸裸的红灯区变成同志村，进入新世纪后更加电子化，最时尚的异性恋年轻人很乐意在他们认为很酷的俱乐部和酒吧消遣。现在，这是拥挤的混合区域，是任何事都可能发生的区域。街边性交易依然繁荣，但更加隐蔽。

萨姆在拥挤的人群中穿行，留意女妓和男妓。有些人看见他过来，闻到他身上的“条子味”，没等他说话就消失在人群中。但是他成功地和六七个女人说上话。有几个女人无视他，拒绝和他说话。萨姆觉得她们知道皮条客在看着。

有两个女人说不认识克里·弗莱彻。第五个和他说话的女人说认识克里，但已经一两天没见她，但这可能是因为克里通常在坎皮恩街站着，那儿不是要道。于是萨姆走到把坦普尔场和城市中心其他地方分隔开的大道上。他在那里得到了更准确的信息。

那个女人斜靠在小巷口的墙上，抽着烟喝着咖啡。“耶稣啊，我难道就不能他妈的清净十分钟吗？”她在萨姆靠近时道，“我不为警察免费提供服务。”

“我在找克里·弗莱彻。”萨姆说道。

“你不是唯一在找她的人，”那个女人酸酸地说，“我今晚没见过她。她的那个老男人昨天晚上到处找她。”

“我以为他已经被警告过了？”

“也许是吧。他仍然到处闲逛，观察着她的每一个举动，只是更小心了。但是克里昨晚突然对他发火。叫他滚蛋。”

“他有什么反应？”

“他来不及有什么反应，克里跟一个客人走了。”

“他对克里说了什么，让她发火？”

“我没太注意。我只想他妈的忙活生计。他不断地说街上如何不安全。有人在杀我们这样的妓女，克里应该回家。克里说她宁愿在街上冒险也不跟他回家。然后他说会做克里希望他做的任何事，只要克里不要再在街上出卖自己。克里说：‘我只希望你别再出现。滚吧。’然后克里走开，坐进那个嫖客的车。”

“你以前见过他们那样吗？”

那个女人耸了耸肩。“他一直试图用连环杀手之类的故事吓克里。”她轻蔑地撇了撇嘴。“好像我们不知道有些混蛋以伤害我们而乐。你如果担心健康和他妈的安全，就不会做这份工作。我们都知道，一直都知道。我们只是他妈的尽量不去想。”

“然后他做了什么？克里的爸爸。”

女人把烟头扔在人行道上，碾碎。“他做了克里叫他做的事。他滚了。我现在希望你做同样的事。”她对着萨姆晃动手指，做了一个射击的手势。“赶紧吧，你在影响我的生意。”

萨姆往后退，看着那个女人穿着鞋跟高得吓人的鞋子，摇曳地走在路边。他没有什么能让事情有所进展的收获。但这是佐证。你刚开始工作时，有时这是你能期望的最好结果。

51

警车的蓝灯在车流中闪烁扫射时，卡罗尔有种幸福的感觉。其他汽车和货车一看到蓝灯，就像螃蟹似的向两侧逃窜。卡罗尔喜欢跟着那些超速的司机，直到他们从后视镜看到她的车。他们会突然刹车，猛拐到中间车道，一副“谁，我吗，老大?”的神情。她驶过他们几秒钟后，他们还一直坚决地盯着正前方，明显徒劳地假装正经。

有些人确实没看到她。他们沉迷于音乐或BBC四台或体育谈话节目的听众去电评论足球。她会绕到他们的车后，对着他们按喇叭。其中一两个司机跳起来。然后他们会狂打方向盘，她超过他们。她离他们这么近，能听到他们在咒骂。

这种终于能采取行动的感觉令她振奋。她似乎永远停在了站在谷仓看着迈克尔和露西尸体那一刻，时间像黏稠的大海，拖住她的脚，不让她有任何的进展。她想前进，想埋葬恐惧。但她举步维艰，而杰克·万斯自由行走。让他在逃是对她正义感的侮辱。

卡罗尔并不想杀人。她知道很多人如果处在她的立场，看到凶手死了才会满意。但是她不赞成死刑，也不赞成私人复仇。她和万斯在这一点上出奇的不同。她想让万斯活着承受他所作所为的后果。卡罗尔想让万斯每一天都想到，他永远不会再看到自由的天空。

她想让万斯知道是谁重新抓他入狱。她想让万斯每一天都更恨她。

万斯不记得上一次来哈利法克斯是什么时候。一定是正在他做热播节目《万斯之行》时。他知道自己一定去过那里，因为他清楚地记得沿着山坳一边高速公路蜿蜒下来的那条壮观的道路，小城被山簇拥着。小城今晚成了闪光的盆地，在下面闪闪发光。哈利法克斯在工业革命后一定是个地狱般的存在。所有羊毛加工厂喷涌出烟尘和会结成块的煤灰，空气中弥漫着有毒气体和污物，无处散发，密密地堆积在山的怀抱中。他理解走出山谷和沼泽、呼吸清新空气对工人的吸引力。人人都想像人一样活着，不想做大机器的一部分。

他从高速公路往下滑行，驶入山谷，密切留意是否有临时停车的地方。他需要有无线网的地方，这样他可以检查目标是否如他所想，在那儿。就算本地有咖啡店这种让人舒心的地方，这个点去咖啡店太晚了。他也不想去网吧，因为会有人在你身后窥视，想知道你为什么看监控摄像，看一个显然已经不是性幻想对象的女人在客厅里。

他转过一个弯，看到麦当劳金色的拱门。他记得特里告诉过他，当其他一切都不管用，想想麦当劳。“咖啡，食物，互联网，你在那儿总能得到这三样东西。”万斯想想都厌恶。他假装平易近人时，对麦当劳也避之不及。但他也许可以破例一次。他需要一个安静的角落，喝咖啡，上网。

他转到入口处，把车停下来。他抓住电脑包，走了进去。餐厅出奇的忙，里面大部分是青少年，年纪太小，不能说服哪怕是最没眼力的调酒师他们已到喝酒的年龄。他们迫切想爽一下的需求驱使他们在周六的深夜连《英超集锦》都不看，离开家到麦当劳感受无情的眩光。他们懒散地围坐着，喝着奶昔和可乐，戴着棒球帽的男孩怎么看都不像安分之人，女孩们的穿着惊人的暴露。万斯自认为是对付少女的行家，但看到这情景有些恶心。他对没有尊严的女孩没兴趣。女孩如果已经出卖一切，又有什么可击垮的呢？

万斯买了一杯咖啡，在最里面的角落找了一张两个人的桌子。桌子虽然靠着厕所，但他可以调整屏幕，躲开窥探的目光。他没顾上喝咖啡，迅速启动电脑，浏览录像。托尼·希尔的房子那边没什么动静，不过门口被围了起来，标着“危险！不得入内！”的牌子竖了起来。他看到另一幅录像，明白了为什么。这座建筑已被烧毁。没有屋顶，没有窗户，只剩下局部已经倾倒的外壳。

第三个场景让他想对着屏幕爆粗口。但万斯知道自己必须保持平静。他无论如何也不想引起别人对他的注意。青少年大都以自我为中心，但即便如此，他们有一个人目光敏锐，注意到他，就有可能导致各种各样的问题。不过，他看到马厩区仍在，心中充满愤怒。他正看着，贝齐走入镜头，旁边是武装警察，一对猎犬紧跟在她的后面。他们走着，贝齐指着相对完好的马厩区，显然在生动地谈话。她似乎一点也不痛苦，婊子。万斯想让她跪下来哭泣，撕扯她的头发，让她陷入痛苦。他下次也许应该对狗下手。割断它们的喉咙，把它们丢在米琪和贝齐的床上。他要告诉她们谁是更有力量的人。他也许应该直接干掉贝齐。

他深吸一口气，点击激活最后一组录像。几幅录像以顺时针顺序，显示出一栋石制独立别墅的车道和正面，这明显是北方风格的房子。这房子不大——有三个接待室和三个卧室，但坚固而且维护良好。在车道上，独立的木制车库外，停着一辆双座奔驰。

接下来是一个现代化厨房，这个厨房似乎从未被用过，只用于加热从维特罗斯超市和玛莎百货买来的餐食。墙上壁柜里的灯开着，在灰白的木头台面投射下一道寒冷的光。厨房里面的黑暗处隐约可见一个温室的拱梁。

在第三个画面中，一个带鱼眼镜头的摄像机被安装在楼梯半层平台的角落里。这个摄像头上可以看到楼梯顶，中间对着卧室敞开的门，下可看到通往前门的楼梯。外面的路灯映到前门的彩色玻璃上，显得微微发红。

第四个画面显示出一个客厅，客厅里没有多少生活的迹象。整洁，没有书籍或杂志，壁龛里放着一个 DVD 播放机。房间中央长长的、深深的床一样的沙发上堆满垫子。沙发前面是精致雕琢的木质茶几，上面放着三个遥控器、一瓶酒和一个装着半杯红酒的玻璃杯。一个打开的公文包放在茶几另一端的地板上。沙发对面的墙下是一个华丽的维多利亚式壁炉。一般摆放精美壁炉饰架的地方是一台等离子电视机，电视机覆盖壁炉腔。这个房间就像电影院里最特别的包间，一个人闷闷观看影片的放映室。他在看着画面时，一个女人穿着宽松的土耳其长袍走进房间，齐肩的金黄色头发撩到耳朵后面。视频清晰度不够，他无法看到很多细节，但惊讶地发现这个女人无论是外表还是举止都不像正在走向衰老的六十多岁的人。她拿起两个遥控器，蜷缩在沙发上，调整垫子和枕头，让自己舒服。电视突然启动。万斯从摄像头的角度无法辨认她在看什么，只知道她似乎看得很专心。

这是他需要了解的全部。他不打算施巧计。独自在家的老妇人不算个具有挑战性的目标。而且房间里没有明显的武器——没有方便的火钩或沉重的青铜雕像。万斯自己会借机使用酒瓶。

他又看了几分钟，然后合上笔记本电脑，走了出去，把没喝的咖啡丢在垃圾桶里。没人在意。他曾经会很生气别人不注意他，但他慢慢感受到籍籍无名的好处。

托尼不相信预兆。他在高速公路上大大超速行驶而没有遇到一个交警并不意味着老天今天会帮他。警车的蓝灯一度闪烁着出现在他的后视镜中，但他把车靠边后，穿制服的警察开着车轰然擦过，没多看他一眼。显然还有人比托尼更不在意法律。但这并不意味着神站在他这边。

他没能成功地让卡罗尔和他谈谈。他每隔几分钟拨卡罗尔的号码，但去电每次都直接被转到语音信箱。刚开始，他希望卡罗尔是在为数不多的电话接听盲区，但他现在已经不再那么乐观。他起初想留言，但后来决定不这样做。多次提醒别人不要鲁莽，只会让别人感觉到极端的侮辱。

他还想到试图震慑住卡罗尔，不让她行动。所以，他到了下一个服务区，把车停在高速公路边，发了一个短信。“我爱你。在我找到你之前什么都别做。”他从来没说过爱卡罗尔。此时可能不是最浪漫的时候，但他想，这句话应该会吓到卡罗尔，并阻止她。她打开手机，会看到这条短信。他没细细思考用词，就把短信发出去了。

托尼又驱车前行，想着不知安布罗斯干得怎样了。也许刚才是安布罗斯的小组在外道飞速开过去。他不确定应该对这种可能性感到开心还是担心。他想打电话给安布罗斯，但还没拨电话，宝拉打过来了。“你方便说话吗?”宝拉问。

“我在开车，不过我用的是免提。”托尼说。

“我认为你这样做是对的。”宝拉说，对托尼详细说明由迪安警长提供的信息。“我在等斯黛西给我发一个地址。她做了初步搜索，但搞错了性别。她现在会再试一次。到目前为止，弗莱彻这个姓没有出现在斯肯比的任何一套公寓中。”

“试试他妻子婚前的姓。”托尼说。

“你觉得有用吗?根据迪安警长所说，他们在那儿已经至少生活了十年。”

“对于有些人来说，隐匿踪迹是第二天性。他们这么做只是因为他们能做，而不是由于任何具体原因。”

“我会联系斯黛西，让她查。”

“好。我今晚要处理一些事情。”

“有什么不顺心的事吗？”

“我有点害怕，宝拉。我觉得卡罗尔会闯大祸，而我不知道自己能否阻止她。”

“你有点危言耸听，托尼，”宝拉轻柔地说，“总督察不会真的做出夸张的事。”

“我认为今晚可能是个例外。”

“我能做什么呢？”

“不用，我不希望你尝试帮忙。你必须抓获埃里克·弗莱彻。”

“可以稍后处理他的事。”

托尼叹了口气。“宝拉，我不认同这种说法。他不仅缩短了杀人间隔的时间，还冒险选择不同以往的女孩。他已经接近‘引爆点’。克里如果不立刻满足他的要求，他会走极端。”

“然后怎样呢？自杀吗？他如果这样做，祝他好运。”宝拉轻蔑地说。她没有卡罗尔那样在乎坏人的生死。她一直认为这是因为她失去的比她老板失去的多。但这也许并非原因。她们也许只是基本原则不同。

“他如果不能把她吓回家，会把她带回家。”托尼说。

宝拉沉默了许久，咀嚼托尼这话的意思。“那我最好催斯黛西快点找到那个地址。”她冷静地说。

“去做吧。我希望今晚不会发生任何流血事件。”

卡罗尔在减速带上开得这么快，避震器不停尖叫。她颠簸着，保持直线行驶。如果有人从她上方的监控里看到摄像灯闪耀着的红光，会惊慌失措。住在文顿伍兹这种僻静地方的人付钱求得安全，不想恶棍在减速带以时速超过五十英里通过他们的街道。卡罗尔轻踩刹车，试图把车开得更符合这个《复制娇妻》[①]中的环境。

她经过仿安妮女王风格的洋房，注意到里面没有生命的迹象。里面应该有人，因为玻璃窗透出光，汽车停在车道上。但是她看到的唯一活物是，她转过一个弯时，一只胆怯的狐狸躲开她的前灯。她不得不承认，万斯此乃明智之举。渴望这种死气沉沉生活的人根本不会注意到是否有一个连环杀人逃犯搬到隔壁，只要他开着一辆漂亮的车，不会因为牛奶喝完了来敲他们的门。

她把车停在路边石上，查询手机上的地图。文顿伍兹太新，没有出现在她的车载 GPS 系统中，但她在开发商的网站上发现了新制的地图。她弄清楚她与万斯房子的位置关系，重新发动汽车。几分钟后，她行驶到万斯房子旁边的死角。她努力使自己看起来像拐错了弯，倒车进入邻居的门前，然后直接开回到接驳路。

她迅速地瞥房子一眼，没有发现有人在里面的迹象。她把车开到街的尽头，开始考虑怎么办。她想近距离看看这所房子，但是

---

① 美国惊悚小说大师艾拉·莱文的经典畅销作品，于 1975 年被拍成电影，2004 年再度被拍成电影。

找不到简便的方法去做这件事。脚步声在这样的人行道上响起听上去可不随意。任何地方都没人在行走，因为他们无需步行去任何地方。没有车停在街上，因为每个人都有宽广的车道和车库停放他们家的所有汽车。

她沿着接驳街道缓行，注意到死角对面的房子一片漆黑。车道上也没有车子。卡罗尔觉得值得冒险，于是把车倒进那家车道，停在车库门前。她的目光能越过万斯邻居家，清楚地看到万斯的房子。这是从车内监视房子的完美位置。

但她还是没能近距离查看房子。但她也许不需要靠近，亲自接触到砖块和灰泥。她目力所及，看到朝着死角的窗户没有一个装了窗帘。她没看到房于里有灯光。万斯可能在房子后部黑暗的房间里，房子里也可能没人。他如果在后面的卧室睡着了，卡罗尔觉得自己最好留在原地。他很可能在周围装了运动传感器和摄像头，会立刻知道有人侵入。到目前为止，他做的所有事情都是精心考虑和策划的结果。他不会在自己的住处这么大意。

另一方面，她如果在原地不动，万斯只要一离开家，她就会看到。她可以冲出车道，撞他、堵住他或跟着他。从安全的角度，看，这样做是对的。

只是卡罗尔·乔丹觉得等下去会产生其他问题。她等待的时间越长，安布罗斯越有可能带着大队人马赶来，搞砸整件事。进出文顿伍兹只有一条路。万斯如果在回来的路上发现警察，会继续行驶，再次消失得无影无踪。她得说服安布罗斯让她做行动侦察。他们必须远远跟在后面，不让任何人看到他们驱车进入这处住宅区。

万斯一出现，她就会提醒他们。安布罗斯在卡罗尔手下干过，卡罗尔认为她也许能说服安布罗斯。安布罗斯应该信任她能发挥这个作用。

问题是她能否说服自己。

托尼通过宝拉转达的建议激怒了斯黛西。她倒不是觉得这是浪费时间，而是因为她认为她自己应该想到这点。她不想为自己找借口——她母亲灌输给她的是对成功与失败承担同样责任的文化，但她确实认为，自己如果一直留在工作岗位，会想到这一点，面面俱到就像她的第二天性。然而她的笔记本电脑和西麦西亚警局那个处理器像乌龟爬的台式电脑运行两个重要任务。她已经焦头烂额。

她只花了几分钟便找到关于克里·弗莱彻的母亲之死的信息。斯黛西获知这个女人的娘家姓后，处理细节相比那天晚上早些时候处理市政厅租户列表而言太容易。她把手绑在背后都能完成。

斯黛西挂断宝拉的电话不到十分钟，又打过去说："你是对的，在十六楼。彭德尔公寓，十六楼 C。对不起，我本应该仔细考虑。"

"反正没什么损失。我们现在已经到这儿了。"

斯黛西板起脸，好像很不愉快。"我知道，我不介意希尔博士想出一些超出我们能力范围的东西。但是我们应该成为合格的侦探，拿出自己的东西。"

"总督察会的。"宝拉沮丧地说，尽管知道结果。

"我知道。但布莱克如果派我去做常规的工作，我不确定自己会愿意继续当警察。"

"你疯了！"宝拉说，"每个人都知道你是个天才。布莱克为什么不充分利用你的技能呢？"

"我知道，人有时会因为太有本事而受罚。"斯黛西之前从未对同事如此畅快地说话。这真是讽刺，小组即将解散，她的舌头才得以解放。

"布莱克不是笨蛋，"宝拉说，"他很有野心，一定会充分利用你。你更有可能会投身到一大堆显示器中，忙得一个月只见一次日光。相信我，斯黛西，没有人会炒掉你。和往常一样，所有单调的粗活，会分配给我和萨姆之类的人。说到萨姆——你不觉得你是时候对他说点什么吗？"

"你说什么呢？"

"别在我面前装什么都不知道，斯黛西。我是小组里的最佳审问者，没有什么事能瞒得过我。约他出来。生命太短暂。我们不会再在一起工作。你不会一个月从头到尾都看到他。让他知道你的感受。"

"你在胡说八道，宝拉。"斯黛西脆弱地说道。

"不，我没有。我是你的伙伴。我几乎错过了埃莉诺，因为我太注重工作，忽视了她。然后她给了我一个机会，我抓住了。这件事改变了我的生活。你得做同样的事情，斯黛西。他如果走了，你会后悔的。他是一个烂人，配不上你，但显然是你想要的那种人。所以，行动起来吧。"

"你不是要去抓人吗？"斯黛西说，恢复一点精神。

"谢谢你提供信息。"

斯黛西挂上电话，盯着电脑屏幕。然后她站起来，走到窗前，看着下面的停车场，思索着宝拉的话。光盯着屏幕是不能明白某些事的。

谁知道呢？

52

瓦娜莎·希尔起来伸伸懒腰，把玻璃杯重新倒满，然后又坐回沙发靠枕上。她喜爱这个有挂毯纹理的沙发，喜爱它深深的坐垫和高高的扶手。懒洋洋地躺在上面，让她感觉自己像个土耳其贵族什么的，或者享受盛宴的罗马人。她喜欢蜷伏在靠枕和抱枕中，咬着精致的小点心，喝着酒。她清楚地意识到，她职业中介公司的员工沉溺于在饮水机旁猜测她的私生活。事实是：她的成功与钱财让她有了取悦自我的能力。能取悦她的有公司，上好的红酒，卫星电视和影碟。她并不经常有机会那么纵容自己。每周最多两三个晚上。她在其余时间致力于建立自己的帝国。瓦娜莎可能有一张老年人的免费乘公交的卡，但她要过很久才会退休。

这集《广告狂人》放完，屏幕变成黑色，字幕在滚动。她考虑是否要再看一集，然后决定先看看新闻，再看电视剧。她把电视机转到电视频道，看到另一条关于中东动荡局势新闻的尾巴。瓦娜莎哼了一声。她很快就完全弄明白了。那些男人没一个有胆说出他们的意图。她曾经认为由希拉里·克林顿管理美国外交会彻底改变一些事情，但情况多半只会是老样子。新闻播报员似乎也厌倦了这一切。唯一劲头十足的人似乎是BBC那个可怜的女播报员，她只在什么新闻都播过一遍后才出现。瓦娜莎微微露出僵硬的笑容，脸上注射过肉毒杆菌的地方显出来。你如果看到她带着摄像机走过你住的街道，会避之不及。

“前电视节目主持人米琪·摩根的赛马种马场今晚早些时候遭到恶性攻击。”新闻播报员说，表现出一点活力。在他身后，分屏显示出一个田园式的农舍和马厩，还有米琪·摩根。她坐在沙发上，展示出最迷人的一面，那双著名又可爱的腿交叉，倾斜。跟安妮·班克罗夫特没法比，瓦娜莎想。“她在赫里福德郡的家发生了一起惊人的纵火案，一个马夫和两匹马丧生。好在她的员工反应迅速，解救了其他珍贵的赛马，这些马养在农场中，是种马。一个马夫因为吸入烟雾被送往医院。据说他没有危险。”

主播背后的屏幕变换，显示出在现场拍摄的画面。一名年轻女记者与一位警官站在车道的尽头，记者被风吹乱的头发缕缕飘在额头前面。她看起来有点受惊吓，像是刚看了选秀节目《X音素》。她耐心地在等待新闻主播切入她的镜头，但那个主播还有台本要念。“米琪·摩根曾主持过午间旗舰节目《与摩根共进午餐》。后来她放弃电视生涯，因为她当时的丈夫、同是电视节目主持人和前冠军运动员的杰克·万斯，被发现是个少女连环杀手。万斯本周早些时候逃离距他前妻的农场只有四十五英里的奥克沃斯监狱。整个社会哗然。柯丝蒂·奥利弗现在在现场。柯丝蒂，警察认为这次袭击与万斯有关联吗？”

“他们还没有正式发表什么。但我了解到，两天前杰克·万斯逃脱的消息公诸于众时，农场就有了武装警察。尽管如此，有人设法钻进马厩所在的院子，在主马厩区后面的干草仓里点火，你在背景中能看到。”她茫然地挥着一条手臂。“农场仍然拒绝外人进入，我们也没看到米琪本人或她的伴侣贝齐·索恩的踪影，不过我们得知她们在农场的住宅里。”

“你们可真好啊，让万斯知道她们在家。”瓦娜莎喃喃自语。

“谢谢你，柯丝蒂。你那边如果还有任何突发新闻，我们会继续请你报道。”真诚、关切的脸色。“警方暗示，另外两起事件可能与杰克·万斯有关——昨天上午发生在约克郡的双重谋杀案和昨天晚上发生在伍斯特的另一宗纵火袭击案。”两张照片出现在新闻播报员后面，照片上的两人大概三十出头，长相好看。“根据我们新获得的消息，警方确定谋杀案受害者为迈克尔·乔丹，游戏软件开发人员，和他的伴侣、刑事律师露西·班纳曼。迈克尔·乔丹的姐姐是布拉德菲尔德警局的警察，据称她是以谋杀指控逮捕杰克·万斯的警官。”瓦娜莎急忙放下玻璃杯，坐直身子。“卡罗尔·乔丹。”她吐口唾沫，脸因为厌恶而扭曲。她好些日子不曾这样了。

几乎没有什么能阻碍瓦娜莎。卡罗尔·乔丹就是这少之又少的人之一。卡罗尔是瓦娜莎生命牡蛎中的砂砾。她几乎强迫自己尊重这个叫乔丹的女人——乔丹有权力并且愿意使用这种权力；她冷酷无情，不达目的不罢休。瓦娜莎自己也拥有这些品质，她用这些品质来衡量他人的价值。她也觉得乔丹跟自己一样有能力评估人的长处和短处。瓦娜莎用这些能力为自己牟利，树立她作为精明猎头的名声，乔丹似乎将之应用于把罪犯绳之以法。瓦娜莎不理解这一点。那样做有何利可图？她并不否定警察的存在。总得有人使人渣安分守己。但这不是有这些能力的人该选的职业。所以她最终不能尊重卡罗尔·乔丹。

她没能回顾自己对于卡罗尔·乔丹的感觉太久，新闻再次引起她的注意，而她这次惊呆了。新闻播报员播完谋杀新闻接着播下一条。“万斯同时也是另一起纵火案的嫌疑人。昨晚在伍斯特，这所房子被烧为灰烬。”一张冒着烟的废墟的照片出现在屏幕上。“幸运的是，火灾发生时没有人在家。警方没有公布户主的名字，但邻居表示，之前的房主亚瑟·布莱斯去年去世了，新房主不怎么住在这里。”

亚瑟·布莱斯。这是埃迪完全康复、离开她后用的名字。他似乎想抛弃过去的自己。她被迫经历了那么多事，应该获得那所房子。但亚瑟把房子留给了托尼那个杂种。瓦娜莎想不通为什么有人会把东西留给托尼。她当然不会。她在摆脱尘世的烦恼之前会把钱全部花光。过一两年，经济一旦开始复苏，她会出售她用一生的时间建立起来的事业。然后她会去实现愿望清单上的愿望——买最好的座位观看网球四大满贯的比赛；去非洲狩猎；看所有的野兽；游览加拉帕戈斯群岛；参加戛纳电影节；看北极光；以及其他十几个愿望。她死的时候，一个子儿都不会留给托尼。

新闻播报员已经转到足球新闻，但房子烧毁的情景在瓦娜莎的脑子里依然清晰。你如果真的能伤害别人，也挺有趣的。但杰克·万斯是瓦娜莎勉强尊重的另一种人。他是另一种会下定决心并付诸行动的人。他想做的事不仅违法而且不道德，但这没关系，不需理会一看到尸体就会谴责的肤浅的媒体。他决心实现目标。如果不是因为卡罗尔·乔丹和像宠物一样跟在乔丹后面的托尼，他也许还在做自己最拿手的事。难怪他想拿回他自己的东西。瓦娜莎完全理解万斯的想法。

瓦娜莎露出阴险的笑。她如果诚实地大声说出自己的想法，饮水机旁的那群人会把嘴里的水喷到自己身上。你如果想在这个世界上立足，说话时必须拐弯抹角。她不得不承认杰克·万斯在这方面确实做得很好。他做慈善，假装帮助垂死之人，让大家相信他一点也不亚于圣人。

不过他没有骗过乔丹。万斯似乎认为托尼也负有责任。但烧掉他的房子？这说明万斯需要知道她的私生子是个一无是处的家伙。乔丹如果失去在乎的一些人会伤心。托尼只拥有一所房子。你如果认为托尼是那种会因为失去物质而烦恼的人，那么你的调查应该不够彻底。

有个想法只是在瓦娜莎的脑子里一闪而过，但她感到后脖颈一阵寒意。如果烧房子仅仅是开端呢？如果万斯的调查真的就是这么粗劣呢？卡罗尔·乔丹失去了弟弟。如果万斯计划让托尼也要失去一个血亲呢？

托尼刚刚进入通向曼彻斯特的高速公路，手机突然响了。他很惊讶地看到卡罗尔的名字显示在屏幕上，他几乎偏离方向撞向中央隔离带，轮胎压着路边的道钉，格格作响，像自动武器在开火。他彻底乱了方寸，戳下接听键，喊道："是我，我在这里。你还好吗？"

"你如果不给我发送愚蠢的留言寻求关注，我会更好。"她说。话语里没有丝毫友善。"万斯在哪儿？"

"我不知道啊。"托尼回答。

"你不是一个优秀的侧写师，对吗？"

托尼忽略这种轻蔑。他觉得卡罗尔只是想激怒他。他希望如此。"你在哪儿？"

"我在文顿伍兹。我在他房子外面盯着，但我想他不在这里。安布罗斯在哪儿？"

"跟我一样，正赶往你所在的地方。"

"我试过打电话给他，但他没接。只有一条路进出这个住宅区。我认为他们应该远离这个庄园。万斯如果察觉到他们在附近，会顺着大路逃离，我们又会失去他的踪迹。以后不会再有特里·盖茨的硬盘这样容易得到的线索了。"

"有道理。"托尼说。

"我知道这话有道理，但我没办法联系上安布罗斯，告诉他这个道理。我不知道他是否屏蔽了我的号码，但是我想说动他。你得给他打电话，告诉他。他会听你的。他认为你能掌控局势。"她疯了，托尼想。托尼觉得卡罗尔疯了，离自己很远。"我即使打通他的电话，他也不会听我的。我不是警察。我没有任何行动指挥权。你需要跟帕特森或更高层的指挥官谈。我什么也做不了，卡罗尔。”

“你的意思是，你不想这样做，”她说，声音低沉而凄苦，“你甚至不能帮自己，是吗？因为你犯傻了，现在补偿过度。你莫名其妙地想要保护我。你宁愿让万斯逃跑，也不想让我面对他，因为你认为我会搞砸事情，还会被杀掉。好吧，你错了，托尼。我知道自己在做什么。你如果不帮忙，去你妈的。”

电话断了。托尼挥拳打在方向盘上。“霸道，”他喊道，“他妈的太霸道了。”愤怒平息后，他对自己的厌恶也达到极点。好在卡罗尔到达时万斯没在那儿。对抗可能只是被推迟了，但至少还没有发生。

他继续开车，脑子飞速地思考着他了解的情况和可能会发生的状况。万斯为什么还没有回到大本营呢？他在路上已经很长一段时间。他需要休息，但不是在酒店房间那种他无法控制的环境中休息。他需要到某个地方改变外貌，而没有人会注意到他出来时跟进去时看起来不一样。食肉动物的本能会驱使他回到巢穴。万斯没在为什么文顿伍兹呢？他可能在哪里？为什么在那里？

托尼反复思索这个问题，绕过曼彻斯特、斯托克波特、阿什顿和奥尔德姆，飞速驶上 M62 高速。他开过几英里，到达布拉德菲尔德出口。他现在已接近文顿伍兹。他可以到现场与卡罗尔争辩。

但万斯的下落这个问题仍然纠缠着他。“你希望我们活在痛苦中，”他说，“他大概会认为卡罗尔是到目前为止唯一一个感受到这种痛苦的人。他似乎对卡罗尔已施足了剂量，但他针对我和米琪的行动刚刚开始。”他把方向盘握得这么紧，指关节开始疼痛。

“你不可能因为米琪的马厩被你弄得一团糟而满足。两匹马和一个马夫死了，这是可悲的，但这不是真正的悲剧，即使对于爱马的贝齐也是如此。你不能让大家安宁。但不是今晚。不是在农场这个到处是警察的地方。你只能等待。”托尼恼怒地叹气。“所以你应该回到地洞里，回到你认为安全的地方。休息。重组。计划。然后对米琪做一些事，她在余生都摆脱不掉的事，那件事会像疤痕一样。”这么想是对的。万斯会这么想。托尼花了一点时间钻回万斯的脑袋，确定万斯是这样想的。他用自己的脑袋想不出所以然来。他明白是什么给了万斯动力，他需要什么，什么才能满足他。

“你认为复仇轻而易举。你匆匆地按照计划行动，感到冤仇即将得报。但你现在知道复仇不是那么容易。痛苦需要非常特别的……”他的声音逐渐变小。

如果烧马不够，那么烧房子也不够。在托尼的世界，这是和丧失亲人一样让人心碎的杀伤力极强的事。然而，别人不会这么看。万斯也许能理解，如果他自己做了调查。他如果亲眼看过在那房子里的托尼，就会确切地知道烧毁房子能取得什么效果。但他做不到。他不得不依靠别人的报告。那些人不具备任何程度的洞察力，没办法钻进陌生人的脑子里。

所以先烧房子是不够的。卡罗尔明显是万斯要从他身边带走的人。毫无疑问，这无异于把托尼的心掏出来。但万斯不可能杀死卡罗尔，因为万斯更想心满意足地看着卡罗尔永远痛苦。还有本该发生在卡罗尔身上但最终发生在克里斯身上的事。那样够了吗？也许吧。但是如果卡罗尔被毁容和受重创还不够，托尼想不到万斯还有什么选择。托尼没有亲密朋友。他有很多熟人、同事、学生。他有一些他认为是朋友的人，但他们并没有与他亲近到需要被万斯除掉的地步。而且，他们看上去只是同事。他跟安布罗斯、宝拉去喝一杯，跟同事下班后喝几瓶啤酒差不多。没什么大不了的。万斯没能深入了解托尼，不可能懂得这些关系的重要性。

万斯不可能想到通过伤害这些人报复托尼。复仇必须伤及内心深处。托尼理解某些人会不择手段地拿回属于自己的东西。纵观他这一生，他的母亲一直把他当做发泄情感的受气包。她贬低他，批评他，取笑他。她确保他在没有父亲、没有庇护所、没有爱的环境中长大。她不在乎他是成功还是失败。他成长为一个有情感缺陷、性功能不正常的男人已属大幸，只是因为得到他人丁点的爱和同情才免于被毁灭。

他第一次发现瓦娜莎的背叛和谎言，发誓再也不想跟她说话。但他想改变生活，接受亚瑟·布莱思死后给予他的东西时，也想让母亲知道，母亲费尽心思，但他没有被毁灭。托尼想让母亲知道，她从他的生命中驱逐出去的那个男人发现了一种特别的力量，规避了她的打击带来的负面影响。而且这力量还治愈了托尼精神中某个重要的部分。托尼认识到这一点，想不到除了告诉她这件事，还能怎么激怒她。

于是他有天下午驱车到哈利法克斯，等待母亲回家。母亲看到他很惊讶，但还是请他进去。他说了要说的话，而且在母亲试图抢白时提高嗓门，继续说。最终，母亲闭上嘴，露出觉得好笑而轻蔑的表情。但他能读懂母亲的身体语言，知道母亲因为无能为力而愤怒。“我永远不会再进你的家，”他说，“你最好提前安排葬礼，瓦娜莎。因为我不打算埋葬你。”

然后他离开，心里涌起一种异常陌生的快意。拿回自己的东西是件美妙的事。他完全理解万斯也想寻找那种释放的感觉。

他蓦地想起来了。他去过母亲家。万斯雇的侦探不知道托尼为什么在那，屋里发生了什么事。侦探以为刚刚看到的是一个孝顺的儿子拜访母亲，脸上带着微笑，脚步轻快地走出房子。侦探写了这样的报告，万斯得出了错误的结论。

托尼突然确定自己知道杰克·万斯在哪儿了。

53

宝拉不停地跺脚，不停地大口吸烟。“他们他妈的到底在哪里？”她问，扫视着他们守候的那几条通往昏暗灰色混凝土建筑的路。他们的头上是如同蛋盒的二十一层公寓，薄薄的墙上涂着便宜的涂料，剥落的层压板覆盖在寒冷潮湿的混凝土地上。偷来的电视机比热乎的晚餐还多。这就是斯肯比公寓。布拉德菲尔德对影片《银翼杀手》的回答。

“他们总是迟到，以此显示他们多么重要，”凯文抱怨道，试图找到一个背风的地方。“萨姆在哪儿？”

“他去坦普尔场了，看能否找到克里。克里不大可能准备告发弗莱彻，为这些年来受的痛苦。”宝拉长叹一声，呼出一口烟。烟雾似乎直接消散进混凝土中。“我不明白一个男人虐待你的孩子，你怎么还能默不作声。”凯文张开嘴想说点什么，然后闭嘴，因为看到宝拉威胁似地摇头。“我知道所有关于女人被打和被害的女权主义争论。但你必须知道，没有比这更错的事。没有比这更糟糕的事。坦率地说，我不明白为什么她们不吊死自己。”

“你有点残酷，宝拉。”凯文说，确定宝拉已经说完。电梯门吱嘎打开。两个穿连帽衫和低腰宽松运动裤的小伙子耷拉着脑袋，走过他们身边，身上散发出大麻和甜葡萄酒的气味。

“你如果发现有人虐待你的孩子，而你的妻子已经知道却无动于衷，你会怎么做？”

凯文脸上出现尴尬而扭曲的表情。“宝拉，这是一个愚蠢的问题，因为这件事不会发生在我们家里。但我明白你的意思。你要记住对孩子爱到骨子里和虐待之间还有很多种情况。我很高兴我不是托尼·希尔，不必让这种狗屎想法沾染到我的大脑。说到托尼，有人听说他怎样了吗？房子的事，还有其他事？”

宝拉耸耸肩。“我觉得他不好过。因为总督察，也因为房子。当然，他对克里斯的事也很难过。”

“有克里斯的消息吗？”

“埃莉诺刚才给我发了短信。没什么变化，不过这种情况持续越久，克里斯的肺被损害的机会越小。”

他俩有好一阵没说话。然后，凯文柔声说：“她如果逃过这场劫难，我不知道她是否会感谢他们救了自己。”

宝拉已经考虑过这个问题。“别说了，”宝拉说，“别说那些。想一想总督察怎样了。”

“好吧，她在哪儿？”

“我不知道。说实话，我觉得我们没在状态。我们该行动了，”她说，指着人行道上向他们慢跑过来的六个警官，这六人都配备了战术防护装备。防弹背心，军便帽，撞门器和几把半自动武器。宝拉转向凯文。“你要求他们带武器吗？”

“没有，”凯文说，“这可能是彼得·里基的主意。卖弄。”

一身黑衣的警员靠近他们，四处乱转，下巴扬起，试图显得冷酷。他们的上衣都没有显示警员号或是警衔。他们让宝拉感到紧张。

“这是我们的任务，”凯文说，“我们要按传统的方式行动。我去敲门，看看埃里克·弗莱彻是否在家，他是否会邀请我们进去。他如果不肯，你们可以撞门，”凯文说，用指关节敲了敲撞门器，“我们行动吧。”他按下电梯按钮。

“我们应该走楼梯。”看起来是头目的人说。

“随便你，”宝拉说，“我每天工作二十个小时，而埃里克住在十六楼。我们到那儿碰面。”她补充说道，走进打开的门，凯文紧随其后。她对凯文说：“我们是同一种警察，但工作方式判若天壤。你不觉得可怕吗？”

凯文笑起来。“他们还只是孩子。他们比坏人更害怕。我们得让他们远离冒险的行动。”

他们站在电梯旁，等待精英队伍爬上来。宝拉利用这段时间又抽了一支烟。“我很紧张。”她说，因为看到凯文不满的神情。

战术小组终于到达，在楼梯平台周围散开。凯文和宝拉走过廊道时，一阵雨吹到他们脸上。16C 的门被油漆胡乱涂过许多次，看起来就像特纳奖的参赛作品。门上面有不同颜色的颗粒、气泡和磨痕，主体是宝蓝色的漆上贴着脏兮兮的白色塑料数字。

凯文敲敲门，他们随即听到脚在门厅踢踢拖拖的声音。一分钟不到，门开了，培根和香烟的气味从门里飘出来。站在那里的男人乍一看不会吸引太多关注。他比宝拉高几英寸，细细的灰褐色头发让宝拉想到孩子的头发。他穿着牛仔裤和T恤，苍白、松弛的手臂露出来。脸圆胖，与身体不成比例，淡蓝色的眼睛也没有什么出众之处。但是他立刻显得极为紧张。他如果真的是杀手，宝拉会惊讶于他能设法让妓女心甘情愿地跟他走。根据她的经验，大多数站街女对不寻常嫖客有相当强的识别能力。而埃里克·弗莱彻在宝拉看来极端不寻常。

他们表明自己身份然后凯文问他们能不能进去。“你们为什么想进来？”弗莱彻说。他的声音沉闷而刺耳。他把头歪向一边，目光里带着不驯，但没有挑衅。

“我们要跟你谈谈你女儿。”宝拉说。

他双手合抱，放在胸前。“关于我女儿，我没什么可说的。她不住在这里了。”

“我们关心她的安宁。”凯文说。

弗莱彻轻蔑地咧咧嘴。“是吧。我不关心，红发男。”

“你开车吗，弗莱彻先生？”宝拉问，希望改变策略会扰乱他。

“关你什么事？先想知道我女儿的情况，现在又想知道我的车的情况。你得先决定好问什么，亲爱的。哦，等等。你不能决定，是吗？你是个女人，当然喽。”他作势要关门，但凯文伸出手臂，推着门。

“我们可以到屋里问，也可以回局里问，”凯文说，“怎么样？”

“我知道我的权利。你如果想让我去警局，可以逮捕我。否则你可以滚了。”弗莱彻得意地笑，瞥见凯文和宝拉两人交换眼神。他仿佛知道他们几乎没有证据，他可以随便奚落他们。

宝拉有点想以涉嫌谋杀逮捕他。多年的经验告诉她，弗莱彻想隐藏什么。但她如果这样做，计时开始，他们就只有三十六个小时审讯弗莱彻，然后便要决定是控告他还是放他走。“我认为你应该邀请我们进去。”宝拉用最严厉的声音说。

“我不这么想。”弗莱彻说。话里有种毅然决然，让宝拉忍无可忍。她知道他们是对的，她不会让弗莱彻从他们手指缝里溜掉。

宝拉把手靠近耳朵，把头向门厅里伸。“警长，你能听到吗？有人在大喊救命。”她向前移动，手肘触到弗莱彻的胸部。

弗莱彻显得有点急躁了。“没有人喊救命。是《英超集锦》，你这蠢娘儿们。是球迷在喊。”

“我认为你是对的，探员。”凯文说，从宝拉身后往里靠。弗莱彻要么让开，要么会被推到一边。弗莱彻分开双腿，坚持站在原地。凯文转身朝楼梯平台喊道：“这里有人在喊救命。”

然后是一阵响声和闪动的黑色身影。宝拉平贴在墙上，战术小组把弗莱彻推翻在地，戴上手铐。他们涌进门厅尽头的客厅，好像期望奥萨马·本·拉登的鬼魂会蜷缩在煤气炉上。两人奔过客厅，冲进第一个房间。宝拉查看浴室的角落，然后看到那两人返回，撞开对面的门。他们在门口停下，其中一个说：“噢，妈的。”

宝拉过去推开他们，朝里看。她看到有东西在双人床上。一个女人尸体的遗骸似乎漂浮在红色的海上。她体无完肤，从骨头上剥下来的肉被扔得到处都是。正如托尼的预测，她唯一完好的部分是头。溅出来和滴下来的血像现代艺术装饰，点点落在墙壁上。宝拉转过身，因为扑面而来的污物气味让她窒息。托尼在别的事情上也说对了。凶手的速度加快了。他们再次来迟一步。

凯文对着弗莱彻趴着的身体念警告语。战术小组的一员在用无线电呼叫犯罪现场技术小组，另一个用电话跟总警司里基汇报情况。如果这是荣耀之光，关我屁事，去他妈的，宝拉想。

卧室门边的两个警察回到客厅。宝拉跟着他们走进落满灰尘、杂乱无章的客厅，茫然地瞥了电视机一眼。“是《英超集锦》，”她疲惫地说道，“我弄错了。”电视机旁边，一副相框放在显眼的地方。照片上的人年轻几岁，这是真的，但毫无疑问就是躺在床上的克里·弗莱彻。

“她本应该回家，”弗莱彻大叫，“她只要回家，就什么事都不会发生。”

托尼飙入出口匝道，绕着环形路口打转时，车轮胎不断发出尖叫，疾驰回到反向高速。他刚有只手可以脱离方向盘，就去碰他的电话，按重拨，想跟安布罗斯说话。但是去电直接进入语音信箱。他打给卡罗尔，也是同样的情形。

“拜托，不要，”他哀号，“真是踩到屎。”手机嘀地响了一声。“阿尔文，我是托尼。我知道万斯在哪里。请尽快给我回电话。”

他离M62高速还有五英里，然后再开几英里才到哈利法克斯的弯道出口。他万一去得太迟怎么办？他能接受这样的现实吗？

他的电话响了，把他从自省中惊醒过来。声音沙沙响，遥远。“希尔博士？我是辛格警探。我负责接听安布罗斯警长的电话，因为他在开车，不想分心。你说你知道万斯在哪里？”

“叫阿尔文听。这事紧急，我没时间从头解释。”

一阵沙沙作响的杂音。安布罗斯响亮的声音传过来。“你他妈的搞什么，博士？我以为他肯定住在文顿伍兹。”

“那里是他的老巢，但他此刻不在那儿。”

“那么他此刻在哪儿？”

“我认为他在我母亲家，”托尼说，“他想看到血，阿尔文。烧房子只是开始。我唯一的血亲是母亲。”

“我整个小组都在去文顿伍兹的路上。你为什么确定他不在那儿？”

“因为卡罗尔·乔丹在那儿，看见房子是空的。”

“你能相信她？”

“是的。”托尼根本不用考虑这个问题。卡罗尔可能不想跟他在一起，但这并不意味着她会在要紧事上对他撒谎。

“你说万斯在你母亲家？你有什么证据，博士？”

“没有，”托尼说，“只是根据我一生对付万斯这类混蛋的经验。我告诉你，他想要见血。他杀了卡罗尔的弟弟，而我母亲是合乎逻辑的下一个目标。”解释万斯可能误解了他与母亲的关系毫无意义。“我在去那儿的路上。大概还有十五分钟的车程。”

安布罗斯静默了许久，说：“好吧，把该死的地址给辛格警探。别做傻事。”

托尼做了安布罗斯要求的第一件事。“你们离那里多远？”他问辛格警探。

“我们在 M62 高速上，距离布拉德菲尔德出口几英里。”

他在他们前面，但相距不远。而万斯在他们前面好远之处。

54

有几辆车停在哈利法克斯安静的街道上。并不是所有的房子都有车道停放房主家所有的车辆，特别是在人们周六晚上回来吃晚饭时。有人不由抱怨政府。这正合万斯之意。没有人会注意到一辆外来车停在当地人的车中间。他把车插在一辆沃尔沃和一辆宝马之间，这里离瓦娜莎·希尔家三排房子远。然后他打开智能手机上的一个窗口，页面显示瓦娜莎家客厅的现场摄像视频。图像小而且分辨率低，但显然足以让万斯看到瓦娜莎还蜷缩在沙发上看电视。

难以想象托尼·希尔在那个房间会自在而专注，因为它只满足一个人的需求。他看望母亲时坐在哪里？他们在无菌的厨房露营吗？或者暖房是瓦娜莎考虑给客人舒适感的地方？她儿子缺乏休闲社交技巧的个性是从她这里继承的？多年来，万斯多次遭遇托尼这个奇怪的小男人，此人一直基于直觉和悟性而非强大的法医证据追踪他。万斯经常怀疑希尔有自闭症。他在社交方面如此笨拙，在交流中只注重从对方那里获取信息。但他也许只是不那么有趣。他也许因为跟随一个对社交不感兴趣的母亲长大，所以在早年没能学会如何社交。

她家的优雅不会存在太久了。

万斯最后环顾四周，确定附近没有人。然后他下车，从后备箱里取出手提袋。他轻快地走在大街上，到瓦娜莎的大门边，拐进去，好像他住在那里。他走过奔驰，胶底鞋轻轻地走在砖块铺的车道上。二十世纪三十年代建的木制车库和房子之间有一个空隙，刚好能容纳一个成年人侧身通过。万斯溜进这处空隙，侧着身走进后花园。他没有机会侦查房子后部，甚至不知道那里是否有安全灯。但这一次，他愿意冒这个险。他的目标似乎没有很大的威胁性。一个在房间里喝酒的老女人不太可能高度警惕，注意到后花园的灯突然亮了。即使她注意到，也会以为猫或者狐狸干的。

但是他发现后院里没亮起灯。一切都很安静而沉寂，只有远处车辆的嗡嗡声。他放下手提袋，蹲在袋子旁边。他拿出一套好像犯罪现场调查小组穿的那种纸罩衫，费力穿起来。他试图把罩衫套上假肢而不移动要紧的连接处时，几乎摔倒。他在鞋子外面套上塑料靴，戴上蓝色乳胶手套。他不是试图避免留下犯罪痕迹。他不关心这个。但是他想尽快逃走，不想浑身是血地开车回到文顿伍兹。那是一种粗心大意，应当受到惩罚，和交通肇事一样。

万斯站起来，抖抖肩膀，缩缩身子，把纸套服在身上穿妥帖。他举起手中的撬棍，把刀放在后门窗户的窗台上。他仔细看看门，评估怎么做最好，笑了。有些人用时髦的装有玻璃嵌板的门取代原来的实木门，但这样的门很不结实。他很幸运，玻璃板以外部分是木材而非硬质聚氯乙烯。这种软木材相对容易撬开。开这个门不是多大的挑战。

他压压门的顶部和底部，摸索是否有门闩。希尔显然没有邀请好朋友乔丹总督察来整顿他母亲的家的安保措施。这个门似乎只有插锁和门扣。

万斯把撬棍的尖端塞进门与边框结合的地方。门关得很紧，但他力气很大，可以把撬棍塞进去，随后门框上的软木材凹进去。他更使劲推，试图给锁施加更大的压力，然后再正式撬锁。

他觉得杠杆的作用力刚好，便俯身压撬棍，使用体重以及力量撬开木头和锁上门的金属。起初，他得到的唯一回报是木头轻微的吱嘎作响。他用上更大的力气，轻声咕哝着，像网球运动员在发球时轻声默念。这一次，他觉得有效果。他停下来，调整撬棍的施力点，用劲全力，把锁体从锁夹中弄出来。现在，他听到金属的尖叫声和木头的开裂声，门突然开了。

万斯站在门口喘气，对自己很满意。他把撬棍换到假手上，确定他能安稳地握住。这个假肢能做的事让他吃惊。他可以真切“感觉”到自己拿着东西，可以判断他需要用多少力气抓住棍子。而那些混蛋想拒绝他使用这一技术。他摇摇头，微笑着记起在欧洲法院看到他们失败时他的喜悦。但是他没时间沉浸在过去的胜利中。他有工作要做。万斯伸手去拿放在窗台上的七寸刀，走进厨房。

他很吃惊，他没看到瓦娜莎·希尔的身影。他没有发出很大的声响，这是真的，但大多数人会下意识地意识到家里异乎寻常的声音，特别是当他们独自在家时。任何不寻常的事都会使他们站起来查看。瓦娜莎·希尔显然要么是重听，要么是太过专注于正在看的电视节目的胡说八道，她没有听见万斯闯进来。通往门厅的门是关着的，这也可能是她什么也没听见的原因。

万斯尽可能安静地穿过厨房，抬高脚，以避免鞋子在瓷砖地面上发出窸窸窣窣的声音。他慢慢地把门打开，听到美国人说笑的声音，但并不感到惊讶。他走过走廊，举动轻盈而放松，他很快就要完成目标。他先是把托尼·希尔的家毁了。现在他要杀死托尼唯一的亲人，他深爱的母亲。唯一让万斯感到遗憾的事是，他不能留在这儿，直接看到托尼遭受痛苦。

他离客厅的门口还有两步远，他停下来，活动活动腰肩。闪烁的电视屏映到钢刃闪亮的刀上。

然后他穿过门，绕过沙发，举起武器，朝端坐在垫子中的女人走去。她发现了他，但她的反应和他想的不一样。没有恐慌的尖叫，瓦娜莎·希尔只是微微好奇地看着他。

“你好，杰克，”她说，“什么事情耽误你了？”

55

托尼认定，在大路上一直逼近他的蓝色闪光是安布罗斯的车发出来的。他比他们先拐入通往他母亲家所在街道的那条小巷，阻止他们超越他。他们随后艰难地左拐进他母亲家所在的那条街。

托尼把车丢在路上，没把车停稳就从车上跳下来。他跑向前门，但他还没到达那里，一个年轻的亚裔男子把他紧紧抱住，摔到房子一边。“不，你别动。”他说。然后安布罗斯出现在他的面前，正费劲地穿上车门大小的防弹背心。

“放松，托尼，”他柔声说，“你先别进去。你有钥匙吗？”

托尼哼了一声。“没有。而且我也不知道哪个邻居有。我猜没有邻居有。我的母亲是个很孤僻的人。”

几个警员在大门旁边畏缩不前。“我们可以按门铃。”其中一个说。

“我们不希望出现劫持人质的情形。”安布罗斯说。

“你不会看到劫持人质的情形，”托尼说，“他来这里只有一个目的。他杀人，然后离开。他如果还在里面，也是正要离开。”托尼用头示意车库旁的狭窄通道。“你可以派个小伙子去那儿，以防万斯从后门出去。”

安布罗斯指着一个警员然后用大拇指指向那个缺口。“去看看。”他困惑地看了托尼一眼。“那么，我们按门铃吧。”他用一根手指指着托尼。“但你跟在我们身后。无论发生什么事，你都只能在我们身后。”

他们走到门口，大个子安布罗斯走路出奇的安静。托尼走在辛格和安布罗斯之间，可能看到发生的事情。安布罗斯按响门铃，然后往后退。从门后出来的人不会一拳打到他。

托尼感到胃部紧缩。他确信自己此刻比在过去十二年里的任何时间都更接近万斯。不管凶手是已经在家里或在来的路上，这是他们找到他的地方。托尼现在不想考虑正面对抗的代价可能是什么。他想要再次见到万斯被捕，永远待在监狱里。万斯毫无疑问属于永远都不应该获得任何形式自由的那种人。这种想法违背托尼的信念，即刑罚的目标是改造人，但有时，他只能承认有人确实无可救药，无可饶恕。万斯就是个活生生的例子，他的存在就像对托尼这种信念的指责。他和他那种人提醒托尼，制度失败通常会比制度成功产生更多的后遗症。

玻璃后的灯啪地亮了，他们能听到钥匙在锁里转动的声音。门打开一条缝，瓦娜莎的脸出现在门缝中，她的头发凌乱，好像午睡完起来。安布罗斯和辛格拿出证件，说出名字和级别。托尼淡淡一笑，向母亲挥手。“你好，妈妈。”他说，突然疲惫不堪。

“来得挺快，”瓦娜莎说，把门又打开些，土耳其长袍上从胸口蔓延到大腿中部的鲜红血迹显出来。“我刚刚打了九九九。你们进来吧。”

安布罗斯转身看着托尼，极为震惊地睁大眼睛。托尼有点头晕，推开警察走过去。与此同时，瓦娜莎把门拉开，请他们进去。

她指着半开的客厅门，用一本正经的口吻说，“你们不会想进那里的。那就是你们所谓的犯罪现场。但我们可以进餐厅。他没有去过餐厅，所以没有弄脏什么。”她领着大家通过门厅，到另一个门口，打开它。“别站着，过来吧。”

安布罗斯向前跨了一步，用肘将客厅门推开。托尼往边上挪动，这样可以绕过安布罗斯，看到里面。一名男子像个木偶似的躺在地上，腿歪着，手臂向两侧张开，一顶金色假发从头顶脱落。“这是万斯，”托尼说，“我认得他。”万斯的外衣被扯破。他的腹部呈鲜红色，血流到他身边的地毯上。他的胸口一动不动。托尼对急诊医学懂得不多，但他知道医护人员来了，也是浪费时间。

“她杀了万斯？”安布罗斯问，难以置信。

“看起来是这么回事。”托尼说。

“你似乎并不吃惊。”

托尼觉得自己好像要大哭起来。“瓦娜莎做什么都不会让我吃惊的。我们去看看她在当地警方到达之前有什么说的。”

他们跟着辛格和其他警员走进餐厅，瓦娜莎已经坐在餐桌的首位。他们进去后，她说："托尼，给我倒杯白兰地。餐具柜里有酒瓶和酒杯。"

"我认为你不应该喝酒，"安布罗斯说，"你吓坏了。"

瓦娜莎轻蔑地看他一眼，她的员工看到这样的眼神会很恐惧。"吓坏，崩溃"，她说，声音怪异，就像帕特里夏·劳特利奇扮演的海厄辛思·布凯[1]。"这是我的家，我喝我的白兰地，我不会被你这样的人颐指气使。"

"相信我，顺其自然更好些。"托尼说，打开餐具柜，给母亲倒了一杯白兰地。他把酒端给母亲，对她说："发生了什么事？"

"他从后门进来，手持一根撬棍和一把刀，走进客厅，大摇大摆的。当然，我认得他。"她抿了一口白兰地，撅起嘴。他们到这以后第一次看到她的面具滑落，露出平时被化妆品和意志力遮掩的年龄和疲劳。"说实话，我一直在等他。"

"等着他？"托尼感觉安布罗斯好像大吃一惊。

"我看了新闻，警长。以你的级别，你处理谋杀案是不是不够格？"

"安布罗斯警长来这里不是因为接到了你的报警电话。他来这里是因为我们一直努力在抓捕万斯。"

瓦娜莎微微干笑一声。"那么你们应该早点到，是吧？"她愤怒地摇摇头。

"我看了新闻，我认得埃迪留给你的位于伍斯特的房子。我也

① 英国喜剧片《海厄辛思·布凯》中的女主人公，由帕特里夏·劳特利奇扮演。

知道了你女朋友弟弟的事。”

安布罗斯讶异地望了托尼一眼。

托尼叹口气。“她不是我女朋友。说过多少次了。”

瓦娜莎挥手打断托尼，又喝了口白兰地。“还有对他前妻的袭击。我心想，他一开始就下手那么重，已经处在一个恶性循环中，不会只满足于杀死两匹赛马和一个不值得媒体核查其名字的马夫。所以我料想他可能会愚蠢到认为杀了我将导致某人悲伤。”她朝托尼点点头。“笨家伙。”谁也不清楚她是指托尼还是万斯。“所以我想，安全比难过重要。我从厨房的抽屉拿了一把刀，藏在沙发的一角。我根本没听到他闯进来。等我意识到，他已经站在客厅，好像这是他家。”她颤抖了一下。托尼认为这是故意为之。

“他举着刀刺我。我抓住自己的武器，与他搏斗。我出其不意，刺中了他。他倒在我身上，我用尽全部力气推开他。这是我被压着时沾上的。”她的手从下巴挥到膝盖。“不是他死就是我死。”

“我明白。”安布罗斯说。

“不应该有人对她念警告吗?”托尼不敢相信安布罗斯似乎被他母亲的鬼话迷惑了。

“警告我吗?我只不过是在我自己家里自我防卫，抵挡杀人犯的攻击。”瓦娜莎努力显得可怜而非愤怒。

“这是对你自己的保护，”安布罗斯说，“而且托尼是对的。我们应该说。你有权什么都不说，但你若此时未提及，而以后又在法庭上提供口供证据，可能不利于你的辩护。你说的一切都将作为呈堂证供。”

瓦娜莎看托尼的眼神模糊难解。他自找苦吃，将付出代价。让母亲脱离他的生活是一件愉快的事，以前的那些日子以后不可能再有。“谢谢你，警长。”她说，虚弱地对安布罗斯笑笑。

大家还没来得及多说什么，客厅里有了动静。安布罗斯出去，片刻之后与几个穿制服的当地警官返回。“我告诉这些警官，他们首先需要联系富兰克林总督察，”他对托尼说，“他们需要你发布一份声明。但是，我认为你现在需要离开。”

托尼看起来有点迷惑。“你不需要我留下来吗？”

安布罗斯坚决地看托尼一眼，试图传达无法用言语表达的意思。“记得先前跟我们谈话的那个同事吗？在船坞里的那个。我认为你应该跟她联系。”

托尼现在懂了。他转向瓦娜莎。“你没事吧？”

“当然。这些可爱的警官会照顾我。”瓦娜莎站起来，跟着他走进客厅。

他们走到别人听不到的地方后，托尼愤恨地说：“你一直就善于用刀，妈妈。”

“你肯定已经意识到我是个目标。你原本应该警告我。”瓦娜莎直接还击他。现在没有别人在场，她显示真实面目：记仇，可恨，而且无情。

托尼上下打量她，为脑子的黑暗深处窜出来的想法而震惊。他相信这真的是他最后一次和母亲共处一室。“为什么？”他边说边走开。

56

托尼疲惫地驱车到达文顿伍兹庄园时已是午夜。他几乎看不见什么灯光，在小区里摸索着路。他转错几次弯，终于发现自己走对了。他缓缓前行，左右看看，试图发现卡罗尔的车。

然后他看见卡罗尔，她的车隐藏在谁家的车道上，正对着街角的入口。他停在街上，头在方向盘上趴了一会儿。他已经累得似乎骨头都疼。他费劲地走下驾驶座，往回朝卡罗尔的车走去，勉强能保持不摇摇晃晃。

托尼走到大门口，站在那里，占着车道中间的位置。他觉得根据目前的情形，不应该冒昧地打开乘客门，坐到她身边。那样太像入侵她的空间。

似乎过了很长时间，但驾驶座的门开了，卡罗尔出现。她看起来憔悴、焦虑，遥不可及。“你站在那里会把他吓跑，”她对他嘘声，

“看在上帝的分上，上车。”

托尼摇摇头。“他不会来了，卡罗尔。”

一束希望之光使她的眼睛生动起来。“他被抓了吗?”

“他被杀了。”

卡罗尔无言地盯了他好像有几分钟，脸上的小块肌肉因快乐和痛苦而颤动。“出了什么事?”她问，嘴唇几乎不动。

托尼把双手插在裤子口袋里，耸耸肩，像一个笨拙的少年。“很荒唐的一件事。”

“告诉我发生了什么事。”

“瓦娜莎……刺死了万斯。”

“瓦娜莎?你的母亲，瓦娜莎?”

不可思议吧，托尼想，他自己也得适应这件事。“是的，正是我母亲杀死了臭名昭著的连环杀手杰克·万斯。”这句话将让许多人表情怪异。他只能简略地解释一遍“他闯入我母亲家，想杀她。不过我母亲解决了这件事。你能相信吗?这个冷酷无情的女人解决了我们所有经过训练的人没有解决的问题。她知道她在万斯的名单上。”他能听到自己声音中的痛苦和愤怒，但他不在乎。“所以她藏了一把刀在该死的沙发一角。”

“瓦娜莎袭击了万斯?”

托尼把重心从一只脚换到另一只脚。“瓦娜莎说万斯袭击她，而她出其不意地击倒万斯。不管实际发生了什么事，那将是最终说法。”

卡罗尔咯咯笑起来，一种压抑而歇斯底里的笑声。“瓦娜莎杀了他？她刺死了万斯？”

“她用刀的技术比以前更好了。”

“你对此感觉怎样，希尔博士？”卡罗尔的声音里有尖锐的讽刺意味。

“我对万斯已经死了这件事并不感到遗憾。”他抬起下巴，直视卡罗尔的眼睛。“但如果事情不是如此发展，我也不会遗憾。如果是那样，我会学着忍受母亲之死这件事。”

“但你不会比我更受煎熬。”

他无力地摊开手。“我很难过。”

“我知道你难过。那你难过并不能减少我所受的煎熬。”

“至少他死了。不会再有伤害。结束了。”

卡罗尔的表情混杂着悲伤和遗憾。“这件事还没有全部结束，托尼。”她转身离开，回到车里。发动机突然启动，车灯使托尼头晕目眩。他跳向一边，看着卡罗尔把车开走。托尼不确定是突然亮起的灯光还是累得筋骨酸痛使泪水涌进自己的眼睛。